浙江省"十四五"普通高等教育本科规划教材

学前教育专业系列教材 　　i教育·融合创新一体化教材

幼儿文学（第二版）

微课版

编著◎郑飞艺

配有
74个音频资源
7个视频资源

华东师范大学出版社
·上海·

图书在版编目(CIP)数据

幼儿文学/郑飞艺编著. —2 版. —上海:华东师范大学出版社,2021
高职高专学前教育专业系列教材
ISBN 978 - 7 - 5760 - 2146 - 2

Ⅰ.①幼… Ⅱ.①郑… Ⅲ.①儿童文学理论-高等职业教育-教材 Ⅳ.①I058

中国版本图书馆 CIP 数据核字(2021)第 191663 号

学前教育专业系列教材

幼儿文学(第二版)

编　　著　郑飞艺
责任编辑　罗　彦　刘　雪
特约审读　李　莎
责任校对　王丽平　时东明
装帧设计　庄玉侠

出版发行　华东师范大学出版社
社　　址　上海市中山北路 3663 号　邮编 200062
网　　址　www.ecnupress.com.cn
电　　话　021 - 60821666　行政传真 021 - 62572105
客服电话　021 - 62865537　门市(邮购)电话 021 - 62869887
地　　址　上海市中山北路 3663 号华东师范大学校内先锋路口
网　　店　http://hdsdcbs.tmall.com

印 刷 者　上海四维数字图文有限公司
开　　本　787 毫米×1092 毫米　1/16
印　　张　16.25
字　　数　361 千字
版　　次　2021 年 12 月第 2 版
印　　次　2025 年 8 月第 6 次
书　　号　ISBN 978 - 7 - 5760 - 2146 - 2
定　　价　45.00 元

出 版 人　王　焰

第二版前言

DI ER BAN QIAN YAN

  在高校全面开展教学改革和专业认证的背景下,本次教材修订旨在助力教学改革,提高新时代人才培养的质量。学前教育专业的幼儿文学课程,其学与教的目标应包含三个方面:一是了解、阐述有关幼儿文学的基本知识和基本原理;二是开展阅读分享、尝试创编等实践,从中获得一些幼儿文学主要文体读与写的基本方法;三是认同学习幼儿文学的意义,激发学习兴趣,在学习过程中涵养正确的儿童观、教育观与文化观等。教材是课程资源的核心,值此修订加印之际,我们将党的二十大精神融入其中,围绕以上三个方面,有坚守,也有纳新。我们承继了第一版中有关内容组织、行文呈现和教学建议的基本理念,在此基础上,着重在核心内容和学习建议上纳新完善,使教材能更好地服务于"增强文化自信""激发全民族文化创新创造活力"。

一、核心内容的补充与调整

  核心内容补充与调整的关键词是文化传承和儿童为本。

  第一,上编"幼儿文学的知识",新增神话、传说和民间故事的介绍。这部分内容与原来的"幼儿生活故事"整合为第五章"幼儿故事"。上编增加神话、传说、民间故事的学习内容缘于文化传承的考量。神话、传说、民间故事这些民间文学作品蕴含着丰厚的民族文化或乡土文化,本教材侧重于介绍"根植本国、本民族文化沃土"的作品,由此我们怀着两方面的期待:一是学习者能够在学习中感受、探寻民族文化之根,涵养民族情怀、乡土情怀;二是学习者能够在今后的学前教育实践中基于民间文学资源开发有关民族文化或乡土文化教育的课程。神话、传说、民间故事等民间文学联结着各种民俗事象,依存于各类民间艺术,离不开民族语言和各地方言,因而民间文学的意义不止于故事本身,由故事将能延伸拓展到民族或乡土文化的方方面面。因此,在这一章的"思考与实践"栏目中,还设置了有关民间文学作品搜集、整理的活动,希望通过实践激发学习者的文化自信,以及积极传承民族文化的意识,提高基于儿童经验整理加工民间文学作品的能力。

  第二,下编"幼儿文学作品的学习",有增有删。幼儿文学作品的学习,应该更多更好地为幼儿身心的和谐发展服务,基于此,下编新增了"基于幼儿文学作品的戏剧表演游戏"一节。第一版的"幼儿文学作品的戏剧表演"主要介绍基于文学作品的儿童戏剧创编的方法,其中的"戏剧表演"是以舞台演出为目标,戏剧表演的结果由预设排练而来。本次修订新增的"基于幼儿文学作品的戏剧表演游戏",其中"戏剧表演游戏"的本质是游戏,重点不在于表演,而在于启发幼儿创造性的思考与表现,使幼儿在阅读文学作品的基础上,以作品内容为表演创造的基本框架,并在如何戏剧化上拥有自主权。新增这部分内容旨在传递一种理念与方法:把戏剧表演还给儿童。另外,本次修订出于内容聚焦的考虑,下编删去了第一版中有关幼儿文学作品诵读、讲述的内容。

二、学习建议、资源的补充与调整

学习建议、资源的补充与调整,其关键词指向自主学习和实践探索,主要涉及以下三个方面。

第一,学习目标和知识框架。每一章都新增"学习目标"和"知识框架",取代第一版中的"知识要点"。学习目标是学习结果的一种表述,把握学习目标便于教师的教与评,也便于学习者的自主学习与评估。每一章的"学习目标"阐述主要围绕知识与技能、过程与方法这两个维度展开,情感态度与价值观维度的学习目标没有做显性的阐述,但在学习内容的选择,以及"探讨""思考与实践"栏目的设计中都有考量。新增的"知识框架"除了具有"知识要点"的功能,同时能够帮助学习者厘清各知识要点之间的内在联系,建立知识结构。

第二,思考与实践。本教材在上编的九章内容中,均在"思考与实践"栏目中新增了着力"传承中华优秀传统文化"和"深化全民阅读活动"的学习任务。在儿歌、幼儿诗、幼儿故事这几章的"思考与实践"栏目中新增了评析作品的探究性练习,设计这一学习活动,是希望学习者在作品分析中促进对文体特征的理解与感受,同时也为创编做铺垫。在儿歌和幼儿诗部分,评析练习选用了幼儿创编的作品,意在拓展作品阅读的维度,加强对儿童经验的感知,同时激发学习者的创编热情。

第三,音视频资源。新增音频资源,主要是儿歌、幼儿诗、幼儿童话、幼儿故事、幼儿散文等各文体作品的诵读或讲述;新增视频资源,主要是传递有关幼儿文学作品学习理念与方法的微课。这些资源可供教师在组织线上线下混合式教学时选用。

除了以上三个方面,基于对幼儿文学和文学教育新的理解,本次修订还对部分概念用语和行文措辞进行了调整,删去了部分附录内容。

修订是一次新的学习和总结。感谢参考文献的作者们,感谢他们的研究成果所给予的学理支持;感谢我的历届学生们,特别是朱明君、吴一娴、金瑜雯、郑宇丽、姚丽丽、张淑津、景海敏、杨媛媛等,他们在课程学习和学术研究中的积极参与为这本教材贡献了不少案例,同时也给了我很多启发。感谢最初为这本教材牵线搭桥的刘宇博士;感谢华东师范大学出版社一如既往的信任,感谢第一版责任编辑吴海红老师,感谢为本次修订尽心工作的罗彦老师、刘雪老师,你们的耐心让我感动。最后,诚挚期待老师和同学们的批评和建议。

郑飞艺

2023 年 7 月

于浙江师范大学儿童发展与教育学院

第一版前言

幼儿文学是学前教育的重要资源,优秀的幼儿文学作品能够促进幼儿认知、语言、个性和社会等诸多领域的发展。这本《幼儿文学》教材是根据学前教育的相关要求而编写的,试图帮助学习者了解、理解幼儿文学。

一、核心问题

本教材针对两个核心问题展开阐述和讨论。

第一,幼儿文学是什么样的? 上编"幼儿文学的知识"共九章,主要回答这第一个问题。其中第一章介绍了幼儿文学的历史、概念以及特性等基本问题;第二章至第九章,围绕儿歌、幼儿诗、幼儿童话、幼儿生活故事、幼儿散文、幼儿科学文艺、图画故事、幼儿戏剧文学这八类幼儿文学的文体,分别介绍了其概念、历史、分类和艺术特点等。

第二,如何帮助幼儿学习幼儿文学作品? 下编"幼儿文学作品的学习"共四章,主要回答这第二个问题。其中第十章和第十一章讨论的是幼儿文学作品学习的方法,以及学习活动组织的基本形态;第十二章和第十三章讨论的是幼儿文学作品的诵读、讲述和表演,诵读、讲述和表演既是传递文学作品的形式,也可以作为幼儿学习文学作品的方法。

二、行文理念

为了帮助学习者建构适用于学前教育的幼儿文学知识结构,本教材在行文过程中贯穿着三个理念。

第一,专业性和基础性并举。幼儿文学是具有独特个性的文学门类,本教材阐述、讨论幼儿文学知识,坚持幼儿文学区别于童年文学和少年文学的特殊性,彰显幼儿文学知识的专业特性。考虑到学习者已有的学习经验,本教材所选择的幼儿文学知识内容是基础性的。同时在表述上追求通俗性,尽量避免过于学术化的表达,力求以通俗的语言阐述理论知识,以适合学习者的接受能力。

第二,学前教育语境。本教材对幼儿文学有关问题的讨论始终放在学前教育语境之中。上编是关于幼儿文学的本体知识,下编是关于帮助幼儿接受幼儿文学的教学知识,是为学前教育专业的学习者专门设置的。上编在帮助学习者理解、内化幼儿文学本体知识时也隐含着"学前教育语境"的视角。正文后的"探讨"栏目,内容之一就是关注幼儿文学各文体作品对幼儿发展的意义;"思考与实践"栏目中的"阅读与积累""创编与实践"大多数在学前教育视角下设置问题与活动,有些实践性探索需要与幼儿交往,有些则需要在学前教育实践中展开,这是期望以理论来指导实践,在学前教育语境的运用探索中促进文学知识的内化。

第三,关注学习者的学习心理。本教材是教材,也力求是学材,因而在行文过程中始终关注学习者的学习心理,注重学习者的经验、思考与探索。本教材在呈现新的知识之前,首先引导学习者关注自己的"经验与问题",让已有经验和问题显性化,带着问题开始新知识的学习;在"探讨"栏目中要求学习者回应先前的"问题",通过独立思考以及合作探索解决个性化的问题;在"思考与实践"中内化新的知识,提升已有经验,从而建构起基于自我经验的新的知识结构。

三、学习建议

第一,理论知识的学习与作品阅读相结合,注重作品的阅读。本教材的学习目标指向幼儿文学素养的获得,文学素养既包括理性知识,也包含文学感觉和情趣。要获得纯正的文学感觉和情趣,离不开优秀作品的阅读。作为学习的作品阅读,比较理想的状态是:①阅读的优秀作品达到一定的数量;②多与他人分享阅读经验,文学作品的阅读感受是个性化的,分享、讨论有助于学习者丰富对作品的理解与感受,建构多元的文学经验。"经验与问题""探讨""思考与实践"等栏目都为帮助学习者阅读、分享优秀的文学作品提出了相应的建议。

第二,个体学习与合作探究结合,适时展开合作学习。合作学习是一种互助性的学习,在本教材中提出合作学习建议的情形主要有两种:一是个体学习难以解决的问题,如"探讨"栏目中的"和同学合作探讨尚未解决的问题";二是个体学习虽能解决,但合作学习更有成效的问题,如为小、中、大班的幼儿各选编若干篇适合他们欣赏的童话、生活故事、科学文艺作品,由小组或者全班合作选编更能保质保量。又如阅读与积累,合作分享能够获得更为丰富的资源与经验。合作学习的规模、组织形式可以根据需要灵活多样。

第三,联系相关课程和教育实践,以开放的姿态学习幼儿文学。建构适用于学前教育的幼儿文学知识结构,有必要建立与以下两个方面的联系:一是与相关课程互通,即与"学前儿童发展心理学""学前教育学""幼儿园课程概论""学前儿童语言教育"等课程的学习互为经验;二是积极创造与幼儿交往的条件,关注教育实践的需要。联系相关课程和教育实践的实质是在学前教育语境中理解幼儿文学,从这个角度而言,尽管幼儿文学课程的集中学习是在一个学期完成的,但对学前教育语境中幼儿文学的深入理解是一个持续学习的过程。

最后,诚恳地期待各位老师、同学的批评与建议。

郑飞艺

2014 年 3 月 1 日

目录
MU LU

音频索引 / 1
视频索引 / 4

上编　幼儿文学的知识

第一章　幼儿文学的基本问题　/ 3

第一节　幼儿文学的概念　/ 4
第二节　幼儿文学的发生与发展　/ 6
第三节　幼儿文学的特性　/ 9

第二章　儿歌　/ 19

第一节　儿歌的概念与历史　/ 20
第二节　儿歌的特点　/ 21
第三节　儿歌的形式类型　/ 24

第三章　幼儿诗　/ 39

第一节　幼儿诗的含义与特点　/ 40
第二节　幼儿诗的形式类型　/ 45

第四章　幼儿童话　/ 53

第一节　童话的含义与历史　/ 54

第二节　童话的形式类型　/ 55

第三节　幼儿童话的特点　/ 59

第五章　幼儿故事　/ 67

第一节　幼儿故事概述　/ 68

第二节　神话　传说　民间故事　/ 69

第三节　寓言　笑话　/ 84

第四节　幼儿生活故事　/ 88

第六章　幼儿散文　/ 99

第一节　幼儿散文的含义与类型　/ 100

第二节　幼儿散文的特点　/ 105

第七章　幼儿科学文艺　/ 109

第一节　幼儿科学文艺的含义与特点　/ 110

第二节　幼儿科学文艺的形式类型　/ 114

第八章　图画书　/ 119

第一节　图画书的含义与类型　/ 120

第二节　图画书的形式构成　/ 123

第三节　图画故事书的特点　/ 125

第九章　幼儿戏剧文学　/ 131

第一节　幼儿戏剧的含义与类型　/ 132

第二节　幼儿戏剧文学的特点　/ 133

附录：小灰狼的春天　/ 139

下编　幼儿文学作品的学习

第十章　幼儿文学作品学习的方法　/147

第一节　幼儿文学作品学习概述　/148

第二节　幼儿文学作品学习的常用方法　/150

第三节　幼儿文学作品学习方法的选择　/154

附录:《3—6岁儿童学习与发展指南》节录　/181

第十一章　幼儿文学作品学习活动的组织　/187

第一节　幼儿园学习活动的组织　/188

第二节　亲子学习活动的组织　/194

第十二章　基于幼儿文学作品的表演　/205

第一节　基于幼儿文学作品的戏剧表演　/206

第二节　基于幼儿文学作品的戏剧表演游戏　/216

附录:从非戏剧文学作品到剧本　/227

主要参考文献/242

音频索引

YIN PIN SUO YIN

电子资源说明：

扫码聆听 ♫ 音频资源

第一章　幼儿文学的基本问题

♫ 音频：奥谢耶娃《蓝色的树叶》 / 7

冰波《啪答啪答小鸭》 / 11

林良《树》 / 11

寒枫《捏泥巴》 / 14

木子《长腿七和短腿八》 / 14

叶圣陶《小小的船》 / 17

金子美玲《月亮和云朵》 / 17

约瑟夫·封·艾辛多夫《月夜》 / 17

第二章　儿歌

♫ 音频：传统儿歌《莲花灯》 / 21

传统儿歌《豌豆饭儿》 / 21

蒋应武《小熊过桥》 / 22

传统儿歌《丫头丫》 / 23

传统儿歌《鹅大哥》 / 25

摇篮歌《娃娃眠了》 / 26

游戏歌《点点虫》 / 27

游戏歌《炒蚕豆》 / 27

问答歌《谁会飞》 / 29

连锁调《月亮毛毛》 / 30

连锁调　樊家信《孙悟空打妖怪》 / 32

颠倒歌《你说好笑不好笑》 / 32

绕口令《虎和兔》 / 32

数数歌《一二三》 / 33

数数歌《山上》 / 34

字头歌《小兔子开铺子》 / 34

谜语歌　四则 / 35

第三章　幼儿诗

♫ 音频：谢武彰《早·晚》 / 41

樊发稼《小蘑菇》 / 42

林焕彰《拖地板》 / 42

刘饶民《春雨》 / 42

常瑞《河马》 / 44

林武宪《鞋》 / 44

柯岩《小弟和小猫》 / 46

张秋生《蛤蟆大姐穿新衣》 / 48

鲁兵《小老虎逛马路》 / 49

鲁风《老鼠嫁女》 / 49

第四章　幼儿童话

♫ 音频：冰波《桃树下的小白兔》 / 56

洪汛涛《神笔马良》 / 57

中川李枝子《天蓝色的种子》 / 58

新美南吉《去年的树》 / 60

张秋生《给狗熊奶奶读信》 / 60

方轶群《萝卜回来了》 / 61

洛贝尔《讲故事》 / 61

汤素兰《笨狼的故事》（节选） / 64

第五章　幼儿故事

♫ 音频：《盘古开天地》 / 68

《女娲补天》 / 69

《羿射九日》 / 72

《女娲造人》 / 72

《端午节的传说》 / 75

《兔子为什么成了豁嘴唇儿》 / 78

《鲁班与赵州桥》 / 79

《枣核》 / 80

《聪明的阿凡提》 / 83

金近《青草、老鼠和桃子》 / 85

《拔苗助长》 / 85

郑春华《大头儿子和小头爸爸》（节选） / 88

李其美《鸟树》 / 89

宋雪蕾《翻跟头的一天》 / 90

梅子涵《东东西西打电话》 / 92

第六章　幼儿散文

♫ 音频：林颂英《等妈妈》 / 100

管用和《星星》 / 101

吴然《珍珠雨》 / 101

彭万洲《影子桥》 / 102

金波《小小的希望》 / 103

傅天琳《摘苹果》 / 103

鲁兵《冬娃》 / 104

楼飞甫《春雨的色彩》 / 104

胡木仁《圆圆的春天》 / 105

班马《大皮靴》 / 107

金波《尖尖的草帽》 / 108

第七章　幼儿科学文艺

♫ 音频：方惠珍、盛璐德《小蝌蚪找妈妈》 / 110

张之路《在牛肚子里旅行》 / 111

王铨美《蛤蟆唱歌》 / 112

普里什文《金色的草地》（节选） / 115

蒋应武《小鸟的家》 / 115

视频索引

YIN PIN SUO YIN

电子资源说明：

扫码观看 ▶ 视频资源

第十章　幼儿文学作品学习的方法

▶ 视频：小班儿歌阅读《小蚂蚁》 / 179

中班童话阅读《天蓝色的种子》 / 179

中班儿童诗创编《海底音乐会第二乐章》（片段） / 180

第十一章　幼儿文学作品学习活动的组织

▶ 视频：亲子共读图画书《噗～噗～噗》 / 204

亲子共读图画书《我们发现了一顶帽子》 / 204

第十二章　基于幼儿文学作品的表演

▶ 视频：戏剧表演排练：狐狸给小猪按摩 / 226

戏剧表演游戏：情绪 / 226

上 编

幼儿文学的知识

内容
导览

第一章　幼儿文学的基本问题　3

19　第二章　儿歌

第三章　幼儿诗　39

53　第四章　幼儿童话

第五章　幼儿故事　67

99　第六章　幼儿散文

第七章　幼儿科学文艺　109

119　第八章　图画书

第九章　幼儿戏剧文学　131

第一章　幼儿文学的基本问题

学习目标

◆ 阐明幼儿文学的含义、范围与类型。

◆ 阐述中外幼儿文学的发展线索。

◆ 结合作品解释说明幼儿文学的特性。

◆ 阅读幼儿文学、童年文学和少年文学作品,结合阅读感受阐述各类作品的特点。

知识框架

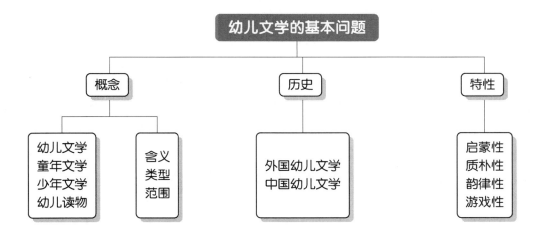

经验与问题

◆ 请选一篇适合幼儿欣赏的文学作品读一读,并与同学分享。

◆ 关于幼儿文学,你有什么问题? 请写下来。

第一节　幼儿文学的概念

一、幼儿文学与儿童文学

（一）幼儿文学是儿童文学的一个分支

儿童文学是现代社会为满足儿童的审美需要、促进其健康成长而专门创作和提供的文学。儿童文学的读者年龄一般认为应该是 0—18 岁（联合国《儿童权利公约》所指的"儿童"即为"18 岁以下的任何人"）。

0 岁至 18 岁是一个身心跨度很大的群体，为之服务的儿童文学也因此呈现出多样的艺术形态。20 世纪 80 年代中期，王泉根提出按照少年儿童年龄特征的差异性可以将儿童文学一分为三，即区分为幼年文学、童年文学和少年文学三个层次。他认为，儿童文学是幼年文学、童年文学、少年文学三个层次文学的集合体，少年儿童年龄特征的差异性及其对文学的不同要求决定并制约着幼年文学、童年文学、少年文学各自具有的本质特征与思想、艺术上的要求，这三个层次的文学都以其作品的文学价值——认识、教育、审美、娱乐等作用，将少年儿童培育引导成为灵肉健全的社会一员为最终目的。[①] 这种把儿童文学从读者角度分为三种类型的做法，目前已经成为儿童文学界的共识。

我们将 0 岁至 18 岁划分为婴幼儿期、童年期和少年期，与之对应的文学分别是幼儿文学、童年文学（或称狭义的"儿童文学"）和少年文学。

幼儿文学，是为零岁至六七岁的婴幼儿服务的文学。婴幼儿的身心刚开始发育，生活经验和知识极为有限，正处于启蒙阶段；他们对周围的世界充满了好奇和兴趣，日常生活以游戏为主导。幼儿文学应强调正面教育，注重娱乐和趣味，顺应满足婴幼儿心理发展的需要，帮助他们正确认识周围的事物，养成良好的生活习惯和品德，丰富语言知识，培养学习能力。儿歌、图画书、短篇童话、短篇生活故事等是幼儿文学的主要文体。

童年文学（或称狭义的"儿童文学"），是为六七岁至十一二岁的儿童（小学阶段）服务的文学。童年期的生活以学习为主导，童年期的儿童富于幻想，求知欲旺盛，对自我和生活世界的兴趣也越来越大，他们特别喜欢充满浪漫幻想和故事性强的作品。童年文学也应强调正面教育，注重想象与认知，题材广泛，形式多样。适合儿童发展想象力的童话、科学文艺及小说、儿童诗等是童年文学的主要文体。

少年文学，是为十一二岁至十七八岁的少年（中学阶段）服务的文学。少年期是从幼稚向成熟发展的过渡时期，少年开始敢于独立思考，渴望具备成年人的力量。少年文学应重视

---

① 王泉根：《论少年儿童年龄特征的差异性与多层次的儿童文学分类》，《浙江师范大学学报》1986 年（儿童文学研究专辑）。

美育与引导,帮助少年健康地走向青年,走向成熟。少年文学在强调正面教育的同时,应注重全景式的生活描写,更深刻地描写自然世界及社会人生,帮助少年正确把握和评价社会生活的各个方面。少年小说(成长小说、动物小说等)、散文、报告文学、寓言、少年诗等是少年文学的主要文体。

(二) 幼儿文学的边界存在一定的模糊性

幼儿文学与童年文学之间并非泾渭分明,二者的边界具有一定的模糊性。一方面,一些具有明显幼儿文学特征的作品,如童话《爱丽丝漫游奇境记》(刘易斯·卡洛尔)、图画故事《爷爷一定有办法》(菲比·吉尔曼/文·图)等,不仅幼儿在欣赏,学龄初期的儿童也在阅读;另一方面,一些写给小学阶段儿童阅读的作品,像苏霍姆林斯基、奥谢耶娃的部分教育故事等,幼儿也能阅读欣赏。而在幼儿文学内部,低龄与大龄幼儿的文学阅读界限有时也不甚分明,这是因为幼儿虽然具有共同的年龄阶段特征,但就个体而言,其身心发展速度是具有差异的。幼儿文学边界存在一定的模糊性意味着幼儿文学是开放的。

二、什么是幼儿文学

(一) 幼儿文学的含义

幼儿文学,是指能够满足幼儿的审美需求和成长需要、符合幼儿的接受能力并具有独特艺术特征的文学。

理解幼儿文学内涵的关键词是"幼儿"与"文学"。

1. 幼儿文学是能够满足幼儿的审美需求和成长需要、符合幼儿接受能力的文学

幼儿文学是为幼儿身心的健康成长服务的,幼儿文学可以是偏向娱乐的,如有趣的故事、好听的儿歌;可以是偏向知识的,如幼儿科学故事;也可以是偏向生活教育的,如有关礼仪、品德的教育故事等。以上这些或满足了幼儿的审美需求,或满足了幼儿的成长需要。要实现这些目的,幼儿文学必须符合幼儿的接受能力。如,在语言的运用上,要考虑作品的词汇是否与幼儿已经拥有的口语词汇相当;在题材内容的选择上,要考虑幼儿读者是否已经具有理解作品的相关知识与经验;在篇幅的设计上,要考虑目标年龄读者注意的时间长度,等等。总之,幼儿文学的内容与形式都应符合幼儿的心理需求与思维方式。

2. 幼儿文学是具有独特艺术特征的文学

所有的文学都以语言为物质材料,都是语言的艺术,都是通过具体生动的形象和真挚丰富的情感来反映社会人生状况,表现作者的审美理想并打动读者。幼儿文学要打动幼儿读者,不仅需要关注幼儿,考虑幼儿的接受能力,还应着力文学艺术的独特性,创造与幼儿期的生活世界、生命感受、情感体验等相关联的属于幼儿文学的美学品质。唯有此,幼儿文学才会是一种具有独立审美属性的艺术,既受到幼儿的喜爱,同时也能打动成人读者。

（二）幼儿文学的范围和类型

我们现在看到的幼儿文学包括两部分。一是专门为幼儿创作、编写的文学作品，这部分在幼儿文学中占主要地位。一是虽非刻意为幼儿所作，但却能为幼儿接受又有助于他们成长的文学作品，它们有的来自民间文学，如《小红帽》；有的来自成人文学，如《哪吒闹海》；还有的是古代启蒙读物中的故事，如《司马光砸缸》。

从文体的角度来看，幼儿文学包含以下类型：儿歌、童话、幼儿诗、幼儿生活故事、幼儿图画故事、幼儿科学文艺、幼儿散文、幼儿戏剧文学、寓言等。

（三）幼儿文学与幼儿读物

幼儿文学和幼儿读物是两个既有联系又有区别的概念。幼儿读物的含义比幼儿文学要广泛，幼儿文学只是幼儿读物的一个种类。幼儿读物还包括适合幼儿阅读的其他各类出版物，如百科全书等知识类读物、游戏类读物、品德教育类读物等。

第二节　幼儿文学的发生与发展

一、外国幼儿文学的发生与发展

幼儿文学的源头是丰富神奇的民间文学。民间文学中包含不少适合幼儿的故事、儿歌、谜语等。古印度的《五卷书》、古希腊的《伊索寓言》、古阿拉伯的《一千零一夜》、西欧的《列那狐的故事》，以及世代相传的民间口头文学，都曾经是早期幼儿文学的源泉。

1697年法国的夏尔·贝洛尔出版了《鹅妈妈的故事》（又名《寓有道德教训的往日的故事》），其中包括我们现在耳熟能详的《小红帽》《灰姑娘》《穿靴子的猫》等作品。这些故事并非专为幼儿所作，但受到了孩子们的喜爱。《鹅妈妈的故事》是世界儿童文学史上第一部有影响的作品，它为后来童话的创作提供了范例。

欧洲文艺复兴运动和资本主义的萌芽深刻地影响了儿童教育与文学。捷克教育家夸美纽斯于1658年发表的《世界图解》被誉为第一本儿童图画书，这本书表明：儿童读物应该遵循一些区别于成人读物的特殊规律。法国思想家卢梭于1762年出版的《爱弥儿》（副标题《论教育》），是世界文学史上第一部把儿童作为具有独立人格的人来描写的小说，通篇洋溢着对儿童的爱。卢梭空前充分地注意到了儿童年龄上的特征，强调发展儿童的独立精神、观察能力和灵敏性。

18世纪中叶，英国的约翰·纽伯瑞创建了世界上最早的儿童图书出版社"圣经与太阳社"，西方社会把纽伯瑞出版社的出现看作是独立的儿童文学开始的一个标志，这也有力地促进了幼儿文学的发展。

进入19世纪，儿童文学发展迅速。19世纪初，德国格林兄弟的《儿童与家庭童话集》大大影响了儿童文学的发展，儿童文学开始具有了为特定儿童服务的意识。列夫·托尔斯泰、普希金等不少著名作家为儿童创作过作品。为幼儿创作或者适合幼儿欣赏的文学作品也越来越多。

丹麦的安徒生使民间童话走向了文学童话，并成为第一个自觉为孩子们创作童话的作家。《海的女儿》《丑小鸭》《皇帝的新装》《豌豆上的公主》《小意达的花》《卖火柴的小女孩》等作品都深受孩子们的喜爱。

英国卡洛尔的《爱丽丝漫游奇境记》，情节变幻莫测，语言妙趣横生，创造了奇幻的童话境界；作品中的爱丽丝具有独立的人格，充满智慧。《爱丽丝漫游奇境记》的艺术形态及其蕴含的文化意蕴都有别于传统童话，为现代童话创作开了一条新路。

意大利科洛狄的《木偶奇遇记》塑造了匹诺曹这一童话形象，匹诺曹身上集中了许多孩子身上的美好天性以及需要克服的缺点，开创了"小说性童话"的先河。

俄国克雷洛夫的寓言、德国豪夫的童话、英国王尔德的童话、俄国普希金的童话诗，以及德国霍夫曼的《咬核桃小人和老鼠国王》、英国金斯莱的《水孩子》等都是 19 世纪的代表作。

20 世纪，幼儿文学进入了繁荣期。早期教育受到重视，相关研究机构与文学奖项越来越多，幼儿文学艺术手法日臻成熟。幼儿诗、幼儿散文脱颖而出，图画书、连环画大量出版，20世纪三四十年代图画书首先在欧美发展起来，20 世纪五六十年代被译介到日本，低幼文学的发展进入了一个繁荣时期。

20 世纪的幼儿文学充满温情和奇特的想象，着力展示纯真的童心、快乐的童年、自由的天性，阅读欣赏童话成为孩子们快乐的游戏。这个时期出现了一大批蜚声世界的童话，如：英国巴里的《彼得·潘》、米尔恩的《小熊温尼·普》、格雷厄姆的《柳林风声》和特拉弗斯的《随风而来的玛丽·波平斯阿姨》，美国怀特的《小老鼠斯图亚特》《夏洛的网》，瑞典阿·林格伦的《长袜子皮皮》《小飞人卡尔松》，以及芬兰托芙·扬松的《魔法师的帽子》，挪威埃格纳的《豆蔻镇的居民和强盗》，奥地利萨尔登的《小鹿班贝》等。

传统童话的幻想一般是异域、仙境等，与现实生活是分开的，20 世纪的童话融合了幻想世界与现实生活，这在阿·林格伦的童话中尤其突出。

十月革命后建立的苏联儿童文学体系，坚持共产主义的教育方向，强调文学的教育作用必须通过艺术感染力去实现，其中不乏优秀的作品，如：马雅可夫斯基的儿童诗《什么叫做好，什么叫做不好》、阿·托尔斯泰的童话《金钥匙》、卡达耶夫的童话《七色花》、奥谢耶娃的生活故事《蓝色的树叶》，以及比安基的动物故事《森林报》等。

♫ 奥谢耶娃
《蓝色的树叶》

进入 21 世纪，幼儿文学的代表之一图画书得以迅速发展。信息技术使儿童文学在世界范围的传播更为快捷、通畅，幼儿文学也同样进入了一个全球共享的时代。

二、中国幼儿文学的发生与发展

中国幼儿文学的源头也是民间文学，神话传说、民间故事和儿歌是幼儿文学最直接的来源。如《女娲补天》《后羿射日》《嫦娥奔月》《鲤鱼跳龙门》《八仙过海》《仓颉造字》《神农尝百草》《牛郎织女》等,都是孩子们喜爱的故事。

明朝嘉靖本《日记故事》已有插图,其中多篇是讲述古代儿童智慧聪明的生活故事,如曹冲称象、灌水浮球、司马光砸缸等。1593 年吕坤编辑的我国第一部儿歌专辑《演小儿语》问世。

与欧美相比,在中国,儿童文学的发生,几乎要迟整整一个世纪。中国儿童文学的真正发生与发展,是从五四新文学运动开始的。作为儿童文学的一部分,幼儿文学也是如此。

周作人最早较全面地研究探讨了儿童文学理论,最早开始儿歌的收集和研究工作。

五四时期各地纷纷展开儿歌的收集整理,出版了一批儿歌童谣集,大大推动了幼儿文学的发展。与此同时,现代白话文创作的儿童诗歌也开始涌现,如胡适的《蝴蝶》、周作人的《儿歌》、刘大白的《两个老鼠抬了一个梦》、叶圣陶的《蝴蝶歌》、胡怀琛的《大人国》和《小人国》等,从语言形式上突破了文言文的束缚,深受幼儿喜爱。

五四前后,曾经出现过译介西方儿童文学的热潮,《安徒生童话》《格林童话》《爱的教育》《木偶奇遇记》《爱丽丝漫游奇境记》等世界著名儿童文学作品都被译介到了国内。

除翻译作品外,原创作品也开始问世。叶圣陶于 1921 年开始创作童话,于 1923 年出版了我国第一部短篇童话集《稻草人》;1922 年,郑振铎在上海创办了中国现代最具影响力的儿童刊物《儿童世界》,为中国童话的创作提供了一个发表的平台;1923—1926 年,冰心献出了整整影响几代小读者的散文《寄小读者》;1921 年始,黎锦晖编导的《麻雀与小孩》等十一部儿童歌舞剧开始风行全国。20 世纪 30 年代最大的收获是张天翼的童话《大林和小林》《秃秃大王》,荒诞怪异,充满游戏性。

20 世纪 30 年代以后还有一大批童话作家在不断的创作中成长起来,如陈伯吹、黄庆云、董纯才、贺宜、严文井、叶君健、金近、何公超、方轶群、苞蕾、郭风、鲁兵等。

20 世纪三四十年代儿童文学创造了艺术童话、儿童小说、儿童诗等新的文体,产生了一些经典性的文学作品。但那时的中国内忧外患,儿童文学作家同样关注民族命运,总体而言,其中以体现现实意义的戏剧、报告文学和小说等居多,童话、散文等相对较少。

五四时期还出现了幼儿图画故事,郑振铎先后创作了《两个小猴的冒险》《河马幼稚园》等四十多篇作品;赵景深也创编过五十多种幼儿图画书。至 20 世纪 30 年代,各种图画书相继问世,儿童报刊也积极开设图画故事专栏。

20 世纪 50 年代后,我国儿童文学的创作深受苏联的影响,建国初期的幼儿文学创作题材大多受制于合作化、大跃进、人民公社等各项社会运动的影响。从 1949 年至 1979 年的三十年间,大多数幼儿文学作品缺乏艺术性,只有少数作品具有艺术感染力,如柯岩的儿童诗充满情趣、金波的儿童诗清新纯真、孙幼军的《小布头奇遇记》童趣盎然。

20 世纪 80 年代后,幼儿文学创作开始回归儿童、回归文学,并积极追求艺术个性。以冰波、周锐、郑渊洁、郑春华等为代表的一批作家,用自己的创作实践一步步地做出了回应。

20 世纪八九十年代再一次出现了译介西方儿童文学的热潮,仅任溶溶就翻译了大量的世界儿童文学作品,如《木偶奇遇记》《假话国历险记》《小飞人三部曲》《安徒生童话》等。

20 世纪 90 年代后的幼儿文学,其文学性和儿童性进一步彰显,如郑春华的《大头儿子和小头爸爸》、汤素兰的《笨狼的故事》都为幼儿文学的创作带来了新的思路。

进入 21 世纪,大量欧美、日本的优秀图画书被译介进来,国内原创图画书也有了长足的发展。回归文学、回归儿童、追求艺术个性,这是幼儿文学创作者、理论研究者和幼儿教育工作者共同的目标,中国的幼儿文学正走在良性发展的道路上。

第三节　幼儿文学的特性

一、幼儿文学的启蒙性

幼儿文学具有教育启蒙性,它是开启幼儿心智的启蒙文学。一般而言,文学的主要价值是审美,其启蒙主要表现在人性、人情、人道方面;而幼儿文学的启蒙是全方位的,其教育启蒙功能与审美功能相当,有时甚至更为重要。

对于大部分的幼儿来说,0—6 岁是一个关键的教育时期。在这一时期里,幼儿将认识周围的世界,逐渐获得对其所生活世界的相关事物、语言、概念等的基本认知,逐渐具有参与这个世界生活的能力,这是幼儿生活的重要内容。幼儿文学是根据幼儿的接受能力,为满足其审美需求和成长需要而创作的文学作品,自然就担负着帮助幼儿认识世界的任务。对于幼儿来说,阅读的主要功能在于人际交往和认识世界,阅读欣赏幼儿文学也就成为幼儿期教育启蒙的重要途径。

(一)幼儿文学的启蒙性是全面的

幼儿文学作品提供了大量能够促进幼儿认知和语言发展、个性和社会发展的内容,它对幼儿的身心启蒙是全面的。

幼儿文学作品是幼儿语言学习的重要资源。幼儿的语言学习除了在日常生活中习得外,欣赏幼儿文学作品是又一重要的途径。心理学上把"从婴儿出生到第一个真正意义上的词产生之前的这一时期"称为前言语阶段,一般指 0—12 个月。在前言语阶段,成人诵读儿歌、讲述故事的声音对于幼儿的语言发展就已经具有重要的意义。因为在这一阶段,婴儿虽还不能言说,但已经具有一定的言语知觉(指的是对口头言语的语音知觉)及言语理解能力,11 个月大的婴儿对言语的理解已经相当稳定和牢固了,"他们能熟练地从言语的'涓涓细流'中拣出自己熟识的'语言石块'来"[①]。——对于部分"语言石块"他们已能一听就懂了。幼儿在语言发展的过程中,不断地扩充建构自己的口语心理词典,大量通过倾听获得的幼儿文学作品是心理词典内容的重要源头。可以说,任何一篇传递给幼儿的文学作品,都是其语言学

---

① 庞丽娟、李辉:《婴儿心理学》,浙江教育出版社 1993 年版,第 248 页。

习的资源。

幼儿文学作品还向幼儿传递着与其所生活的世界相关的事物、概念的知识。如在儿歌中，含有大量关于日常生活中事物、现象的作品，包括各种动植物知识、自然节气知识以及日月星辰、风雨雷电等自然现象知识。又如幼儿诗中的一部分咏物诗，其着力点在于咏物，就是为了帮助幼儿认识世界，认识事物。故事类作品蕴含着更为丰富的知识内容。一部分幼儿文学作品还专意于向幼儿传授抽象的概念，如数字、时间、空间、颜色等。瑞士莫妮克·弗利克斯的小老鼠无字书系列中的部分作品、美国李欧·李奥尼的图画书《小蓝和小黄》等都具有这样的功能。

幼儿文学作品具有促进幼儿个性和社会发展的重要功能。其他的儿童文学门类也具有这一功能，但幼儿文学最为突出。相对而言，关于作品的教育启蒙性，幼儿文学的创作者具有更为自觉的意识，因而从整体上看，幼儿文学作品能够"促进幼儿个性和社会发展"的内容比较全面，从情绪行为、自我了解到社会理解、道德发展等，几乎一应俱全。另外，幼儿文学作品中教育的意图特别明显，幼儿能够比较容易地从角色形象的行为中做出判断。

（二）处理好启蒙性与文学性的关系

幼儿文学创作者要处理好启蒙性与文学性的关系。尽管幼儿文学的教育启蒙功能很强，作品中要蕴含丰富的生活知识、自然知识和科学知识，但这并不意味着文学性是次要的。幼儿文学是文学艺术，应该具有独特的美学特性，如何以艺术手段来表现知识，对于创作者来说是一个挑战。另外，由于幼儿理解接受能力的限制，幼儿文学能运用的艺术手法是极其有限的，这对于文学性的表现也是一种挑战。优秀的幼儿文学作品总是将知识内容自然而然地融汇其中。如奥谢耶娃的教育故事就是在富有文学魅力的讲述中传递教育性的成功之作。又如莫妮克·弗利克斯的小老鼠无字书系列，八本图画书分别以"字母""数字""房子""飞机""大风""小船""颜色""反正"为题目，具有明确的教育目标，即向幼儿传授基本的字母和数字知识、自然知识，以及有关颜色、空间等的基本概念，介绍幼儿生活中常见的或者感兴趣的事物。这些知识和概念的传授是富有趣味和美感的，教育的内容完全融合在有趣好玩的小老鼠形象和充满创意的图画故事中。

二、幼儿文学的质朴性

幼儿文学是质朴的，它以朴素自然的文学形式表达本真的生命形态。

幼儿文学必须浅白易懂，是一种浅语的艺术。受幼儿知识经验和理解能力的限制，和一般的文学艺术相比，幼儿文学可以采用的艺术手法就少多了。语言上，只能运用有限的词汇、句式；技法上，自然不能像成人文学那样自由，与童年、少年文学相比也受更多的限制，因为大多数幼儿尚未接受过文字教育。

（一）幼儿文学以质朴自然的形式表现童年的纯真

幼儿文学以一种质朴自然的文学形式所表现的往往是童年初期生命的纯真和稚拙。请看冰波的童话《啪答啪答小鸭》：

♫ 冰波
《啪答啪答
小鸭》

啪答啪答小鸭

蛋里出来一只小鸭子，长着一双大脚丫。

小鸭子，大脚丫，啪答啪答向前走。

绊着一块小石头，"扑通"摔一跤。

小鸭子，不怕痛，低头看着路，啪答啪答向前走。

看见一只小蚂蚁，小鸭子不去踩。

看见一只小甲虫，小鸭子不去踩。

啪答，啪答，小鸭子，不小心踩着自己的脚。"扑通"，小鸭子又摔了一跤。

"哎哟，好痛啊！"这回，小鸭子哭了。

勇敢的小鸭子，哭了一会儿就不哭，还是啪答啪答向前走。

走到一个大湖边，"扑通"，小鸭跳进了大湖里。

小鸭子在水里游。原来，小鸭子的大脚丫，不但会走路，还会游水哪。

这篇童话正文共一百八十九字，通篇都是通俗易懂的词语和简单的句子，句式很短，最长的句子是九个音节，共三句，其他分别是：八字句三句，七字句九句，六字句三句，五字句五句，三字句六句，二字句七句。这些如同日常口语的语言，写一只刚孵出来的小鸭子如何稚拙地走向河边，跳进湖里，开始它的新生活。这些口语化的句子很有节奏感，读着犹如踩着小鸭子啪答啪答的脚步，简单的形式所表达的是生命本真的形态：绊着一块小石头，摔一跤，"小鸭子，不怕痛，低头看着路，啪答啪答向前走"；不小心踩着自己的脚，又摔了一跤，这回小鸭子哭了，但是"勇敢的小鸭子，哭了一会儿就不哭，还是啪答啪答向前走"。这不就是寻常生活中孩子们稚气的身影吗？"看见一只小蚂蚁，小鸭子不去踩""看见一只小甲虫，小鸭子不去踩"，这不就是孩子纯真、美好的友善之心吗？读着这样质朴自然的文字心里不由得充满了欢喜和温暖。

（二）幼儿文学的浅语可以表达深意

幼儿文学的浅语可以表达深邃的意味，如林良的《树》：

♫ 林良《树》

树

一棵树

有一棵树的样子，

就好像

一个人

有一个人的样子。

样子都不一样，

但是都有一种

很可爱的样子。

这首诗运用的都是孩子能够明白的语言，文字音节的回环里有一种巧思，树与人相互映衬，从浅语里可以读出对于自然生命的关怀，读出对每一个生命挺拔而立的期待。

即便如《啪答啪答小鸭》那样，构思平实，文字浅白，但朴素寻常的形式里依然蕴含着成长的深意。初生的小鸭就是幼小的孩童，他们普普通通，但是都有一种天生的力量促使他们迈开脚步向前走；一路上，他们会学习应对困难，会学会友善温情，只要啪答啪答向前，踏踏实实地向前，每一个生命都会勇敢地走向生活，走出自己的路来。

幼儿文学是朴素的，但并不粗糙和浅薄，因为它基于童年纯真、稚拙的生命本相。

三、幼儿文学的韵律性

幼儿文学的传递具有特殊性，大多数的幼儿接受大部分的幼儿文学作品需要成人的声音作为中介。幼儿文学的欣赏者并非"读者"而是"听众"，因而幼儿文学在很大程度上是一种听觉的艺术，其语言与形式结构应能在听觉上呈现出一种与幼儿的接受特点相应的和谐。

（一）喜爱韵律是幼儿的内在需要

幼儿对语音韵律的爱好几乎是先天的。"幼儿最迷人、也最显露的行为，是他们戏耍语言的倾向"，一个孩子到两岁的时候，"他懂得了他语言中所允许的声音组合，所偏爱的辅音与元音安排，所刚出现的单字含义与语感"，"他发明恰当的和不恰当的声音组合，用他所想到的各种方式去并置它们"。[1]

儿童所喜爱痴迷的声音节奏往往都比较整齐、和谐，这与童年期内在生命的自然节奏是相吻合的。"由一定的频率构成的有节奏的和谐的声响，与人耳的鼓膜振动、人体内部的血液循环、脉搏的跳动等生理机能相适应，这样的声响对人类来说才是一种悦耳之声"[2]。——儿童（尤其是幼儿）是身体与心理处于平衡发展中的个体，社会的文化的因素在其心灵上的影响还很少，其感官刚刚进入社会化或曰人化的起跑线，因而他就特别钟情与生理节奏相吻合的、和谐的语音形式。幼儿文学因此成为一种富于韵律感的文学样式，特别讲究简洁流畅的旋律、整齐匀称的节奏。

（二）幼儿文学作品韵律感的表现

幼儿文学作品的韵律感主要体现在语音和结构形式上。语音的韵律主要是通过押韵、双声、叠韵、连锁等手法，以及特定的节拍表现出来；结构的韵律则通过反复、对偶、回环、排

① ［美］H・加登纳：《艺术与人的发展》，兰金仁译，光明日报出版社 1988 年版，第 181 页。
② 钱冠连：《美学语言学》，海天出版社 1993 年版，第 50 页。

比等手法呈现。如传统儿歌《丫头丫》："丫头丫,/打蚂蚱,/蚂蚱跳,/丫头笑,/蚂蚱飞,/丫头追。"读起来上口,听起来悦耳。制造出悦耳声音的手法很多:如押韵,每两句押一个韵,"丫——蚱""跳——笑""飞——追"分别是押韵的;又如,整首儿歌的每一句的第一个音节属于同一个韵;再如,"丫头"与"蚂蚱"的反复与回环;还如,句式的整齐、后四句结构的一致等。在这样一首简短的儿歌中,从语音到结构形式都呈现出一种和谐的音乐性。

一般而言,韵文类作品的韵律感在语音和结构形式上都会有比较充分的体现,散文类作品(注:此处的"散文"是与"韵文"相对的概念,指不讲究韵律的文章)则对语音和结构形式的韵律感没有特别要求。但在幼儿文学中,几乎所有类别的作品都追求韵律感。

其一,韵文类作品是幼儿文学的重要部分。幼儿文学中的韵文类作品主要是儿歌和幼儿诗。儿歌是幼儿文学不可或缺的一部分,或者说,儿歌读者的最大群体就是幼儿。儿歌是以音乐性为首要审美特征的文体,其音乐性体现在文本形式的各个方面,既有语音层面,又包括结构形式,诵读起来节奏鲜明,朗朗上口。

其二,散文体故事普遍运用韵文手法。如童话故事《啪答啪答小鸭》的语言形式就充满了韵律感。相同结构句式的运用,整齐悦耳,如"出来一只小鸭子,长着一双大脚丫"。而下面这两段,完全可以看做是一首儿歌:

> 看见一只小蚂蚁,小鸭子不去踩。
> 看见一只小甲虫,小鸭子不去踩。

故事中反复出现"小鸭子""大脚丫""啪答啪答向前走",词语与句子的反复就像舞蹈中的鼓点呈现出一种特有的节奏。在不同的情境中,小鸭子总是迈着大脚丫,啪答啪答向前走,这就形成了在故事结构形式上的一种韵律感,在倾听中,孩子的思维与情感便顺着这一节奏跟着向前走。

又如,循环式的故事结构能够带来循环往复的节奏感。《花婆婆》(芭芭拉·库尼)是一个首尾呼应的故事。当花婆婆还是小女孩的时候,每次听爷爷说完故事就会接着说:"爷爷,我长大以后,要像你一样去很远的地方旅行。当我老了,也要像你一样住在海边。"当爷爷说还要记得"做一件让世界变得更美丽的事"时,她又快又大声地回答"好哇!"但是,她不知道将来会做什么事。而当花婆婆老了的时候,她也像当年的爷爷一样给孩子们说一些远方的故事。说完后,有一个孩子跟她说:"我长大以后,要像你一样去很远的地方旅行。当我老了,也要像你一样住在海边。"这时,花婆婆也笑着说要记得"做一件让世界变得更美丽的事",接着孩子也是又快又大声地答道"好哇!"但是,那个孩子也不知道将来会做什么事。这是一个传承美丽的循环,令人回味无穷。

结构富于韵律感是幼儿文学作品的普遍特点,像平行叙述、三段式的反复等结构都具有匀称、稳定的节奏,听读欣赏这样的作品能给幼儿的身心带来愉悦与安全。

四、幼儿文学的游戏性

幼儿文学富于游戏性,它是快乐的文学。游戏是幼儿的存在状态,游戏不仅仅是幼儿娱乐的方式,也是学习与创造的活动。

幼儿文学是一种特殊的游戏,它是由语言文字创造的一个游戏世界,幼儿阅读欣赏一个幼儿文学作品就是在参与一场游戏。

(一) 幼儿文学作品从内容到形式都具有游戏性

1. 幼儿文学的语言形式里富含游戏性

♫ 寒枫《捏泥巴》

语言形式的游戏性可以表现在语音层面,这在儿歌中表现得最为充分。好听本身就好玩,好听本身就可以成为娱乐的材料,典型的如连锁调:"捏,捏,捏泥巴,/一捏捏个胖娃娃。/胖娃娃,太淘气,/捏个黄牛来耕地。/黄牛站着不肯走,/我来捏个小花狗。/小花狗,尿了裤,/我来捏个小白兔。/小白兔,不会跳,/我来捏个小花猫。/小花猫,不穿鞋,/我来捏个猪八戒。/猪八戒,肚子大,/一口吃个大西瓜。"(寒枫《捏泥巴》)儿歌很大程度上就是语言的游戏。

语言的游戏性还可以表现在幽默、夸张的叙事形式上,如木子的《长腿七和短腿八》:

长腿七和短腿八

♫ 木子《长腿七和短腿八》

长腿七的两条腿有七尺长。短腿八的两条腿只有一尺八寸长。

长腿七住在第七村第七街第七号,短腿八住在第八村第八街第八号。

长腿七和短腿八两人是好朋友。

长腿七喜欢穿长长的牛仔裤,短腿八喜欢穿短短的短裤头。

长腿七住的是高高的高房子,短腿八住的是矮矮的矮屋子。

长腿七睡高床,用高桌子高板凳。短腿八睡矮床,用矮桌子矮板凳。

……

长腿七是裁缝师,缝衣针常常掉在地上捡不到,一定要等短腿八来替他捡。

短腿八是种枣子的农夫,他爬上梯子也采不到树上的枣子;长腿七不要用梯子,一伸手就采到枣子。

长腿七做一条裤子要用布七尺七,短腿八做一条裤子只要一尺八。

长腿七替短腿八修屋顶,短腿八替长腿七刷地板。

长腿七的鞋带松了,短腿八替他系鞋带。大水来的时候,长腿七把短腿八扛在肩膀上。

长腿七喜欢捕捉枣树上的小知了。短腿八喜欢追逐草丛里的小蟋蟀。

每个月的第七天,短腿八在家忙里忙外,忙着招待长腿七来喝酒吃午饭。每个月的第八天,长腿七在家忙里忙外,忙着招待短腿八来喝酒吃午饭。

他们两个,你来我往很密切。

长腿七对短腿八说:"如果你不来,我的缝衣针掉满地。"

短腿八对长腿七说:"如果你不来,我的枣子没人替我采。"

长腿七对短腿八说:"你的短腿真有用。"

短腿八对长腿七说:"你的长腿更有用。"

时间一年一年,一月一月地过去。长腿七和短腿八一直都是好朋友。

作者木子创设了长腿七和短腿八这样两个生理上差异极大的形象,以平行对比的叙述形式推进情节;同时借鉴了绕口令的艺术手法,重复运用特定的字、词、句式,在语言形式上创设了一种滑稽诙谐的趣味。

2. 幼儿文学描写的内容富含游戏性

内容的游戏性可以从两个方面来看。一方面来自奇异的想象,如爱丽丝(刘易斯·卡洛尔《爱丽丝漫游奇境记》)、皮皮(阿·林格伦《长袜子皮皮》)所经历的,孩子们跟着她们穿行在离奇的幻想、荒诞的情节里,就是一场无拘无束的游戏。另一方面,内容的游戏性还表现在作品描写的内容就是一场游戏。这又可以有多种样式。具体如下:

有的是描写了一个游戏场景,读着犹如经历了一场游戏,如夏辇生的《抬轿子》:

抬 轿 子

男孩子,搭轿子,女孩子,坐轿子,一颠一颠出村子。女孩戴着野花环,活像一个新娘子。

"去哪儿呀?"男孩子问。

"找新郎!"女孩子说。

"新郎在哪呀?"男孩子瞪大眼睛找。

"太阳里! 月亮上!"女孩子咯咯笑弯了腰。

轿子掉转头,"嗵嗵"往回抬。任女孩子捶,任女孩子嚷,抬轿子的都成了哑巴样。

回到大树下,"叭"轿子散了,新娘摔了。"哑巴"扯开嗓门大声嚷:

"新娘子送上太阳、送上月亮,谁跟我们抬轿、斗嘴、过家家?"

有的整个故事就是一个充满奇特想象的游戏,如宫西达也的图画故事《好饿的小蛇》就是这样一个故事游戏:好饿的小蛇吃下"什么",它的身体就会变出"什么"的形状,于是我们就从小蛇的身上依次看到了苹果、香蕉、饭团、葡萄、菠萝的形状,当小蛇吞下一棵苹果树时,它的身体也直立起来变成了一棵苹果树的样子。孩子阅读的过程,也是在奇想中的游戏经历。

有的作品本身就是游戏的一部分,如儿歌中的游戏歌,踢毽歌、跳绳歌之类就是游戏活动中不可缺少的唱词。有的幼儿故事还是很好的游戏素材,可以改编成幼儿游戏,如《拔萝卜》。

(二) 幼儿文学的多种艺术样式都具有游戏性

儿歌、童话、幼儿戏剧、笑话等幼儿文学的多种艺术样式都具有充足的游戏性。

儿歌中除了游戏歌,其他如连锁调、问答歌、数数歌、绕口令、颠倒歌、谜语歌等都具有很强的娱乐性和创造性。

童话的幻想空间是幼儿进行游戏、释放心理能量的理想场所,海阔天空的幻想、荒诞离奇的情节、狂放野性的行为,童话是能够充分表现游戏精神的文学样式。

幼儿戏剧也是一种游戏。与一般的戏剧文学不同,幼儿戏剧文学呈现的戏剧情境,不是供幼儿阅读欣赏的,而是要以表演的形态呈现给幼儿的,幼儿完全可以是表演的参与者。有时表演是经过排练的舞台演出,这种情形下,幼儿可以是纯粹的欣赏者,也可以是表演的参与者;有时表演是即兴的,幼儿边听读边跟父母或老师一起表演。不管是哪一种情形,幼儿都是在实实在在地游戏。

笑话更是一种纯粹的娱乐,而为数众多的幼儿故事里也有游戏的成分,有趣的题材、生动的情节、鲜明的形象、活泼的语言以及巧妙的结构等,都会把幼儿带入一个与现实世界不同的想象空间,经历一场快乐的行程。

幼儿文学充满游戏精神,它为幼儿提供了一个无比广阔的游戏世界,在这里,幼儿可以自由自在地想象,可以无拘无束地创造;他们可以在文学的游戏世界里狂欢,以宣泄他们旺盛的生命力,可以在不断的冒险和冲突中成长。

 探讨

◆ 下面是有关幼儿文学概念的各种观点,请谈谈你的看法。

幼儿文学是"幼儿本位的文学",其艺术构成都必须以幼儿心理特征为依据与标准。

幼儿文学是教育幼儿的文学。

幼儿文学是专为幼儿创作的文学作品。

幼儿文学是写幼儿的文学。

◆ 学习本章之前写下的"问题"都解决了吗? 和同学合作探讨尚未解决的问题。

有些问题可以在学完整个课程后再来探讨。

 思考与实践

一、理解与分析

1. 阐述幼儿文学的含义。

2. 概述中外幼儿文学的发展线索;谈谈中国幼儿文学在发展过程中是如何借鉴吸收国

外优秀成果的。

3. 幼儿文学具有哪些特性？请结合作品阐述——可以在学完第二章至第九章后,再来分析阐述。

二、 阅读与积累

1. 幼儿文学、童年文学、少年文学各有什么特点？请阅读幼儿文学、童年文学和少年文学作品各若干篇。

2. 请阅读诗歌《小小的船》(叶圣陶)、《月亮和云朵》(金子美玲)、《月夜》(约瑟夫·封·艾辛多夫),并想一想它们分别适合哪个年龄段的读者,为什么?

♫ 叶圣陶
《小小的船》

♫ 金子美玲
《月亮和云朵》

♫ 约瑟夫·
封·艾辛多夫
《月夜》

第二章　儿　　歌

 学习目标

- ◆ 结合作品阐明儿歌的含义和特点。
- ◆ 能判断特殊形式的儿歌类型，阐述各类儿歌的特点。
- ◆ 阅读各种类型的儿歌，感受儿歌的音乐性和情趣等。
- ◆ 搜集家乡的传统儿歌，尝试根据幼儿接受特点进行整理。
- ◆ 尝试创编儿歌，并与同学交流、分享。

 知识框架

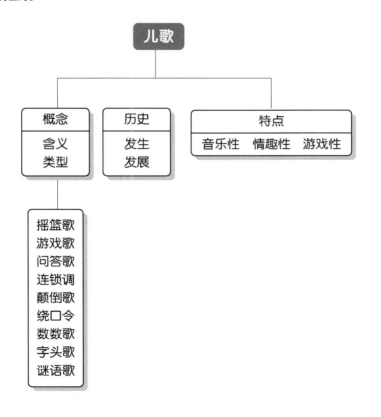

经验与问题 ——————————————————————————————————————•

◆ 念诵一首或几首自己喜欢的儿歌，并说一说喜欢的理由。

◆ 关于儿歌，你有什么问题？请写下来。

第一节　儿歌的概念与历史

一、什么是儿歌

儿歌是采用韵语形式，适合于儿童聆听、念诵的具有民歌风味的简短诗歌。

儿歌在我国古代又被称为童谣、童子歌、孺子歌、小儿语等。

儿歌可以说是人的一生中最早接触的文学样式。

儿歌的类型可以从不同角度来划分。第一，按作者来分，可以分为民间儿歌和创作儿歌。民间儿歌是根据民间口头流传整理的儿歌，通常是在民间流传中集体创作的；创作儿歌则是由个体作者专门创作的儿歌。第二，从主题角度可分为知识性儿歌、教育性儿歌和游戏性儿歌等。第三，按照念诵吟唱者来分，又可以分为母歌和儿戏，前者指长者吟诵的摇篮歌、逗乐游戏歌等，后者指的是儿童嬉戏时念诵的儿歌。第四，从形式上分，可分为齐言、杂言以及传统特殊形式的儿歌，本章第三节将对儿歌的形式类型做具体介绍。

二、儿歌的发生与发展

（一）儿歌的发生

我国儿歌的历史非常悠久，在《左传》《战国策》等典籍中都有关于童谣的零星记载。古代文献上所记载的童谣是一种"时政歌"，和富有儿童情趣的民间儿歌不同。它是由成人创作的，是表达创作者及其群体政治态度和呼声的短歌，往往与重大历史事件相关，如秦末农民起义时，就流传"阿房，阿房，亡始皇"的童谣。

"荧惑说"是中国古代解释那些童谣的一种理论。古人称火星为"荧惑星"，认为儿歌是荧惑星下凡化作"赤衣小儿"，教人间的孩童念唱的歌谣，小则表达"一人之吉凶"，大则预示"国家的兴败"。这种有关儿歌的观点流传了很长时间。实际上，中国古代由儿童传唱的儿歌并不属于儿童，而是一个政治斗争的工具。

（二）儿歌的发展

儿歌在明代出现了新的面貌。明代的典籍中出现了富有儿童情趣的儿歌，如地方志《帝京景物略》中就记载了这样的儿歌:"杨柳儿活,抽陀螺,/杨柳儿青,放空钟。/杨柳儿死,踢毽子,/杨柳发芽儿,打枝儿。"明代的一些文人开始搜集民间儿歌,1593 年吕坤编辑的《演小儿语》是我国最早的一部儿歌专集,收录了根据河南、河北、山西、陕西、山东等地的童谣改编的儿歌四十六首。

清代郑旭旦等称儿歌为"天籁",即自然界的音响,更多的人开始从事儿歌的搜集整理工作,先后编辑的儿歌专辑主要有以下几种:康熙初年,郑旭旦编辑的《天籁集》收录吴越地区儿歌四十八首;光绪二年,悟痴生辑录出版的《广天籁集》收录浙江儿歌二十三首;1896 年意大利人韦大利编辑出版《北京歌谣》,收录北京地区儿歌一百七十首;1900 年美国人何德兰编辑出版《孺子歌图》,收录儿歌一百三十八首。

1906 年,伍兆鳌用歌谣体创作以及改编的儿歌集《下里歌谣》(共八十一首)出版。

20 世纪初,文化界开始真正以儿童文学眼光理解、解释儿歌。1918 年到 1925 年,刘半农、胡适、周作人等掀起了一场"歌谣运动",开展民间歌谣征集和研究,并在北大创办了《歌谣》周刊。对儿歌研究最为投入的是周作人,在收集整理儿歌的同时,他发表了《儿歌之研究》《中国民歌的价值》等一系列文章。在《儿歌之研究》中,周作人提出"儿歌者,儿童歌讴之词,古言童谣",《歌谣》周刊把发表的歌谣冠以"儿歌"之名。自此,作为儿童文学的一种独立文体,"儿歌"这一名称广泛使用,并沿用至今。

第二节 儿 歌 的 特 点

作为一种独立的儿童文学体裁,儿歌在其自身的发展过程中形成了一些固有的特点。

一、音乐性

儿歌的音乐性直接而鲜明,其音乐性的意义绝不亚于语义,就像音乐一样满足低幼孩童听觉上的需要。许多民间流传的儿歌并无多大的思想内涵,甚至意义并不连贯,只求在和谐的吟唱中,让孩子们获得愉悦的体验或者增加他们游戏的兴趣。如下面两首传统儿歌:

莲 花 灯

莲花儿莲花儿灯,
今儿个点了,
明儿个扔。

♫ 传统儿歌
《莲花灯》

豌 豆 饭 儿

豌豆饭儿热,
豌豆饭儿冷,
豌豆饭儿放在锅里九天九夜整。

♫ 传统儿歌
《豌豆饭儿》

　　儿歌的音乐性往往表现在明快的节奏、流畅的韵律上,其中节拍和押韵音节构成了儿歌音乐性的主要方面。节拍是由诗句的顿歇构成的,儿歌的节拍往往是有规律的,它是形成节奏感的重要因素。儿歌是押韵的,押韵的实质,就是使具有一定音质(若声调一致还包括音高)的声音在一定的时间间隔内重复出现,从而为声音过程提供节奏。节拍与押韵音节去而复返、前呼后应,使儿歌产生鲜明的节奏感。如北京儿歌《天上星啦斗》:

天 上 星 啦 斗

　　　天上星啦斗,

　　　地下鸡啦狗,

　　　园里葱啦韭,

　　　塘里鱼啦藕。

　　这首儿歌的节拍是××/××/×/,十分整齐;除了韵脚"斗""狗""韭""藕"外,每一句的第四个字都是"啦",同一语音有规律地重复,显然又增强了节奏感,诵读起来回环往复,朗朗上口,声音的美感里洋溢着狂欢。

二、情趣性

　　儿歌的内容往往单纯浅显,通俗易懂,但浅显而不浅薄,单纯而不单调,充满了情趣,这种情趣是活泼、稚拙的。稚气而拙朴的情趣既表现在儿歌的内容上,也表现在形式上。

　　从内容上看,情趣性主要是通过描绘富有儿童情趣的细节,或者简单又引人入胜的情节来表现的,如蒋应武的《小熊过桥》:

♫ 蒋应武
《小熊过桥》

小 熊 过 桥

　　　小竹桥,摇摇摇,

　　　有只小熊来过桥。

　　　立不稳,站不牢,

　　　走到桥上心乱跳。

　　　头上乌鸦哇哇叫,

　　　桥下流水哗哗笑。

　　　"妈妈,妈妈,你来呀!

　　　快把小熊抱过桥!"

　　　河里鲤鱼跳出水,

　　　对着小熊大声叫:

　　　"小熊,小熊,不要怕,

眼睛向着前面瞧!"
一二三,
向前跑,
小熊过桥回头笑,
鲤鱼乐得尾巴摇。

从形式上看,情趣性主要表现为一种富有动感的叙述方式所呈现的口语风格。如北京传统儿歌《丫头丫》:

丫 头 丫

丫头丫,
打蚂蚱,
蚂蚱跳,
丫头笑,
蚂蚱飞,
丫头追。

♫ 传统儿歌
《丫头丫》

短短六句十八个字,唱出一幅小女孩追逐蚂蚱的嬉戏图,"打""跳""笑""飞""追",五个口语中常用动词描绘出欢快活泼的情态,似乎能看到童心在蹦跳。又如上文的《天上星啦斗》,音韵整齐有致,意义不着边际,但却带给我们一种天上地下般开阔自由的游戏性想象和趣味。

三、游戏性

儿歌有着明显的游戏成分,可以说是一种愉悦孩子情绪、锻炼其语言和思维能力的"游戏歌"。从某种意义上说,儿歌是供儿童游戏的文学样式。

儿歌的内容往往洋溢着一种游戏性。如内蒙古儿歌《老鼠娶亲》:

老 鼠 娶 亲

嘟嘟哇,嘟嘟哇,
老鼠娶亲来到了。
八个老鼠抬花轿,
四个老鼠放鞭炮,
四个老鼠吹鼓手,
嘟嘟哇哇真热闹。
老鼠嫂子去送亲,
耗子大娘迎花轿,

老猫闻听来贺喜,

一口一个都吃掉。

　　《老鼠娶亲》的内容从喜庆跌至死亡,但因为猫和老鼠在自然界中是天敌,恐惧似乎被化解了,儿歌呈现出的是引人发笑的滑稽效果,洋溢着无拘无束的狂欢。诸如此类的狂欢效果在颠倒歌中普遍存在。

　　儿歌与游戏相互依存,对于低幼孩童来说,唱诵戏笑是不可分离的。儿歌的游戏性,追求游戏与儿歌的结合,实现儿歌与游戏的互补。从这个角度来说,儿歌的游戏性主要表现在具体的语音游戏、身体游戏和智力游戏上。

　　儿歌的音乐性,使得念诵儿歌本身就是一种语音游戏活动。传统儿歌中,像抽指歌、拉锯调、拍手谣、跳绳歌、踢毽歌等都具有直接组织游戏的作用,以富有韵律性的语言来揭示游戏的内容,孩子边念诵儿歌,其身体边参与游戏,增强了孩子对游戏的兴趣。还有一部分儿歌直接应用在智力游戏中,如伴随孩子玩猜谜游戏时念诵的谜语歌、学习数字时念诵的数数歌、玩对花游戏时念诵的对花谣等。另外一些特殊形式的儿歌如绕口令、连锁调、字头歌、颠倒歌等一经与游戏结合,也会在天然的谐趣中突出儿歌的趣味性。

第三节　儿歌的形式类型

一、儿歌的一般形式

　　为了便于儿童接受,儿歌一般篇幅短小,结构单纯。

　　儿歌的句式(句子的长短,即音节的多少)比较整齐,一般有齐言句式和杂言句式两种形态。

　　齐言句式的儿歌,从头到尾,句式整齐,节奏规整,常见的一般是三言、四言、五言和七言。如浙江余姚儿歌《笃笃笃》和《蟋蟀》分别是三言和四言句式:

笃　笃　笃
笃笃笃,

磨羊角,

秋风起,

蛇脱壳。

蟋　蟀
浆浆洗洗,

肚兜系系,

雨水弹弹，

窗门关关，

秋风凄凄，

盖条棉被。

　　杂言句式的儿歌，句式长短不一，节奏和谐有变化。如江西传统儿歌《鹅大哥》：

鹅　大　哥

鹅大哥，

鹅大哥，

红帽子，

白围脖，

摇摇摆摆上山坡。

请你进来坐一坐，

我要问问你，

哦呜！哦呜！

唱的什么歌。

♪ 传统儿歌
《鹅大哥》

　　这首《鹅大哥》由二言、三言、五言、七言句式构成，活泼灵动，节奏错落有致。

　　杂言句式的儿歌形式多样，常见的是三言、五言、七言等句式的综合。如浙江云和儿歌《放纸鸢》：

放　纸　鸢

放纸鸢，

放纸鸢，

纸鸢放得高，

回家吃年糕。

放纸鸢，

放纸鸢，

纸鸢放得低，

回家抱弟弟。

　　这首《放纸鸢》儿歌分为两部分，各自分别押韵，两部分分别为三三五五言句式，节奏十分和谐。

二、儿歌的特殊形式

我国的儿歌在长期的流传过程中，形成了一些特定的形式，深受孩子们的喜爱，这些形式也常常被创作者们所借鉴。下面介绍几种主要的形式类型：摇篮歌、游戏歌、问答歌、连锁调、颠倒歌、绕口令、数数歌、字头歌和谜语歌。

（一）摇篮歌

请诵读下面的儿歌。

♫ 摇篮歌
《娃娃眠了》

娃 娃 眠 了

娃娃眠了，
眯眯笑，眼睛小，
眼睛小，要困觉。
姆妈坐在摇篮边，
手把摇篮摇，
噢……噢……
我的小宝宝，
安安稳稳睡一觉。
今晚睡得早，
明天起得早，
花园里面采仙草。

这是一首摇篮歌。摇篮歌又称为摇篮曲、催眠曲，是母亲等安抚孩子睡觉时哼唱的儿歌。摇篮歌内容单纯，不管其语言形式如何，所表达的都是长辈对孩子的爱抚和柔情。摇篮歌的主要作用是安抚孩子，使其愉悦平静，安然入睡。

摇篮歌一般语言流畅，节奏舒缓，语调柔和。

生活中的摇篮歌对于孩子的作用主要在于"声音"而不是"意义"，就欣赏性的作品而言，则声音和意义共同表现摇篮歌的魅力，舒缓的节奏传达出温馨、恬静之美。如黄庆云的《摇篮》：

摇　　篮

蓝天是摇篮，
摇着星宝宝。
白云轻轻飘，
星宝宝睡着了。

大海是摇篮，
摇着鱼宝宝。
浪花轻轻翻，
鱼宝宝睡着了。

花园是摇篮，
摇着花宝宝。
风儿轻轻吹，
花宝宝睡着了。

妈妈的手是摇篮，
摇着小宝宝。
歌儿轻轻唱，
小宝宝睡着了。

（二）游戏歌

请诵读下面的儿歌。

点　点　虫

点点虫，虫会爬。
点点鸟，鸟会飞。
点点鸡，鸡会啼。
点点猫猫拖老鼠，
吱吱吱吱吱吱吱！

♫ 游戏歌
《点点虫》

炒　蚕　豆

炒蚕豆，
炒蚕豆。
骨碌骨碌翻跟斗。

♫ 游戏歌
《炒蚕豆》

　　这是两首游戏歌。游戏歌，是指在游戏过程中伴随着一定的游戏动作而念唱的儿歌。根据游戏对象的不同，游戏歌可以分为两类，一类是亲子之间念唱的逗乐游戏歌，如浙江嵊州儿歌《点点虫》；另一类是儿童之间嬉戏时念唱的游戏歌，如江苏儿歌《炒蚕豆》。

　　1. 亲子之间的逗乐歌

　　逗乐歌是母亲等长者为低幼孩子念唱的儿歌，从念唱目的看又可以分为两类。一类是

安抚孩子的,如浙江慈溪儿歌《烟糟得落地》:

烟 糟 得 落 地

烟糟得落地,

呼——

呼——

呼——

烟糟得落地,

小咯咯拖之跑勒去。

在这首儿歌中,孩子的眼睛里掉进了灰尘,往往会用小手去揉,越揉越不舒服,便跑去让长辈想办法,这时长辈们就会边念儿歌,边用嘴轻轻地向眼睛里吹几下,就这么一下子,孩子就真的能睁开眼了。

另一类是亲子之间嬉戏时念唱的儿歌,如上文的《点点虫》。这是一首母歌,母亲抱着孩子或者相对而坐。母亲一手拉着孩子的手,另一手的食指点孩子的手心,边念边点,前面部分语速适中,节奏舒缓,念到最后一句"吱吱吱吱吱吱吱"时,语速加快,节奏急促,手指点向孩子的胸口,这时孩子就会情不自禁地哈哈大笑起来,最后往往是母子相拥而笑。

2. 儿童之间的游戏歌

儿童之间的游戏歌是儿童同伴之间嬉戏时念唱的儿歌,根据游戏的性质也可以分为两类。一类是在玩手指游戏、踢毽子、跳绳等非对抗性游戏时念唱的儿歌。如上文的《炒蚕豆》,游戏方式是:两个孩子面对面站立,用手拉成一个圈,念"炒蚕豆/炒蚕豆"时左右摇晃,念"骨碌骨碌翻跟斗"时,两个人的头从圈下钻过去,变成背靠背。然后再念唱儿歌,摇晃、钻圈,还原成面对面。

另一类是在玩老鹰捉小鸡等对抗性的角逐游戏时念唱的。如下面两则浙江长兴儿歌《鹞鹰捉小鸡》:

鹞鹰捉小鸡(第一则)

鹞鹰几把刀?

三十六把刀。

鹞鹰几根毛?

三十六根毛。

夺掉你的刀,

拔掉你的毛。

吃倷的肉,

还倷的毛。

鹞鹰捉小鸡(第二则)

啊哟喂，

做啥啊？

鹞鹰搭我咬尾巴。

快快前头来。

这个游戏可采用两种玩法。第一则是对阵前"母鸡"带着身后的一群"小鸡"与"鹞鹰"对话，对话结束鹞鹰开始抓小鸡；第二则是对阵中"母鸡"与"小鸡"的对话，小鸡受到鹞鹰的威胁向母鸡报警，母鸡一边唱，一边保护小鸡抵抗鹞鹰的侵袭。

（三）问答歌

请诵读下面的儿歌。

♪ 问答歌
《谁会飞》

谁 会 飞

谁会飞？

鸟会飞。

鸟儿怎样飞？

扑扑翅膀去又回。

谁会游？

鱼会游。

鱼儿怎样游？

摇摇尾巴调调头。

谁会跑？

马会跑。

马儿怎样跑？

四脚离地身不摇。

谁会爬？

虫会爬。

虫儿怎样爬？

许多脚儿慢慢爬。

这是一首问答歌。问答歌也称为对歌或盘歌，是采用问答的方式来叙述事物、反映生活的儿歌。问答歌能够让儿童在快乐的问答中认识事物的特点，如广西儿歌《谁会飞》就以设问作答的方式引导孩子认识鸟、鱼、马、虫的特征。

问答歌的问答可以是一问一答，如《谁会飞》，也可以是连问连答，如下面这首浙江儿歌

《什么飞过青又青》：

什么飞过青又青

什么飞过青又青？

什么飞过打铜铃？

什么飞过呢喃响？

什么飞过不做声？

青翠飞过青又青；

白鸽飞过打铜铃；

燕子飞过呢喃响；

蝙蝠飞过不做声。

问答歌可以看作是一种智力游戏，可以自问自答，也可以互问互答。

问答歌也被称为"猜谜调"，但它与谜语歌是有区别的。谜语歌只说出谜面，而问答歌则将谜面、谜底一起说出来。

（四）连锁调

请诵读下面的儿歌。

月　亮　毛　毛

月亮毛毛，要吃毛桃。

毛桃结子，要吃瓜子。

瓜子剥壳，要吃菱角。

菱角两头尖，屁股翘上天。

♫ 连锁调
《月亮毛毛》

这是一首连锁调，又称为连珠体或连环体儿歌。连锁调主要采用顶针的修辞手法来结构全文，比较常见的形式是上一句或上一节末尾的字、词或短句，做下一句或下一节的开头，或者是使用谐音词作为连接上下文的桥梁，随韵接合，环环相扣。顶针的方式不止一种，还可以是上句头字做下一句尾字、上句中字做下句头字、上句尾字做下句中字等。连锁调随韵接合的结构增强了儿歌的音乐性，念唱起来特别朗朗上口。

从主题上看，大部分连锁调的意义并不连贯、完整，各个层次之间基本上没有逻辑联系，但往往洋溢着一种诙谐、荒诞的快乐。如《月亮毛毛》这首儿歌中的"月亮""毛桃""瓜子""菱角"之间，并无逻辑意义的联系，只是一种跟字、随韵的组合，却也别有一番谐趣。

连锁调与问答歌可以结合在一起，谐音相连，很有情趣。如四川儿歌《砍竹子》：

砍　竹　子

清早起来雾沉沉，

㧟起弯刀进竹林。

㧟起弯刀做啥子？

砍竹子。

砍竹子做啥子？

编鸡笼。

编鸡笼做啥子？

关鸡。

关鸡做啥子？

杀肉吃。

肉呢？

猫儿吃了。

猫儿呢？

钻了洞了。

洞呢？

生了草了。

草呢？

牛吃了。

牛呢？

翻了山了。

山呢？

水打了。

水呢？

淋了菜子了。

菜子呢？

打了油了。

油呢？

照了火了。

火呢？

一口吹了。

呵喝！

　　这样的连锁问答歌，除了让孩子们在声音游戏中训练语言，还在向低幼孩子传达一些基本的生活常识。

　　文人创作儿歌中的一些连锁调有的具有较强的叙事的逻辑性,如金波的《野牵牛》《大老哥》,樊家信的《孙悟空打妖怪》等。

🎵 连锁调 樊家信《孙悟空打妖怪》

(五) 颠倒歌

请诵读下面的儿歌。

颠　倒　歌

稀奇稀奇真稀奇,

麻雀踩死老母鸡,

蚂蚁身长三尺六,

八十岁的老头坐在摇篮里。

　　这是一首颠倒歌,又称为滑稽歌、古怪歌、稀奇歌等。颠倒歌运用夸张手法,故意颠倒地描述大自然和社会生活中的某些事物和现象,使人产生一种滑稽、奇特的感觉。

　　颠倒歌滑稽诙谐,可以放松情绪,使儿童在快乐的笑声中获得丰富的想象力和幽默感,它所带来的是一种反叛的、狂欢般的快乐。

　　颠倒歌通过反常、颠倒的手法,把事物的本质表现得更加明显,所以它可以增强儿童的辨析能力,锻炼他们从反面来联系和思考问题的逆向思维能力。如河南儿歌《你说好笑不好笑》:

你说好笑不好笑

石榴树,结樱桃,

杨柳树上结辣椒;

吹着鼓,打着号,

抬着大车拉着轿;

木头沉了底,

石头水上漂;

小鸡叨个饿老鹰,

老鼠捉个大狸猫。

你说好笑不好笑。

🎵 颠倒歌《你说好笑不好笑》

(六) 绕口令

请诵读下面的儿歌。

虎　和　兔

坡上有只大老虎,

坡下有只小灰兔;

🎵 绕口令《虎和兔》

老虎饿肚肚,

想吃灰兔兔。

虎追兔,兔躲虎,

老虎满坡找灰兔;

兔钻窝,虎扑兔,

刺儿扎痛虎屁股。

气坏了虎,

乐坏了兔;

饿虎肚里咕咕咕,

笑坏窝里小灰兔。

这是一首绕口令,又称为拗口令、急口令。绕口令是一种利用双声、叠韵或发音相近的字词来制造意义和音韵趣味的儿歌形式。

儿歌一般要求顺口易诵,但绕口令反其道而行之,故意设置语音障碍,一方面借此训练孩子的语音,另一方面则因为"拗口"别有谐趣。河北儿歌《虎和兔》中的主要的语音障碍是:虎、兔、肚、股、咕,结合儿歌中其他汉字的声、韵、调,如"虎追兔""兔钻窝""虎扑兔"等,若快速地念,往往会念错或念不准,制造出笑点来。

《虎和兔》还生动地描述了老虎和兔子之间的故事,具有较强的叙事性,这也是不少优秀绕口令的一个特点,它们往往把语音谐趣与生动的形象结合在一起。

绕口令这种语言游戏往往能激发孩子的好胜心,反复练习直至朗朗上口,这就达到了训练语言甚而促进思维的目的。

(七) 数数歌

请诵读下面的儿歌。

♫ 数数歌
《一二三》

一　二　三

一二三,爬上山;

四五六,翻筋斗;

七八九,拍皮球;

伸出两只手,

十个手指头。

这是一首数数歌。数数歌一般将数字和形象结合起来,通过数数吟唱,以帮助儿童认识数。如上面这首数数歌,把具体的数字一二三、四五六、七八九,分别与爬山、翻筋斗、拍皮球相对应,把"十"跟手指头联系在一起,使孩子可以把抽象的数字跟具体的场景和事物结合起来记忆，从平淡的数字到刺激的游戏、熟悉的身体，孩子在好听好玩中记住了数字。

有的数数歌是学习计算的，如四川儿歌《数蛤蟆》：

数 蛤 蟆

一只蛤蟆一张嘴，

两只眼睛四条腿，

扑通一声跳下水。

两只蛤蟆两张嘴，

四只眼睛八条腿，

扑通、扑通跳下水。

……

《数蛤蟆》采用开放的结构，可以让具有不同计数能力的孩子都参与进来。

数数歌可以与问答歌结合起来，使孩子在认识数字的同时增加自然或生活知识。数数歌还可以与绕口令结合，数数与语言训练齐头并进，如下面的这首《山上》，就是把数数与韵母"u"的练习结合在一起。

山   上

山上一只虎，

林中一只鹿，

路边一只猪，

草里一只兔，

还有一只鼠。

我来数一数，

一、二、三、四、五，

虎、鹿、猪、兔、鼠。

♫ 数数歌
《山上》

（八）字头歌

请诵读下面的儿歌。

小兔子开铺子

小兔子，开铺子，

一张小桌子，

两把小椅子，

三双小筷子，

♫ 字头歌
《小兔子
开铺子》

四个小瓶子，

五顶小帽子。

来了一群小猴子，

买走一张小桌子，

两把小椅子，

三双小筷子，

四个小瓶子，

五顶小帽子。

小兔子东西卖完了，

明年再来开铺子。

　　这是一首字头歌，也称为头字谣。字头歌每句尾字几乎完全相同，一韵到底，韵律感很强。这类儿歌多以"子""头""儿"字作为每句结尾，依次称为"子字歌""头字歌""儿字歌"。

　　字头歌往往句式相同，节奏匀称，如各地都有流传的《头字歌》：

头 字 歌

天上日头，

地下石头，

嘴里舌头，

手上指头，

桌上笔头，

床上枕头，

背上斧头，

爬上山头，

喜上眉头，

乐在心头。

（九）谜语歌

请诵读下面的儿歌。

谜语歌（第一则）

上边毛，

下边毛，

中间一颗小葡萄。

猜不着，对我瞧。

♪ 谜语歌
四则

谜语歌（第二则）

兄弟五六人，

各进一道门，

哪个进错了，

出来笑煞人。

　　这是两首谜语歌，第一首的谜底是"眼睛"，第二首的谜底是"扣扣子"。谜语歌是用儿歌编写的谜语，既是一种游戏材料，也是一种文学样式。念诵着谜语歌来猜谜，是一种具有文学趣味的益智游戏。

　　谜语歌的主要特点是，运用比喻、拟人和象征等方法，以儿歌的形式描绘事物的特征。谜语歌只呈现谜面，孩子根据所描绘的事物特征来揭示谜底。

　　从谜面的语言形式看，可以分为两类。

　　一是有格律的，句式整齐，富有音乐性，一般由四句有韵律的语句构成。如：

谜语歌（第三则）

说它是花没人栽，

六个花瓣空中开，

北风送它下地来。

地上树上一片白。（雪花）

　　二是无格律的，句式自由，句子长短不一，有的是一两句，有的是三四句，还有的四句以上。如：

谜语歌（第四则）

千条线，

万条线，

落在河里看不见。（雨）

　　从谜底内容看，谜语歌可以分为三类，分别是物谜、事谜和字谜谜语歌。在谜语歌中数量最多的是物谜，涉及动植物、生活用品、人体器官、自然现象等，如上文中有关眼睛、雪花、雨的儿歌。事谜有的说明某一现象，有的则说明一个动作或者运动过程，如上文描述"扣扣子"的儿歌。字谜是以"字"为谜底的，玩字谜游戏的前提是已经认识了所要猜的字，所以适合幼儿的谜语歌主要是物谜和事谜。

探讨

◆ 请讨论:有人说,儿歌是儿童精神成长的重要伙伴,你赞同吗? 你认为儿童能从儿歌中获得什么? 建议去听一听儿童自己的说法。

◆ 学习本章之前写下的"问题"都解决了吗? 和同学合作探讨尚未解决的问题。

 思考与实践

一、理解与分析

1. 儿歌有什么特点? 请举例说明。

2. 儿歌有哪些形式类型? 请结合具体的作品分析每一类型儿歌的特点。

二、阅读与积累

1. 分组搜集各种形式类型的儿歌。

(1) 在班级开一个儿歌诵读会分享各组的成果。

(2) 讨论:这些儿歌适合幼儿欣赏、学习吗? 若适合的话,分别适合哪个学段的幼儿?

(3) 背诵适合幼儿欣赏的儿歌。

2. 搜集整理家乡的传统儿歌,学一学这些传统儿歌的吟诵方法。

民间传统儿歌搜集整理的方法:

◆ 对象:儿歌的吟诵者除了儿童,还有成人。传统儿歌在祖辈、父辈那里往往保存得更为完整。

◆ 记录:最好使用录音或摄像设备忠实记录;记录下来后要回放给吟诵者听,若有错误,及时更正。

◆ 整理:搜集到的民间传统儿歌有的内容可能不完全健康,有的语言也不是很规范。若要传授给幼儿,可以先和同学讨论一下:内容是否适合幼儿学习? 语言是否需要加工? 加工整理要慎重,一是不要失去原意,二是应保留民间口语的特点。

三、创编与实践

1. 下面的儿歌是幼儿创编的,请读一读,并试着评析这两首儿歌。

过　桥[1]

水鸟水鸟飞飞,飞过大桥抓鱼。

轮船轮船开开,开过大桥旅游。

波浪波浪漂漂,漂过大桥玩耍。

---

[1] 吴一娴:《教师指导中班幼儿创编儿童诗歌的行动研究》,浙江师范大学硕士学位论文,2019 年。

蝌蚪蝌蚪游游,游过大桥找朋友。

刺猬捡松果①

小刺猬,捡松果,

坚果滚,滚进河,

河水冲,冲到桥。

桥下鱼,鱼叫喊,

喊伙伴,伙伴来,

来帮忙,帮忙捡坚果。

2. 选择自己感兴趣的形式,创编一首好听又好玩的儿歌,并在班级共享。

3. 班级或社团组织一个诵读活动,到幼儿园或社区与幼儿一起诵读优秀儿歌。

---

① 吴一娴:《教师指导中班幼儿创编儿童诗歌的行动研究》,浙江师范大学硕士学位论文,2019 年。

第三章 幼 儿 诗

 学习目标

◆ 结合作品阐明幼儿诗的含义和艺术特点。

◆ 能判断幼儿诗的形式类型,阐述各类幼儿诗的特点。

◆ 阅读各种类型的幼儿诗,感受作品的艺术魅力。

◆ 尝试创编幼儿诗,并与同学交流、分享。

 知识框架

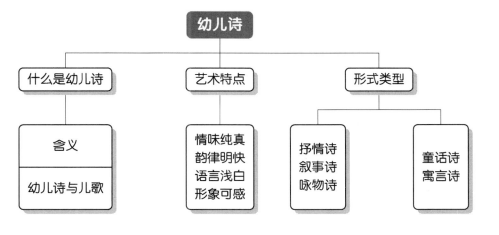

 经验与问题

◆ 请诵读下面两首《蒲公英》,判断并说一说理由:哪一首是儿歌? 哪一首是幼儿诗?

蒲 公 英

（张秋生）

一棵蒲公英,

一群小伞兵。

风儿吹,飘啊飘,

一落落在青草坪。

阳光照,雨水淋,

长出一片蒲公英。

蒲 公 英

（白冰）

你打着一把小伞,

要飞向哪座山冈?

要为娇嫩的小草,

遮住发烫的阳光?

还是要在雨天,

撑在小蚂蚁头上?

你悄悄告诉我吧,

我不会和别人去讲……

◆ 诵读《小小的船》(叶圣陶)和《小老虎逛马路》(鲁兵)。

也可以诵读其他的幼儿诗。

◆ 读了上述诗歌,关于幼儿诗,你有什么问题? 请写下来。

第一节　幼儿诗的含义与特点

一、幼儿诗的含义

(一) 什么是幼儿诗

幼儿诗是指适合幼儿听读欣赏的诗歌,它是儿童诗的一个分支。

幼儿一般是通过成人的朗读来接受幼儿诗的。读者的阅读能力没有绝对的年龄界限,所以幼儿也可以通过成人的朗读帮助接受一部分写给学龄儿童的诗,或者一些古代的诗歌。如:

鹅,鹅,鹅,曲项向天歌。白毛浮绿水,红掌拨清波。(骆宾王《咏鹅》)

离离原上草,一岁一枯荣。野火烧不尽,春风吹又生。(白居易《草》)

　　现代的幼儿诗一般讲究意义的循序渐进,而不是跳跃,一首幼儿诗如果不分行,很可能就是一则短小流畅的幼儿散文或者故事。

（二）幼儿诗与儿歌

　　幼儿诗与儿歌都是适合幼儿接受的韵文体文学作品,但二者的艺术风格是不同的。儿歌讲究的情趣常常是一种谐趣,具有幽默感和游戏性;幼儿诗则意在情感的抒发或意境、情调的创造,注重情趣的纯度。儿歌一般句式整齐,朗朗上口;幼儿诗的句式比较自由。儿歌的音乐美主要体现在语言形式上,即整齐和谐的韵律节奏;幼儿诗的音乐美主要体现在诗意之中,即情感节奏的流畅性上。儿歌适合吟诵游戏,具有娱乐功能;幼儿诗则主要是供幼儿听读欣赏的。

　　幼儿诗与儿歌之间的界线有时并不分明,因为在创作过程中会有文体之间的渗透和融合,于是就出现了诗化的儿歌或歌化的幼儿诗。如刘饶民的《春雨》就是一首具有儿歌风味的幼儿诗。这首幼儿诗富有情趣与意境,同时表现形式很有韵律感,因而有的就把它选编在儿歌作品之中,有的则选编在幼儿诗之中。又如任溶溶的《我给小鸡起名字》这首幼儿诗,也常常被作为数数歌而选用。

二、幼儿诗的艺术特点

　　诗歌在早期与音乐、舞蹈等是密不可分的,发展到后来才成为一种独立的文学样式。与其他文学体裁相比,诗歌具有三个基本特点。一是浓郁的抒情性,感情是诗的直接表现对象,也是诗的内在生命。二是显著的音乐性,诗句中节拍的安排使得诗歌节奏鲜明,押韵使得诗句前后呼应,韵律流畅。三是语言的凝练和形象性,诗歌的语言要比一般的口语与散文更加凝练、含蓄。

　　幼儿诗作为诗歌,自然具有诗的特质,但由于其接受对象的特殊性又具有自己的特点。幼儿诗的艺术特点主要表现在诗歌的情感、韵律、语言等几个方面。

（一）情味纯真

　　请诵读《早·晚》(谢武彰)这首诗。

早·晚

早上,我醒了。

妈妈,早安。

爸爸,早安。

太阳,早安。

晚上,我要睡了。

爸爸,晚安。

♫ 谢武彰
《早·晚》

妈妈,晚安。

星星月亮,晚安。

幼儿诗表现的是孩子眼中的生活、世界,抒写的是孩子的情感体验,因而诗里总会闪烁着孩子的眼睛,回响着孩子的声音,诉说他们的探索与发现,吟唱他们的喜怒与哀乐。童年单纯的心性使得幼儿诗情感纯真,质朴明朗,诗中童趣盎然。

幼儿诗要着力表现的是孩子寻常生活中的情态,简单真实,但又生动有趣,生气勃勃,所以幼儿诗追求的诗歌情调是质朴明朗的。《早·晚》这首诗,浅显的文字,日常的问候,传递着质朴的情感;而由身边的爸爸妈妈问候至天上的太阳、月亮和星星,纯真的童心又显得明朗而阔达了。

优秀的幼儿诗充满童趣,这种童趣常常表现为幼儿特有的言行与想象,它们是以幼儿自己的方式表达对世界的认识。如樊发稼的《小蘑菇》:"小蘑菇,/你真傻!/太阳,没晒。/大雨,没下。/你老撑着小伞干啥?"我们从这首诗里听到了一个孩子天真的声音,他以自己的经验试图去理解小蘑菇的行为,于是发出了惊奇的疑问,这一疑问里洋溢着童稚趣味。又如林焕彰的《拖地板》:"帮妈妈洗地板,/是我们最高兴的时候;/姐姐洒水,/我在洒过水的地板上玩儿,/像在沙滩上走过来走过去,/留下很多脚印,/像留下很多鱼。/然后,我很起劲地拖地板;/从头到尾,像捕鱼一样,/一网打尽。"诗中的孩子,把洒过水的地板想象成沙滩,把自己的脚印想象成了鱼儿,拖把拖地就是用网捕鱼,就这样,寻常的"拖地"成了快乐的游戏,整首诗风趣幽默,充满欢乐。

♫ 樊发稼
《小蘑菇》

♫ 林焕彰
《拖地板》

不管是对自然和生活中的事物、现象所发出的好奇的疑问,还是稚拙的言行、天马行空般的想象,这些纯真的童趣都带来了异乎寻常的充满诗意的惊喜。

(二)韵律明快

请诵读《春雨》(刘饶民)这首诗。

春　雨

滴答,滴答,

下小雨啦?

种子说:

"下吧,下吧,

我要发芽。"

♫ 刘饶民
《春雨》

梨树说：

"下吧，下吧，

我要开花。"

麦苗说：

"下吧，下吧，

我要长大。"

小朋友说：

"下吧，下吧，

我要种瓜。"

滴答，滴答，

下小雨啦！

幼儿诗的结构形式具有多样性，有的比较工整，有的则结构形式自由，节无定行，行无定句，句无定字。但无论形式如何，幼儿诗因其情感的纯真明朗，与之相应，诗歌的韵律是自然明快、简洁流畅的。

如《春雨》这首诗句式结构整齐，一韵到底，读起来具有儿歌般整齐、明快的韵律。常瑞的《河马》则表现出另外一种明快感："河马，河马，/张张你的嘴巴，/呀，/要是给你缝个口罩，/那该有多大？"这首诗五行诗句，句式不等，字数也不同，如果去掉分行，如同故事中的一个场景，是一个孩子在动物园面对河马发出的惊叹以及可爱的想象，整首诗所具有的是口语般的流畅与明快。这样的诗歌，孩子诵读起来或者倾听着，就如同在说话，自有一份亲切与悦耳。

有些优秀的幼儿诗由于其精巧的形式，还能在明快的基调上展现出一种丰富性，如林焕彰的《咪咪猫》："一只小猫，/一个名字，/五只小猫，/五个名字。/老大大咪，/老二二咪，/老三三咪，/老四四咪，/老五五咪。/咪，/咪咪，/咪咪咪，/咪咪咪咪，/咪咪咪咪咪。"全诗分成三段（1—4 句为第一段，5—9 句为第二段，10—14 句为第三段），后两段一韵到底。三段的结构句式各不相同，但每一段中句式结构又是有规律的，这样节拍就时而工整时而错落，诵读起来，韵律丰富。第一段每一句四个音节，节奏明快，与欢快的儿歌无异；第二段尽管也是四字句，但转入另一种节拍模式，即第一个节拍（"老大"等前两个音节）后延长停顿时间，这样节奏就显得舒缓，呼唤小猫的名字里含有一种柔情；第三段是阶梯式的句式，逐句增加的"咪"犹如键盘上跳动的音符，简洁明快，似乎听得见小猫快乐的叫声，韵律中蕴含着情趣与情调。

幼儿诗常常运用比喻、拟人、反复、对仗、排比等手法来增强诗歌的表现力与音韵美。

（三）语言浅白

请诵读上文提及的诗歌:《早·晚》(谢武彰)、《春雨》(刘饶民)、《小蘑菇》(樊发稼)、《河马》(常瑞)。

🎵 常瑞
《河马》

这些幼儿诗有一个共同特点:口语入诗,语言浅白。幼儿的语言能力尚处于发展期,口语入诗有助于幼儿理解诗歌的内容,一般而言,入诗的口语应该与幼儿的已有经验对接,诗歌描写的对象是幼儿所熟悉的。如《早·晚》一诗中的"我""早上""晚上""醒了""睡了""早安""晚安""爸爸""妈妈""太阳""星星月亮"等都是幼儿的日常口语,这些语词的不同组合从描写幼儿日常的生活场景开始,自然地延伸到对天地宇宙的问候,诗意也从单纯中生发出一种深刻。

经过提炼的口语入诗,还可以使幼儿较为敏锐地感受到诗歌的音乐性。这也跟幼儿的经验有关,因为幼儿所具有的主要还是口语语感,他们对口语化的韵律之美更敏感。如刘饶民的《摇篮》:"天蓝蓝,/海蓝蓝,/小小船儿当摇篮。/海是家,/浪做伴儿,/白帆带我到处玩儿。"这首诗没有生僻字,一韵到底,并运用口语叠音词,口语化与音乐美有机地结合在一起。整首诗文字浅显,音韵流畅,明快悦耳。叶圣陶的《小小的船》也是如此。

（四）形象可感

请诵读《鞋》(林武宪)这首诗。

鞋

我回家,把鞋脱下,
姐姐回家,把鞋脱下,
哥哥、爸爸回家,
也都要把鞋脱下。
大大小小的鞋,
是一家人,
依偎在一起,
说着一天的见闻。
大大小小的鞋,
就像大大小小的船,
回到安静的港湾,
享受家的温暖。

🎵 林武宪
《鞋》

幼儿诗的意象具有生动可感、形象化的特点,注重与幼儿生活经验的关联。诗歌往往离不开意象,意源于心,是内在的抽象的心意,象是外在具体的物象,是意的寄托物。诗人对事物心有所感,将之寄托给具体的物象,在物象中融入自己的感情色彩,营造出一个特定的艺术世界,即所谓意境。意象也是幼儿诗表现情感、情趣的重要元素,如《鞋》这首诗看似写"鞋",其实写的是"家的温暖"。"家的温暖"是一种感受,是一种感情,那是什么样的呢?诗里的中心意象是"鞋",是"依偎在一起"的"大大小小的鞋",这样"家的温暖"就有了具体的寄托。"鞋""依偎在一起"的"大大小小的鞋",是幼儿熟悉的事物与场景,从中感受家的温暖就与孩子的经验打通了,诗意亲切而有温度。

幼儿诗的形象可感还表现为对抽象事物、概念的具象化,这和意象的生动可感是有区别的。意象之意也是抽象的,但它主要是一种感情,这里具象化的对象则是抽象的事物或概念,而非感情。如"风"是相对抽象的事物,为了让孩子认识风、感受风,诗人就把它变成了具体可感的景象:"谁也没有见过风,/无论是你,无论是我。/当树叶沙沙作响,/那是风在吹拂。/谁也没有见过风,/无论是你,无论是我。/当树向你频频点头,/那是风在吹过。"(克里斯蒂娜·罗塞蒂《谁见过风》)"当树叶沙沙作响""当树向你频频点头","风"被诗人描画成了树叶的沙沙声和树枝摇曳的身影,抽象的事物即刻生动起来了。

为了使诗歌形象可感,幼儿诗常常采用比喻、拟人等修辞手法,将抽象化为形象。

第二节　幼儿诗的形式类型

诗歌在长期的历史发展过程中形成了许多种类,从形式上可以分为格律诗、自由体诗、民歌等,从内容上看主要有抒情诗和叙事诗。幼儿诗也有多种形式类型,依据的角度不同类型也就各异。由于接受对象的特殊性,幼儿诗的形式类型具有自己的特点,如从内容上看,主要有抒情诗、叙事诗、咏物诗等;从诗歌与其他文学体裁的结合看,可以分出童话诗、寓言诗等;从题材看,可以分出科学诗;从修辞手法和效果看,可以分出讽喻诗。因此,一首幼儿诗若从不同的角度看,就会有不同的类型名称。

一、表现内容与幼儿诗的类型

从表现内容看,幼儿诗可以分为抒情诗、叙事诗、咏物诗等类型。

(一)抒情诗

请诵读《鞋》(林武宪)这首诗。

《鞋》是一首抒情诗,抒写的是家的温暖以及对家的依恋之情。抒情诗是诗歌的典型形式,以抒发诗人的感情为主,或直抒胸臆,或触景生情,或借故咏怀,或托物言志。幼儿抒情诗的作者绝大部分是成人,它所抒发的感情是作者站在儿童视角的真切体验,其情感、情调是纯真、质朴、明朗的。

幼儿抒情诗很少直接抒发抽象的感情,它常常借助特定的幼儿熟悉的事物或事件,创设与幼儿经验相关联的意象来表达丰富、细腻的感情。如《鞋》这首诗是借助"大大小小的鞋"

这一事物意象来表现家的温暖;而《早·晚》一诗,是以向"爸爸""妈妈"和"太阳""星星月亮"道"早安""晚安"这些事件意象来表现孩子对亲人和世界的温情。幼儿抒情诗尽管借助事物或事件意象抒情,但诗人的着力点并不在于客观地描述自然事物、生活场景和人物故事,而在于通过某一事件或事物、景物来表现自己的主观感受。

幼儿抒情诗常与下文介绍的咏物诗结合在一起,也就是在描写事物的同时自然而然地表达出幼儿与这一事物相关的情感体验。如谢武彰的《山》:"山,好高! /山,好大! /白云停在山顶,/白云停在山腰,/越停越多,/越停越多,/哈哈!"这首诗抓住了山的特点——高、大、云雾弥漫,同时以孩子惊奇、兴奋的口吻加以表达:"好高!""好大!"开篇就是孩子惊叹的声音;面对弥漫的云雾,从"越停越多""越停越多"的描写中我们能真切地感受到孩子雀跃兴奋的情态,最后情不自禁,直抒胸臆"哈哈"! 情感的抒发与事物的描写密不可分,完全交织在一起。

(二) 叙事诗

请诵读《小弟和小猫》(柯岩)这首诗。

小 弟 和 小 猫

我家有个小弟弟,
聪明又淘气,
每天爬高又爬低,
满头满脸都是泥。

妈妈叫他来洗澡,
装没听见他就跑;
爸爸拿镜子把他照,
他闭上眼睛格格地笑。

姐姐抱来个小花猫,
拍拍爪子舔舔毛,
两眼一眯"喵,喵,喵,
谁跟我玩,谁把我抱?"

弟弟伸出小黑手,
小猫连忙往后跳,
胡子一撅头一摇,
"不妙不妙! 太脏太脏我不要!"

♫ 柯岩
《小弟和小猫》

姐姐听见哈哈笑，

爸爸妈妈皱眉毛，

小弟听了真害臊：

"妈！妈！快快给我洗个澡！"

《小弟和小猫》是一首叙事诗。叙事诗具有叙事的成分——往往以叙事写人构成诗歌的主要内容。幼儿叙事诗一般有着较为完整的故事和鲜明的人物形象，但故事或事件比较单纯，情节线索比较简单；所叙述的内容可以是单纯的幼儿日常生活事件，也可以是纯粹的幻想故事，当然也可以是二者不同程度的结合，如《小弟和小猫》所叙述的就是带有部分幻想色彩的基于幼儿日常生活的故事。《小弟和小猫》中的故事情节很简单，小弟聪明又淘气，"每天爬高又爬低"，可就是不讲卫生，"满头满脸都是泥"还不肯洗澡；爸爸妈妈都拿他没办法，但当可爱的小花猫不愿理睬他时，小弟就觉得好难为情，主动要求洗澡了。诗歌中的"小弟"和"小猫"个性鲜明，充满童趣。如"妈妈叫他来洗澡，/装没听见他就跑；/爸爸拿镜子把他照，/他闭上眼睛格格地笑。"这一"跑"一"笑"，尽显小弟可爱的调皮相；最后的"妈！妈！快快给我洗个澡"，急切中带着一股撒娇味儿，充满孩子气。小猫这一形象也相当生动鲜明，一开始是一副乖巧相来找小玩伴儿："两眼一眯'喵，喵，喵'"，"谁跟我玩，谁把我抱？"可当看见小弟的小黑手，就坚决地"胡子一撅头一摇"，"不妙不妙！太脏太脏我不要"，这小猫分明也是一个可爱的孩子。

叙事诗具有诗歌的一切特征——诗的形式、韵律鲜明的语言。如《小弟和小猫》，全诗以明白如话又节拍分明的语言来叙述，前四句以韵母"i"押韵，其余部分都以韵母"ao"和"iao"押韵，读来朗朗上口，明快和谐。

叙事诗是叙事与抒情的结合，但诗人一般不直接抒发感情，而是把感情融化在所描写的形象和故事之中，诗人的喜怒哀乐都在故事里，在诗歌形象的言行里。

叙事诗从不同的视角可以区分出多种类型，如童话诗、寓言诗、讽喻诗等。

（三）咏物诗

请诵读《小蘑菇》（樊发稼）、《谁见过风》（克里斯蒂娜·罗塞蒂）这两首诗。

《小蘑菇》和《谁见过风》都是咏物诗。幼儿咏物诗以自然或生活中的特定事物为表现对象，是最为常见的一类幼儿诗。咏物诗在成人诗中往往就是抒情诗，在幼儿诗中，除了与抒情诗交集的咏物诗，还有相当数量的咏物诗其着力点就在于咏物，这是因为幼儿需要认识世界、认识事物。如《谁见过风》这首诗，就是用诗的语言帮助幼儿认识风这种自然现象。

幼儿咏物诗所表现的对象，大多是与幼儿的生活世界直接相关的事物，如常见的动物、植物、自然现象、生活场景等，它们有的来自幼儿的现实生活世界，有的则来自阅读或其他媒体世界，不管来自哪里，都应该是幼儿经验世界中已经具有的。如果一个孩子不熟悉"莲蓬"的形态，那就无法理解、感受下面这首诗的情趣："青蛙姑娘要洗澡，/你喷点水来好不好？"（谢采筏《莲蓬》）。

幼儿咏物诗是以诗意的眼光引领孩子认识世界的美好与奇妙，优秀的幼儿咏物诗总是以孩子特有的观察角度和想象方式来表现事物的特殊性。如《小蘑菇》《河马》等都是如此，撑着小伞是蘑菇的形态，"太阳，没晒。/大雨，没下。/你老撑着小伞干啥?"孩子的疑问表达的正是孩子认识事物的视角；而河马的大嘴，则是通过"呀，/要是给你缝个口罩，/那该有多大?"这样的惊叹来表现的，这惊叹正是童心才有的想象。幼儿咏物诗的诗意就在这样富有孩子气的描写之中自然地呈现出来。

为了将一些抽象的事物、现象生动地展现在孩子面前，比喻、拟人等是幼儿咏物诗普遍采用的修辞手法。

二、文体样式与幼儿诗的类型

诗歌与其他文学体裁结合就会产生一些特殊的诗歌样式，从这个角度看，幼儿诗中就有童话诗、寓言诗等类型。

（一）童话诗

请诵读《蛤蟆大姐穿新衣》（张秋生）这首诗。

蛤蟆大姐穿新衣

蛤蟆大姐真高兴，
穿件衣裙新又新。
小兔见了把头摇：
"不如田鼠花花袄。"
花裙改成花花袄，
蛤蟆大姐眯眯笑。
青蛙肚子鼓啊鼓：
"不如小鹿花花裤。"
花袄改成花花裤，
蛤蟆大姐跳起舞。
小狗眼睛斜一斜：
"不如花猫蝴蝶结。"
花裤改成蝴蝶结，
蛤蟆乐得像过节。
蛤蟆大姐伸出手，
摸摸头顶光溜溜，
蝴蝶结，没法戴，
哭得眼泪流啊流。

♫ 张秋生
《蛤蟆大姐
穿新衣》

　　《蛤蟆大姐穿新衣》是一首童话诗。童话诗是以诗的形式来讲述一个童话故事，俄罗斯诗人普希金的《渔夫和金鱼的故事》就是童话诗的经典之作。童话诗属于叙事诗，它把童话的艺术构思特点和诗歌的语言形式融为一体，以丰富的想象和充满趣味的叙述描写来表现故事，以自然明快的韵律带着孩子进入一个超现实的幻想空间。童话诗的魅力就在于既有朗朗上口、富于音乐美的语言，又具有充满幻想色彩的故事，如鲁兵的《小老虎逛马路》《小猪奴尼》、鲁风的《老鼠嫁女》、马尔夏克的《笨耗子的故事》、郭风的《童话》等都是脍炙人口的童话诗。

♫ 鲁兵
《小老虎
逛马路》

♫ 鲁风
《老鼠嫁女》

（二）寓言诗

　　请诵读《猫和狗的会餐》(张秋生)这首诗。

猫和狗的会餐

猫和狗
进行一次友谊会餐。
他们各自带来了佳肴，
准备大吃一番。

猫带来了两条鱼，
一条有臭味，一条挺新鲜。
新鲜的鱼自己享用，
臭鱼放在狗的面前。

狗带来了一锅肉汤，
几张菜叶浮在上面。
他把菜和清汤盛给小猫，
下面的肉——留给自己方便。

猫说：今天的鱼太鲜美，
至于汤，实在一般；
狗说：今天的汤油水足，
至于鱼，难以下咽……

两位朋友
争得几乎翻脸。

其实,他们只要想想自己的行为,

就能找到正确的答案。

　　《猫和狗的会餐》是一首寓言诗。寓言诗即诗体寓言,是以诗歌的形式来叙述寓言故事,它具有寓言的基本特点,即通过故事传达一个道理。关于寓言的特点请参阅第五章。

　　另外,讽喻诗在幼儿诗中也比较常见。讽喻诗是具有明显的批评、规劝意味的诗歌,幼儿讽喻诗往往针对幼儿生活中的不良现象或习惯以夸张讽喻的手法写成,诙谐幽默中带着温和的讽刺,如鲁兵的《下巴上的洞洞》。

 探讨 ————————————————————————

　　◆ 请讨论:有人说,美好的情感生长在孩子们的心里,但并不是每一个孩子都能充分感受到它的存在,而优秀的幼儿诗能够以诗的语言来唤醒和培育孩子们心中审美情感的萌芽,你赞同吗? 你认为孩子欣赏幼儿诗的意义是什么?

　　◆ 学习本章之前写下的"问题"都解决了吗? 和同学合作探讨尚未解决的问题。

 思考与实践 ————————————————————

一、 理解与分析

1. 幼儿诗有什么艺术特点? 请举例说明。

2. 幼儿诗有哪些形式类型? 结合具体的作品分析每一种类型幼儿诗的特点。

二、 阅读与积累

1. 分组搜集各种形式类型的幼儿诗。

(1) 在班级开一个幼儿诗朗诵会,分享各组的成果。

(2) 讨论:这些幼儿诗分别适合哪个学段的幼儿?

2. 背诵适合幼儿欣赏的幼儿诗。

三、 创编与实践

1. 下面几首诗是幼儿创编的,请读一读,评一评。

山[1]

山峰山峰有回声,

我喊它,

它喊我,

————————————

[1] 吴一娴:《教师指导中班幼儿创编儿童诗歌的行动研究》,浙江师范大学硕士学位论文,2019 年。

总是跟在我后面，
像个好朋友在聊天。

爸 爸 踢 球[①]

爸爸踢球，
踢了三次，
没进球，
气死了！
爸爸又踢了四次，
只进了一个球，
没意思！
接着爸爸再踢三次，
全进了，
爸爸开心了，
大跳起来！

五 彩 石[②]

太阳照着，
石头变红了。
雨滴滴着，
石头变蓝了。
风呼呼吹着，
石头变绿了。
小鸟站着，
石头变黄了。
石头就变成了彩虹石。

2. 选择自己感兴趣的形式类型，创编一首幼儿诗，并在班级共享。

3. 参加幼儿园教育活动时，调查幼儿园各学段常用的幼儿诗，并讨论是否适合幼儿欣赏。

4. 班级或社团组织一个朗诵活动，到幼儿园或社区与幼儿一起朗诵优秀的诗歌。

---

①② 吴一娴：《教师指导中班幼儿创编儿童诗歌的行动研究》，浙江师范大学硕士学位论文，2019 年。

第四章 幼 儿 童 话

 ## 学习目标

◆ 阐述童话的含义和起源、发展的线索。

◆ 能判断童话的形式类型，阐述各类童话形象的特点。

◆ 结合作品分析幼儿童话的叙事特点和常用艺术表现手法。

◆ 阅读各种类型的童话，与同学交流阅读感受与思考。

◆ 尝试创编幼儿童话，并与同学分享。

 ## 知识框架

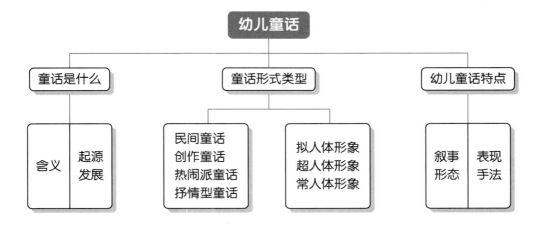

 ## 经验与问题

◆ 重读自己阅读记忆中印象深刻或者喜欢的童话，并说一说印象深刻或喜欢的理由。

◆ 你会用什么样的词句描绘童话？请写下来。

◆ 关于童话，你有什么问题？请写下来。

第一节　童话的含义与历史

一、童话的含义

童话，是指符合儿童的想象方式，富有幻想色彩的神奇故事。童话是儿童文学的重要形式，是幼儿文学中的一种主要体裁。

童话作为一种文学样式在我国古已有之，但"童话"一词是清末从日本引进的，也就是至近代才作为一个特定的文学概念在汉语中使用，其标志是 1909 年商务印书馆出版的由孙毓修主编的《童话》丛书。

童话的含义起初较广，泛指写给儿童的一切故事体的作品。随着童话创作实践和理论的发展，我国关于童话的含义才逐渐缩小，和神话、传说、寓言、民间故事、历史故事、人物传记、儿童小说等体裁有了严格的区分，仅指那些符合儿童想象方式，以拟人、夸张等为主要艺术表现手段，具有神奇幻想色彩的故事。

随着童话形态的不断发展，童话不仅仅为儿童所喜爱，不少成年人也成了童话的阅读者。

二、童话的起源与发展

（一）童话起源于神话和传说

童话起源很早，它最早在民间口耳相传，是由神话、传说演变发展过来的。

神话是远古时期的人们所创造的反映人与自然的关系以及社会形态的故事。原始人类用幻想和想象把人的能力理想化，在文学中创造了主宰万物的神的形象，并把这种幻想与他们现实生活中出现的英雄结合起来，对大自然中难以理解的现象做出形象化的解释，因而产生了许多富于幻想的神话故事。神话的表现内容最初是描述神的行为与生活，随着社会文明的发展，神话对宇宙的起源、生命的产生以及各种社会现象也做出解释和说明，如我国古老的神话《女娲补天》《羿射九日》《夸父逐日》等就是古代人对世界起源、自然与社会现象等所作的理解（参阅第五章幼儿故事的相关内容）。

一般认为最早的童话是由神话演变而来的。童话与神话都是具有幻想性的故事，它们的区别是：神话描写的是神的故事，而童话则表现人的生活。

传说是与一定的历史事件、历史人物、社会风俗相关的故事。如神医华佗、巧匠鲁班的故事，清明节、端午节的传说等。传说含有真实的历史的因素，都有一定的历史真实作为依据，或以某种社会事物作为依据，但同时具有幻想和虚构的成分，是进行过夸张和变形的故事（参阅第五章相关内容）。童话和传说都包含着神奇的、超自然的因素，但童话重在奇特的情节，而传说则重在传奇、奇迹。

童话是由神话、传说逐渐演变发展过来的。童话的最初形态是口头文学形式，即民间童话。由神话、传说演变而来的民间故事大致可以分为两类,一类是带有较多幻想成分的魔法故事、动物故事和传奇故事等,如《田螺姑娘》《狼外婆》等;另一类是幻想成分较少或者没有幻想成分的生活故事、笑话等,如《阿凡提的故事》。带有较多幻想成分的魔法故事、动物故事和传奇故事,就是一般所谓的民间童话。

(二)童话的发展

童话经历了从民间童话到艺术童话的演变发展过程,即由神话传说、民间故事脱胎出民间童话,到文人收集改编民间童话,再到文人独立创作童话。

我们现在所谓的民间童话包括两部分,一部分是民间世代口耳相传的无名氏童话,另一部分是由文人采录、复述、加工而成的童话。较早对民间童话进行改写的是法国的夏尔·贝洛尔,他在1697年出版的《鹅妈妈的故事》(又名《寓有道德教训的往日的故事》)是欧洲儿童文学史上从民间童话转向艺术童话时期的第一部有影响的作品。到了19世纪,欧洲掀起了搜集整理民间文学的热潮,德国格林兄弟的《儿童与家庭童话集》就是这一时期的作品。

随着社会的发展,童话的艺术形式也在逐渐完善,但真正自觉为儿童创作童话的作家首推19世纪丹麦童话家安徒生,安徒生使孩子们拥有了专属于自己的童话故事。在《小意达的花》《丑小鸭》《海的女儿》等作品中,安徒生超越了民间童话的艺术形式,创造了富有个性的艺术风格,为现代童话提供了崭新的叙事模式。可以说,以安徒生的童话为标志,世界童话进入了作家创作的艺术童话的发展阶段。

我国的创作童话是在"五四"以后才出现在文坛上的。1923年,叶圣陶出版的《稻草人》是中国第一部创作童话集;张天翼在20世纪30年代初创作的《大林和小林》是中国第一部长篇童话,具有鲜明的艺术个性,堪称中国童话的经典之作。

20世纪以后的世界童话真正走向了繁荣,当代作家在题材领域上不断拓展,在艺术形式上勇于创新,正在创造出日益丰富的童话艺术形态。

第二节 童话的形式类型

一、童话的类型

依据不同的角度,童话可以划分出多种类型。

(一)民间童话、创作童话

从作品形成的角度,可以把童话分为民间童话和创作童话。

1. 民间童话

民间童话是民间文学的一部分,具有集体性、口头性和变异性。民间童话是某一民族或地区的民众集体创作的,往往与当地的自然环境、生活风俗有着密切的联系,具有浓郁的民族特色和地方色彩。民间童话以口耳相传的方式在民众间世代相传,讲故事的人常常会自觉或不自觉地把自己的经验、理解,自己的艺术趣味,甚至自己的情绪溶进故事里,这就使得最初口头版本的民间童话发生了变异,具有了故事讲述人的个性,同一个童话往往会有几种变体。民间童话中的人物形象、情节、语言都具有一定的模式,如通常是两兄弟或三姐妹形成正反角色的对比,构成善与恶、美与丑、真与假的矛盾冲突;情节发展上往往是三段式的,在关键处则常常会插上一段韵语。

2. 创作童话

创作童话,是作家创作的童话,是作家文学的一部分。创作童话是书面作品,创作方法多样,具有独特的艺术个性。创作童话可以分为两类,一类是利用民间童话创作的,在加工改编中加入了当代的价值观念;另一类则是全新的创作作品。创作童话可以采用民间童话中的艺术元素和艺术手法,但目标是创新,创造出富有艺术个性的新的幻想和新的童话艺术形态。

（二）热闹派童话、抒情型童话

根据作品的艺术风格,可以把童话分为热闹派童话和抒情型童话。

1. 热闹派童话

热闹派童话重情节、重幻想,运用极度夸张、变形、象征等艺术手法制造闹剧效果,用漫画似的幽默使读者获得快感。热闹派童话往往具有奇妙丰富的想象,故事性强,注重人物形象的塑造,形象、情节怪异荒诞,充满游戏感。热闹派童话看似荒诞,但其中蕴含着作者有关人生、社会的认识。

热闹派童话是童话中的重要类型,它集中体现了童话注重故事、注重幻想的特色。

热闹派童话的历史可追溯至卡洛尔的《爱丽丝漫游奇境记》,科洛狄的《木偶奇遇记》、巴里的《彼得·潘》、林格伦的《长袜子皮皮》《小飞人卡尔松》等都属于这一类型。张天翼的《大林和小林》《秃秃大王》开创了我国热闹派童话的历史,郑渊洁创造了一系列的热闹派童话形象,如皮皮鲁、鲁西西、舒克、贝塔等。

2. 抒情型童话

抒情型童话借用了散文和诗歌的表现手法,重情绪、情感的表现,意境优美。安徒生的《海的女儿》就具有浓郁的抒情性,令人神往的海底世界,小美人鱼对人类生活的幻想与渴望都有着如诗般优美的意境和强烈的感情。英国王尔德的《快乐王子》、苏联卡达耶夫的《七色花》、郭风的《花的沐浴》、冰波的《小青虫的梦》《秋千,秋千》《桃树下的小白兔》等都充满了纯真的情感,以诗化的语言表现童话,诗的意象与童话的幻想交相辉映。

♪ 冰波
《桃树下的
小白兔》

童话还可以从其他角度进行分类。如,从表现的内容看,可以分为文学童话和科学童话(第七章幼儿科学文艺将对科学童话作具体介绍);从体裁形式看,可以分为童话散文、童话诗、童话剧等;从读者看,可以分为幼儿童话、童年童话和少年童话。20世纪八九十年代以来,中国童话出现了一些新形态,它们在形式、结构和语言等方面都不同于传统童话,如张秋生的"小巴掌"童话,短小优美,具有独特的艺术个性,其中许多作品都适合幼儿欣赏。

二、童话的形象类型

童话的形象是广泛的,除了人类,日月星辰、鸟兽虫鱼、草木山川,甚至某一观念、概念、虚拟的事物,无论现实世界是否存在,都可以作为童话的角色形象。童话的形象类型可以分为拟人体、超人体和常人体。

(一)拟人体童话形象

拟人体童话形象,是指将人类以外的各种有生命或无生命的事物,运用拟人手法人格化了的形象。《丑小鸭》中的"丑小鸭"就是一个拟人体童话形象。这类形象是将动物、植物、无生命的物体,甚至是自然或社会中的某些现象作为童话的角色,赋予它们人的情感、思维方式、行为语言等。如丑小鸭,外形似鸭子(最后是天鹅),但能说话,有思想,有个性,它的经历,遭受的侮辱、排挤是人类社会生活现象的影射。拟人体童话形象在童话中最为常见,中西方童话中的拟人体童话形象数不胜数,有许多已经成为家喻户晓的艺术形象,如丑小鸭(安徒生《丑小鸭》)、木偶匹诺曹(科洛狄《木偶奇遇记》)、小熊温尼·普(米尔恩《小熊温尼·普》)、稻草人(叶圣陶《稻草人》)等。

拟人体童话形象中最普遍的是动物的拟人化。除了非人类的生命体,拟人体童话形象还可以是非生物、自然现象、抽象概念等,如玩具熊、春姑娘、太阳公公、时间老人、智慧仙子等,只要是我们意识或想象中的任何事物,都可以成为拟人化的对象。

拟人化童话形象一般要求物性和人性的结合,就是使童话形象既具有人的特点,又要保留其作为物的某些基本属性,并且考虑物与人、物与物之间的天然关系。如小熊温尼·普从其言行看是一个天真的孩子,但它憨憨的,爱吃蜂蜜,就是熊的模样;又如《绿野仙踪》(鲍姆)中的稻草人,虽然会走路,但是他没有知觉不怕痛,很害怕火烧,这又是稻草人的属性。

(二)超人体童话形象

超人体童话形象,是指那些以超自然面貌出现的、具备创造奇迹的超常能力的形象。如《七色花》(卡达耶夫)中的"七色花"就是一个超人体童话形象,七色花的每一片花瓣都能帮助小姑娘实现一个愿望;又如《灰姑娘》中把南瓜变成四轮马车的仙女、《神笔马良》(洪汛涛)中的神笔等。神仙、妖魔、精灵、鬼怪、巫师等都是我们熟悉的超人体童话形象。超人体童话形象很多时候是人的愿望的象征,他们所具有的神奇的能力可以满足主人公在现实生活中无法实现的愿望。超人体童话形象起源于神话、传说,后来成为民间童话中最常见的形象类型。当故事里的主人公身处困境时,超人体童话角色就会帮助他克服困难,创造奇迹。超人体童话形象在早期大多是神仙精灵以及魔法宝物之类,随着社会的发展,科技元素已经渗透进来,如出

🎵洪汛涛
《神笔马良》

现了外星人、科学博士等形象。

超人体形象主要有三类。

一是具有超人力量的人。如《长袜子皮皮》(林格伦)中的皮皮是个女孩子,但穿着古怪,力大无穷;《彼得·潘》(巴里)中的彼得·潘是个小男孩,但会飞;《哈利·波特》(J·K·罗琳)中的哈利·波特,他生活的环境里充满了现代社会的符号,有电子游戏、广告等,但哈利·波特却拥有魔法。

二是具有神奇能力的非人。常见的是仙女、精灵等现实世界没有的形象,以及具有神奇力量的生物,如《渔夫和金鱼的故事》(普希金)中有魔力的金鱼、《海的女儿》(安徒生)中拥有三百年寿命的美人鱼等。现代童话中的这一类形象经常具有科技赋予的神奇力量,如《外星人收破烂儿》(武玉桂)中的外星人蓝胡子老爷爷,坐着宇宙飞船来地球上专收没人要的东西,小朋友身上被蚊子叮的包、一个小女孩的结巴等。

三是具有神奇力量的宝物。如《白雪公主》中的魔镜、《神笔马良》中的神笔。宝物形象的基本特点是:第一,在外形上是寻常的物品;第二,有神奇的魔法。有些童话中的宝物还是独立的生命体,会说话、有个性。早期童话中的宝物多为仙人手中的魔杖、魔鞋、飞毯等,现代童话中出现了神奇的电脑、智能机器人等神奇之物。

(三)常人体童话形象

常人体童话形象,是指以人的本来面目出现在童话中的人物形象。如《皇帝的新装》(安徒生)中的皇帝、大臣、骗子等都是常人体童话形象。常人体童话形象只是普通人,没有超凡的能力和神奇的宝物。与普通人不同的是,他们在童话中的行为性格、经历命运都是极其夸张的,异于常态的,具有不同于普通人的经历或本领,因此童话也就充满了幻想色彩。如《皇帝的新装》中的皇帝、大臣和骗子的言行、心理都是异于常人、可笑到极度夸张的,这才使一件根本不存在的新衣最终穿在了皇帝的身上。

常人体童话形象有的就是现实中的普通人,他们没有过人之处,所处的环境也不存在超自然的因素,如《三个强盗》(汤米·温格尔)中的强盗。有的常人体童话形象是本身并无超人的能力,但和超自然的人物、事件发生了联系,于是进入了一个奇幻世界。如《馅饼里包了一块天》(艾肯)中的老太太和老头儿,因为追"包了一块天的馅饼"而被馅饼带上了天,于是他们就带着小猫、小鸟儿、飞行员、鸭子、山羊、大象一起坐着馅饼飞行,经历奇幻,非同寻常。民间童话中的主人公有不少是常人体形象,如《灰姑娘》中的灰姑娘,借助仙女的帮助获得了幸福。

总之,以上三类童话形象并不相互排斥,它们可以同时出现在一个童话之中。如《天蓝色的种子》(中川李枝子)中既有拟人体的狐狸,又有常人体的小男孩雄治,还有奇异的事物——越长越高大的房子,三者共同推动着情节的发展。

♫ 中川李枝子
《天蓝色的
种子》

第三节　幼儿童话的特点

幻想是童话的本质特征。幻想在童话中不是局部的点缀,而是全方位的,夸张变形的形象、荒诞离奇的情节以及虚拟奇异的环境,三者共同构筑着童话的幻想。幼儿童话的幻想世界里充满了纯真的形象,上一节对童话形象类型的描述,在一定程度上揭示了幼儿童话在幻想和形象塑造上的某些特点。童话对于幼儿来说,就像是与现实生活并行的一个游戏世界,下面从叙事形态和表现手法的角度来看看这个幻想的游戏空间的特点。

一、叙事形态

(一)叙述方式多样

幼儿童话承继了传统童话的许多叙事形式与技巧,又根据幼儿的心理需要不断创新,以多样化的叙述方式创造出神入化的幻想空间。

1. 环境虚拟,背景模糊

童话的环境是虚拟的,故事的背景往往是模糊的。

童话空间有的设置在现实环境中,当然日常生活常常被虚幻化,如《不不园》(中川李枝子);有的则设置在完全虚拟的环境里,如《彼得·潘》(巴里)中的永无岛。无论哪一种环境,幼儿童话对时间、地点等环境、背景因素的交代往往十分简略、模糊。

“从前……”“有一天……”“很久很久以前……”这是传统童话喜欢采用的开头方式,现代幼儿童话也常常如此。请看《三个强盗》(汤米·温格尔)的开头:

> 从前有三个很凶的强盗。他们穿着宽宽的黑斗篷,戴着高高的黑帽子,出门都是躲躲闪闪的。

除了“从前……”“很久很久以前……”之外,现代童话还发明了其他的模糊描述时间、地点、年龄、数字等的方式。如下面几篇童话的开头。

> 有一只黑熊,孤零零地住在一个岛上。他希望动物们都来看他,让他孤独的心得到些安慰。他听说,要是谁看见天上飞过白天鹅,谁就能实现一个心中的愿望。
>
> ——比赛特《黑熊的愿望》
>
> 山很高,所以从来没有人到那上头去。山上有个洞,小熊吉米住在那里。他的妈妈已经死了。有一天,爸爸对他说:“儿子,你得开始自己照料自己了。吃附近的野果子你也能活下去!”说完就走了,只留下一顶帽子给儿子。
>
> ——柯雷蒙《小熊找爱》

世界是那么大，世界上的屋子是那么多，有大屋子，有小屋子，有漂亮屋子，有旧屋子，有新屋子。在这许多屋子当中，有一间很小很小的小屋子，它是住在屋顶上的卡尔松的。

——林格伦《小飞人三部曲》之《卡尔松又飞了》

这种模糊叙述使童话空间与现实生活隔离，能够造成语言的心理距离，读来有一种神秘感，可以帮助幼儿较快地进入童话的幻想空间，以自己的经验和能力创建一个虚幻的游戏世界。

2. 结构形式多为反复、对照、循环

幼儿童话常常采用反复、对照、循环的叙事结构。

第一，反复式。反复式的叙事结构在民间童话中很普遍，常见的是三段式，即情节展开过程是三次。如《灰姑娘》中灰姑娘三次从舞会逃离，《白雪公主》中皇后三次到森林加害白雪公主；角色设计也往往是三兄弟、三姐妹、三只熊、三只小猪等。三段式的叙事结构在现代幼儿童话中仍然可见，如《小蝌蚪找妈妈》（方惠珍、盛璐德）中，小蝌蚪误认大鱼、乌龟和大白鹅为妈妈，是三次；《去年的树》（新美南吉）中，鸟儿为了找树，先后向树根、大门和小女孩打听树的下落，是三次。

🎵 新美南吉
《去年的树》

现代幼儿童话不一定都采用三段式的结构，但反复式却相当普遍。如《馅饼里包了一块天》（琼·艾肯）中，载着老头儿、老太太的馅饼先后把小猫、飞行员、鸭子、山羊、大象带上了天飞行，相似的情节出现了五次；《桃树下的小白兔》（冰波）中，小白兔撒出的装有桃花瓣的信，分别做了老山羊的书签、小猫的发夹、小松鼠的小扇子、小鸡的太阳帽、小金龟子的摇篮、小蚂蚁的小船，相似的情节出现了六次。

结构上的反复有助于幼儿理解内容，理清情节线索；同时结构上的反复还具有整齐、稳定的韵律感，这会给幼儿带来一种安全感。

第二，对照式。对照式在传统童话中也是常见的叙事形式，如《灰姑娘》中的灰姑娘与两个姐姐，就是对照式的形象；又如贝洛的《仙女》中妹妹善良、美丽、可爱，姐姐恶毒、傲慢、粗野，所以仙女就为她们准备了反差极大的礼物：妹妹一说话，口里就会吐出一朵花或者一粒钻石；而姐姐每说一句话，就会从嘴里吐出一条蛇或者一只癞蛤蟆。传统童话往往表达惩恶扬善的主题，运用对照式就能鲜明地彰显主题。

现代幼儿童话也常常采用对照式的结构，如《爱心树》（谢尔·希尔弗斯坦）通过大树与男孩的心理、行为的对比，来表达对爱的理解。不少采用对照式结构的幼儿童话并不是为了直接彰显主题，而是以对比的形式来增强形象、情节的趣味性。如在《给狗熊奶奶读信》（张秋生）中，河马粗声粗气地读信，高声地读了一句"奶奶您好"时，狗熊奶奶立刻就不那么高兴了，最后气鼓鼓的、步履蹒跚地回家了；而当夜莺姑娘读信时，听着"奶奶您好"这第一句，

🎵 张秋生
《给狗熊
奶奶读信》

狗熊奶奶就浑身舒服,最后乐呵呵的,迈着轻快的步子给小孙子做甜饼去了。想象着狗熊奶奶前后的两种反应,真是乐不可支,这就是对比的效果。

木子的《长腿七和短腿八》把对照式结构运用得出神入化:"长腿七的两条腿有七尺长。短腿八的两条腿只有一尺八寸长。"童话一开篇,就呈现了形成鲜明对比的长腿七和短腿八的形象。两个人的吃穿住行、喜好特长都各不相同,但他们却没有争吵,而是在差异中相互认同,始终是好朋友。对照式讲述的《长腿七和短腿八》在浓郁的趣味中蕴含着深深的意味。

第三,循环式。循环式是一种首尾呼应的叙事结构。如在《萝卜回来了》(方轶群)中,小白兔把萝卜送给小猴,小猴送给小鹿,小鹿送给小熊,小熊送给小白兔。就这样,小白兔送出去的萝卜回来了,终点和起点接在了一起,温暖的友情在这个封闭的结构中得到圆满的传达。

♫ 方轶群
《萝卜回来了》

《讲故事》是洛贝尔《青蛙和蟾蜍》系列中的一个童话故事,夏季的一天,青蛙觉得身体有点儿不舒服,请求好朋友蟾蜍给他讲故事,结果蟾蜍想尽一切办法也想不出一个故事,最后弄得自己浑身不舒服,也想躺一会儿。这时候,青蛙已经觉得好多了,不想听故事了,于是他给蟾蜍讲起了故事,讲的就是刚才蟾蜍和自己的事儿。《讲故事》是一个结局循环的故事,情节简单但是非常巧妙:青蛙与蟾蜍角色转换的循环,凸显了蟾蜍的憨厚可爱。整个故事因为循环式的叙事把温暖表现得诙谐幽默。

♫ 洛贝尔
《讲故事》

循环式结构是圆形的,读来会有一种亲切又惊异的满足感,同时这种结构具有回环往复的韵律和节奏,游戏感强烈,非常符合幼儿的接受心理。

幼儿童话的各种叙事形式可以综合运用,如《给狗熊奶奶读信》就是反复式和对照式的结合。

3. 结局快乐圆满

传统童话的结局往往是大团圆——"从此他们过着幸福的生活"。对于孩子来说这样的结局与其阅读期待是合一的,跟着主人公经历了苦难与危险,终于获得了自己向往的生活,阅读者的心理就获得了充分的满足。

现代幼儿童话的结局也常常是快乐和谐的。如《给狗熊奶奶读信》和《长腿七和短腿八》的结局就是圆满型的。

> 狗熊奶奶乐呵呵地从夜莺姑娘手中接回了信,迈着轻快的步子,回家给小孙子做甜饼去了。
>
> ——《给狗熊奶奶读信》
>
> 时间一年一年,一月一月地过去。长腿七和短腿八一直都是好朋友。
>
> ——《长腿七和短腿八》

有时故事情节的圆满结局还会给孩子带来广阔的想象空间,童话的游戏还可以延伸,这

也是一种快乐。如《馅饼里包了一块天》的结局:

> 就这样,他们快快活活地在岛上生活着,再也没有回过家。
> 这全都是因为老太太烤的馅饼里包了一块天!

老头儿、老太太和小猫、山羊、大象等再也没有回家,快活地在岛上生活着,这可是一个新的故事的开头,每一个富有幻想的孩子都可以构建自己的快乐王国。

快乐的色彩是多种多样的,有时幼儿童话快乐的结局是一个诙谐的场景和细节,如《天蓝色的种子》的结局:

> 等了一会儿,雄治抬起头一看,哪儿也没有天蓝色的种子,只有写着"天蓝色种子"的图画纸立在那里。还有,那旁边,吓昏了的狐狸正直挺挺躺着呢。

当狐狸把孩子和鸟兽赶出房子想独享的时候,天蓝色的房子突然长得更大,然后房子猛烈摇动,崩塌了。神气活现的狐狸已经被吓得"直挺挺躺着",故事就结束于这样一个特写镜头,让人乐不可支。

4. 文体融合

童话与其他文体的融合催生了现代童话叙事形式的多样化。童话与散文、诗歌的结合在幼儿童话中是一个比较突出的现象,抒情型童话就是这种结合的结晶。另外,童话散文(参见第六章幼儿散文)、童话诗(参见第三章幼儿诗)也是童话的一种形态,文体融合使幼儿童话呈现出新的幻想境界。

(二)语言简洁明快,直接动感

童话对于幼儿来说就是一个游戏空间,欣赏童话就是参与一个游戏。幼儿自身的言语真诚、稚朴、情绪外露、逻辑性弱,不会拐弯抹角。对于幼儿来说,用语言叙述的童话游戏也应该是新奇又简单的,它不需要经过艰深的理解和逻辑推理,这样才符合其接受心理。因而,专门为幼儿创作的幼儿童话往往语言简洁、明快,直接而富有动感。

幼儿童话一般直接叙述情节的发展,很少对环境做具体的描绘,对人物形象做细致的刻画,对角色心理做细腻的描写。

开头往往直接进入情节。像下面这样开门见山讲故事,在幼儿童话中比比皆是。

> 一个老头儿种下了萝卜,对它说:
> "长大呀,长大呀,萝卜啊,长得甜呀! 长大呀,长大呀,萝卜啊,长得结实呀!"
> 一个萝卜长出来了,长得又甜、又结实、又大得了不得。
>
> ——阿·托尔斯泰《大萝卜》

邮递员鸵鸟阿姨给狗熊奶奶送来了一封信。

狗熊奶奶是那样地高兴,她盼信盼了好几天,她是很想念远方的小孙子的。

——张秋生《给狗熊奶奶读信》

即使开头先交代环境,也不会像《海的女儿》《丑小鸭》的开头那样对环境做精细的描绘,现代幼儿童话很少对环境或背景做具体的描述。下面是《馅饼里包了一块天》和《丑小鸭》的开头:

从前有一个老头和一个老太太,住在一个非常寒冷的国家里。一个冬天,老头儿对老太太说:

"我说老婆子,天可真冷啊,要是你能给我做个又香又甜又热乎的苹果馅饼,那可就太好了。"

老太太说:"是啊,老头子,我这就给你做。"

——琼·艾肯《馅饼里包了一块天》

乡下真是美。到了夏天! 小麦是金黄的,燕麦是绿油油的。干草在绿色的牧场上堆成垛,鹳鸟用它又长又红的腿子在散着步,噜噜地讲着埃及话(注:因为据丹麦的民间传说,鹳鸟是从埃及飞来的)。这是它从妈妈那儿学到的一种语言。田野和牧场的周围有些大森林,森林里有些很深的池塘。的确,乡间是非常美丽的,太阳光正照着一幢老式的房子,它周围流着几条很深的小溪。从墙角那儿一直到水里,全盖满了牛蒡的大叶子。最大的叶子长得非常高,小孩子简直可以直着腰站在下面。像在最浓密的森林里一样,这儿也是很荒凉的。这儿有一只母鸭坐在窠里,她得把她的几个小鸭都孵出来。不过这时她已经累坏了。很少有客人来看她。别的鸭子都愿意在溪流里游来游去,而不愿意跑到牛蒡下面来和她聊天。

——安徒生《丑小鸭》

在情节的展开过程中,幼儿童话往往集中描述事物的变化、人物的行动,句式短小而富有动感,词汇以名词和动词为主,修饰语很少。如冰波的《小鸭子吃星星》:

小鸭子吃星星

小鸭子啪答啪答在外面走,看见天上有许多星星。

小鸭子想:天上有这么多星星啊,不知道星星好不好吃。

可是,星星不掉下来,小鸭子吃不到星星。

小鸭子又啪答啪答往前走,走到一个池塘边。

忽然,小鸭子看见水里也有星星。

小鸭子跳进池塘里,咕嘟咕嘟吃星星。

池塘里荡起了一圈圈波纹,星星没有了。

小鸭子说："哈哈，我把星星吃光了。"

鸭妈妈来了，她笑着问小鸭子："宝贝，请你告诉我，星星是什么味道呀？"

小鸭子想：是啊，星星是什么味道呀？好像什么味道也没有啊。

等到小鸭子爬上岸，一看，池塘里还是有许多星星。

小鸭子看看池塘里的星星，又看看天上的星星，心里想：这是怎么回事呢？

这是一个适合低幼孩子的童话，语言简洁，叙述直接，富有动感，节奏明快，作者以不加修饰的语言讲述了一个精巧、可爱的故事。

另外，幼儿童话的情节单纯，行文节奏流畅。幼儿童话一般篇幅短小，其情节基本上都是线性的结构，即由一对矛盾的冲突构成，常常运用反复、对比以及层层递进等方式来推进情节的发展，单纯生动，节奏明快。中长篇幼儿童话的情节线索也不复杂，通常以主人公的活动线索贯穿始终，由一个个相对独立的小故事串联起整个情节，如汤素兰的《笨狼的故事》、中川李枝子的《不不园》等。

🎵 汤素兰
《笨狼的故事》
（节选）

二、表现手法

童话的魅力来自奇异的幻想，幼儿童话的幻想具有强烈的游戏性，其常用的文学表现手法主要是拟人、夸张、象征等。

（一）拟人

拟人，也称为人格化，是指把人类以外的有形或无形、具体或抽象的客观存在，赋予人的思想、感情和言行。拟人是幼儿童话运用最普遍的艺术手法，有关拟人手法运用的相关问题在本章第二节"拟人体童话形象"中已有一定的介绍。需要补充的是，一般而言，运用拟人手法塑造童话形象，应考虑人性与物性的和谐统一。不过有些童话已经突破了这一规则，形象的物性特征仅仅只是作为最基本的区别于其他形象的标志而存在，挣脱了注重物性真实的束缚。如《笨狼的故事》（汤素兰）中，笨狼是一只善良、可爱的小狼，他乐于助人，还与聪明兔成了好朋友。尽管这样违背了狼的自然属性，但因为作者注重个性的刻画，让笨狼像一个憨厚、稚气的孩子，幼儿反而有一种亲切感，因为孩子是以自己的认知情感方式去理解其他生命的。

（二）夸张

夸张，是指将描写对象的某些特点予以放大和强调，从而突出其本质特征以增强艺术效果。夸张是一种普遍运用的艺术手法，但童话的夸张别具一格。其他文体的夸张具有一定的限度，童话的夸张可以突破现实关系的限制，是一种强烈的、极度的夸张。如《大萝卜》（又译《拔萝卜》）中的萝卜，"又结实，又大得了不得"，老头儿、老婆儿、孙女儿三个人一块儿都拔不动，还要加上小狗儿、小猫儿和小耗子，才把萝卜拔出来。这是现实时空里种不出来的大萝卜,这就是童话的夸张,夸张到颠覆现实的逻辑。

童话的夸张与想象紧密相连,是从内容到形式的全方位的夸张。从情节、形象、环境以及细节,都可以运用夸张手法来构思、刻画和渲染。如《爱丽丝漫游奇境记》,情节内容、环境以及角色形象都十分荒诞离奇,就是想象与夸张营造出来的幻想境界。

童话的夸张尽管可以到极度变形的程度,但还是以现实事物的内在逻辑作为基础。如罗大里的童话《一个没头脑的人去散步》,主人公乔万尼有一天高高兴兴出门去,连自己的手、脚、腿、耳朵、鼻子掉了都不知道,当他开开心心地回到家的时候,"一条腿瘸着,既没有耳朵,也没有鼻子,还没了胳膊",不过,他"照样和平常一样开心,就像一只小麻雀"。他的妈妈呢,无可奈何地摇摇头,只好"把他给重新整理好"。像乔万尼这样粗心的孩子只有在童话里才会出现,但是贪玩、"没头脑"是孩子的天性,这就是童话故事里极度夸张的基础。同时,作者让所有的成年人都安慰乔万尼的妈妈:"小孩子们都是这个样子的!"这其实是现实中能够理解并包容孩子粗心、贪玩的大人们的心声。

(三) 象征

象征,是指把某种抽象的概念、思想或情感通过具体的事物形象可感地表现出来。运用象征手法的基础是象征物和被象征物之间具有某种类似或联系,借助类似和联系,可以含蓄而鲜明地呈现被象征的事物。读一读《彼得·潘》中彼得描述的小仙人:"你瞧,温迪,第一个婴孩第一次笑出声的时候,那一声笑就裂成了一千块,这些笑到处蹦来蹦去,仙人们就是那么来的","孩子们现在懂得太多了,他们很快就不信仙人了,每次有一个孩子说'我不信仙人',就有一个仙人在什么地方落下来死掉了"。这里的"仙人"象征的就是天真、快乐的童心,而仙人的死掉代表的是童心的失落。童话这一幻想艺术在整体结构上就构成象征,童话中的不少经典形象已经形成了固定的象征意义,如丑小鸭、灰姑娘、青鸟、皇帝的新装等。

幼儿童话的象征特别要注重与想象的结合,它应该通过各种意象以及情节的设置自然地表现在幻想世界里。

探讨

◆ 有人说,童话的首要审美功能是张扬儿童的个性、满足儿童的自然天性。请谈谈你的看法,并与同学交流讨论。

◆ 学习本章之前写下的"问题"都解决了吗?和同学合作探讨尚未解决的问题。

思考与实践

一、理解与分析

1. 什么是童话?童话有哪些形式类型和形象类型?请举例说明。

2. 童话在叙事上有什么特点？请举例说明。

3. 请结合具体的作品介绍童话常用的艺术表现手法。

4. 现在再来描绘童话,你会用什么样的词句?

二、 阅读与积累

1. 阅读下列童话,想一想这些童话作品体现的童年观,并与同学交流。

(英国)卡洛尔《爱丽丝漫游奇境记》;(意大利)科洛狄《木偶奇遇记》;(英国)巴里《彼得·潘》;(英国)格雷厄姆《柳林风声》;(法国)圣埃克苏佩里《小王子》;(瑞典)林格伦《长袜子皮皮》《小飞人三部曲》;(美国)怀特《夏洛的网》。

2. 阅读本章正文中提及的童话,并和同学交流:哪些童话形象给你留下了深刻印象?为什么?

三、 创编与实践

1. 尝试创作一篇适合幼儿欣赏的童话,并与同学分享。

2. 请为小、中、大班的幼儿各选编若干篇适合他们欣赏的童话。小组或全班合作完成。

3. 班级或社团组织一个朗诵活动,到幼儿园或社区为幼儿读童话、讲童话。

第五章　幼 儿 故 事

 学习目标

◆ 能识别幼儿故事的类型。

◆ 结合作品阐明神话、传说、民间故事、寓言、幼儿笑话的特点。

◆ 结合作品分析幼儿生活故事在情节、语言和结构形式上的特点。

◆ 阅读各种类型的幼儿故事,与同学交流阅读感受与思考。

◆ 搜集本地的传说和民间故事,尝试根据幼儿接受特点进行整理。

◆ 尝试创编幼儿生活故事,并与同学分享。

 知识框架

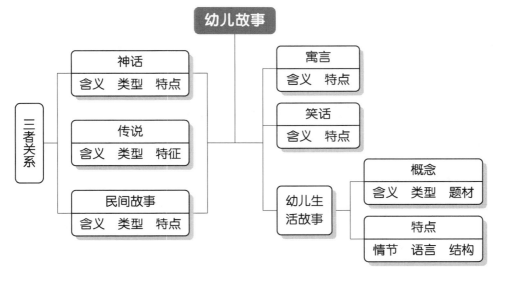

 经验与问题

◆ 在你的记忆中,有哪些印象深刻的故事?和同学们分享,并讨论是否适合幼儿阅读。

◆ 请搜索并阅读以下故事。

有关盘古开天地、普罗米修斯盗火的神话；有关孟姜女、白娘子、牛郎织女，以及梁山伯与祝英台的传说；有关阿凡提的民间故事。

♫《盘古开天地》

◆ 根据以上阅读体验，你能说说神话、传说和民间故事的区别吗？关于神话、传说和民间故事，你有什么问题？请写下来。

◆ 阅读《丁一小写字》（任溶溶）。

丁一小写字

丁一小写字，写来写去写不好。"对了，是我的纸不好！"他把姐姐的纸拿来写。

他用姐姐的纸写字，写来写去写不好。"对了，是我的笔不好！"他把姐姐的笔拿来写。

他用姐姐的纸、姐姐的笔写字，写来写去写不好。"对了，是我的位子不好！"他坐到姐姐的位子上去写字。

他用姐姐的纸、姐姐的笔，坐在姐姐的位子上写字，写来写去写不好。"我还有什么东西不好呢？"

姐姐拿起丁一小丢掉的纸，拿起丁一小丢掉的笔，坐在丁一小的位子上，身子一动不动，认真地一笔一笔写字。瞧，她写的字多好！

丁一小明白了："不是我的纸、我的笔、我的位子不好，是我自己不好。"

他像姐姐一样，身子一动不动，认真地一笔一笔写字。瞧，他写的字也好了。

◆《丁一小写字》是一则幼儿生活故事。关于幼儿生活故事，你有什么问题？请写下来。

第一节　幼儿故事概述

一、什么是幼儿故事

故事是叙事性文学体裁的一种，它侧重于事件过程的描述，强调情节的完整性、连贯性、生动性和趣味性，比较适合口头讲述。这里的故事是广义的。从内容而言，故事包括神话、传说、寓言、童话、故事性笑话以及生活故事等。从接受对象而言，故事包括面向成人的故事、面向儿童的故事。

幼儿故事是适于幼儿聆听、阅读的故事。喜爱故事是人的欣赏特性，热衷于理解故事情节是儿童阅读的天性，幼儿故事是幼儿喜闻乐见的文学形式。

幼儿故事一般内容单纯，篇幅短小；情节生动有趣、完整连贯；角色性格类型化，即只是突出表现角色性格的一个方面，不追求性格的完整和丰富。

二、幼儿故事的类型

幼儿故事的类型比较丰富。幼儿故事中,大多数是创作者专门为幼儿读者创作的,也有的是一开始并非专为幼儿创作,而事实上已为幼儿所接受的作品,如一部分的神话、传说、民间故事,以及根据其他成人读物改写的作品。

依据不同的视角来看幼儿故事,其类型是多种多样的。

从表现媒介来看,可以分为纯文字故事和图画故事。

从创作者来看,可以分为民间故事、改编故事和创作故事。

从体裁来看,可以分为散文体故事、诗体故事。

从艺术手法来看,可以分为童话故事和生活故事。

从内容主题来看,又可以分为各种类型系列,如神话、传说、寓言、笑话、民间故事;历史故事、人物故事(主要是名人故事)、动植物故事等。

第二节　神话　传说　民间故事

神话、传说、民间故事都属于民间文学。传统上民间文学除了神话、传说、民间故事,还包括民间歌谣、民间说唱、民间小戏、谚语、歇后语、谜语等诸形式。

与作家文学相比,民间文学具有集体性、口头性、变异性和传承性的特点。

民间文学是口传文学,它是某个特定地域的群体集体创作、口耳相传的语言艺术,以口头表演的形式存在。民间文学是一个表演的过程,在流传中会发生变异,一个作品的创作不是一次完成的,在口耳相传过程中,它不断更新、变动,其口头文本是没有"定稿"的,我们现在读到的采风记录的文字作品,只是民间文学的一部分。尽管民间文学作品在流传过程中或多或少会有变异,每一次具体的表演讲述都是一次再创作,一个故事往往有多个版本,但其基本情节与人物形象则大同小异,即核心的叙事模式是具有传承性的。除了内容,民间文学在艺术表现形式上也具有较为固定的形式,如讲故事的过程往往会形成一些固定的套语格式等。

神话、传说和民间故事中蕴含着丰富的传统文化知识,幼儿经常阅读、欣赏适合他们的作品,是一种文化的学习与传承。

一、神话

请阅读《女娲补天》。

♫《女娲补天》

女 娲 补 天

自从女娲创造了人,大地上到处是欢歌笑语,人们一直过着快乐幸福的生活。不知过了多少年，一天夜里，女娲突然被一阵轰隆隆的巨大响声震醒了，她急忙起来，跑到外面一看，天空塌下一大块，露出一个黑黑的大窟窿！地被震裂了，出现了一道道深沟。山岗上燃烧着熊熊大火，田野里到处是洪水。许多人被水围困在山顶上，还有许多人在水里挣扎。

女娲难过极了，她立刻去找雨神，求他下一场雨，把天火熄灭。又造了船，好救出挣扎在洪水中的人们。

不久，天火熄灭了，洪水中的人们被救上来了。可是，天上的大窟窿还在喷火。女娲决定冒着生命危险把天补上。她跑到山上，去寻找补天用的五彩石，她原以为这种石头很多，用不着费多大力气。结果到山上一看，全是一些零零星星的碎块。她忙了几天几夜，找到了红、黄、蓝、白四种颜色的石头，还缺少一种纯青石。于是，她又找哇找哇，终于在一眼清清的泉水中找到了。

五彩石找齐了，女娲在地上挖个圆坑，把五彩石放在里面，用神火进行冶炼。炼了五天五夜，五彩石化成了很稠的液体。女娲把它装在一个大盆里，端到天边，对准那个大黑窟窿，往上一泼，只见金光四射，大窟窿立刻被补好了。

现在，人们常常看见天边五彩的云霞，传说，那就是女娲补天的地方。

《女娲补天》是一则神话故事。一般而言，神话是民间文学诸种体裁中出现最早的一类叙事。

（一）神话的含义与价值

1. 神话的含义

神话，在英语中称为 Myth，源于希腊语 Mythos，在古希腊语中，"神话"的意思是关于神祇和英雄的故事及传说。现代汉语的"神话"一词借用自日语，原意为神们的故事。神话是在人类早期社会萌生、发展与成熟的，关于宇宙、人类和文化起源的口头叙事。

神话不是单纯的文学样式，它是人类童年无意识的集体信仰的产物，是先民关于世界和人如何产生、发展的一种神圣的叙事性解释，是人类原始的百科全书。

神话是各民族原始先民在与大自然的斗争中产生的，其形成与当时的社会条件、先民的心理基础，以及人类意识、语言等的发展水平有关。原始人类因生产力低下，在大自然面前常常显得无能为力，对自然怀有恐惧与崇拜交织的心理；随着劳动生产力水平发展到一定程度，人类期待探索自然的奥秘、征服自然，并开始赞美自身的力量；另外，当人类具有了万物有灵的意识，才会产生神灵的形象，语言能力达到一定水平，才能叙述、解释，从而形成神话。

希腊神话是我们熟知的经典，世界上各个民族一般都有自己的神话。我国原来虽没有神话这个概念，但是并不缺乏神话作品，其中汉族的神话在《山海经》《楚辞》《淮南子》以及先秦诸子的著作等古籍中，都能看到一些零星、片段的记载。神话产生于人类的童年，但由于人类社会的发展进程是有差异的，不同的人类群体（氏族、部落）的"童年"有先有后，所以许多少数民族至今流传着许多"活神话"。

神话是一种复杂的文化现象,早在古希腊时代,学者们就开始了对神话的初步研究。至今,神话学已是一门独立的学科,依托历史学、文艺学、社会学、政治学、语言学、心理学等许多学科的理论和方法展开研究,形成了多个神话学派。

在这一章里,神话是作为民间文学的一种叙事性作品,也可以称为神话故事。

2. 神话的价值

神话具有重要的文化价值和文学审美价值。

神话是原始初民萌芽状态的哲学、科学、道德、法律、宗教、历史等各种社会意识的统一体,其功能在当时是多方面的:解释万物、传播知识、表达愿望、鼓舞斗志、颂扬祖先神灵、赞美英雄能手,并通过神话明辨美丑是非,形成道德舆论以维护社会秩序。

神话是民间文学的源头,也是整个文学甚或艺术的源头。神话中奔放的热情,奇丽的想象是浪漫主义创作的源头,神话的情节、题材是后世创作素材的宝库。民间艺术中的传说、童话、寓言、戏曲、民歌等与神话都有着密切的联系。

(二)神话的类型

对神话的分类从内容而言,因层面、视角的差异有不同的分法。如有的分为自然神话、人文神话、混合型神话三大类,其中自然神话又分为解释自然的神话和改造自然的神话;人文神话则分为图腾神话、文明起源神话、为人类社会斗争神话。神话的内容主要面向三个本原问题:宇宙是怎么来的? 人类是怎么来的? 文化现象是怎么来的? 鉴于此,在理论上可以把神话分为三大类:宇宙起源神话、人类起源神话和文化起源神话,但在具体的神话文本中,这三类神话往往会交织在一起。

1. 宇宙起源神话

宇宙起源神话主要解释人类和动植物赖以生存的宇宙或世界的起源,也称为"创世神话"。这一主题的神话中,关于宇宙的起源大致有以下几种情形。

其一,宇宙是自行生成的。即天地万物最初是依靠一种未知的力量从"混沌"中自行生成的。如彝族的《谷歌》中说,很古的时候,未分天地,混沌中产生了青浊气,大风轻轻吹,清浊气渐渐分离,清气往上升,浊气往下沉,清气变为天,浊气变为地。

在这类神话中,有关"宇宙卵"的神话是世界性的。宇宙最初以卵的形态出现,万物都从卵中化生出来,盘古神话里出现的"天地混沌如鸡子"就是其一,我国的壮族、苗族、彝族、纳西族、藏族等许多民族都有这类神话流传,在印度、希腊、芬兰等国也有流传。

其二,宇宙是由神灵创造的。创世之神有单个的男神或女神,如汉族的盘古、女娲;也有两位及以上的神灵,如阿昌族的天公遮帕麻和地母遮米麻;也有动物神,如哈尼族神话的创世神是一条神鱼。

神灵建立宇宙基本秩序的方式多种多样,但也有一些共性,一般宇宙原本混沌一体,后来神灵初创了世界。如《三五历纪》中记载:

天地混沌如鸡子，盘古生其中。万八千岁，天地开辟，阳清为天，阴浊为地。盘古在其中，一日九变，神于天，圣于地。天日高一丈，地日厚一丈，盘古日长一丈。如此万八千岁，天数极高，地数极深，盘古极长，后乃有三皇。

大地分离的情节较为普遍，神将天地分离的方式与现实生活经验有关，如头顶脚蹬、斧劈钻凿、耙子耙开等。有的神话中，神将天地分开后，神灵住天上，世人住地上，天地间有天梯或顶天柱等。

其三，宇宙万物由神灵的身体（尸体）化生而来。如有关盘古的神话，盘古不仅是创世神，死后他的身体还化生成了天地间的万物，如《述异记》中的描述：

首生盘古，垂死化身，气成风云，声为雷霆，左眼为日，右眼为月，四肢五体，为四极五岳，血液为江河，筋脉为地理，肌肉为田土，发髭为星辰，皮毛为草木，齿骨为金石，精髓为珠玉，汗流为雨泽，身之诸虫，因风所感，化为黎甿。

古巴比伦、印度、北欧都有化尸创世的神话流传。有的神话中，神灵是用动物的身体来化生万物的。

其四，宇宙失序后重建。这是改造自然的神话，由于某种原因，宇宙的秩序遭到了破坏，甚至宇宙被毁灭，神灵或者具有神性的英雄为之奋斗，如女娲补天、鲧禹治水等。除了补天、治水，像射日、逐日、填海、移山等都属于这一类，这类神话表现的是人类与大自然的斗争，人类向大自然显示自己的力量。

♪《羿射九日》

2. 人类起源神话

在神话中，人是从葫芦、鸡蛋、山洞、石头、树叶中诞生，或是由神用泥土捏制的，由神匠刻出来的，或是神用膝盖互碰生出来的等，充满了奇特又浪漫的想象。

人类起源神话大多跟宇宙起源神话相交织。人类起源在神话中有多种情形。

其一，神造人类。许多神造人类的故事往往与神造宇宙结合在一起。神在创造了天地、日月星辰、山川河流、花草树木、鸟鱼虫兽后，又创造了人类。神灵造人的凭借物各种各样，如女娲和上帝都用泥造人，下面分别是《风俗通义》（一作《风俗通》）和《旧约全书》中的描述：

♪《女娲造人》

女娲抟黄土作人，剧务，力不暇供，乃引绳于絚泥中，举以为人。故富贵者，黄土人也；贫贱凡庸者，絚人也。

耶和华上帝抟土为人，嘘气入鼻，而成血气之人。

其二，人类从自然界中诞生，有时自行产生，有时需借助神的力量。常见的是从地里、岩石里崩裂出来或者从天而降。

其三，人类起源于植物和卵的神话也较多。中国许多民族的神话中人类起源于植物，如满族神话里人类起源于柳叶；苗族神话中人最早是枫树心孕育出来；拉祜族的神话里人是从葫芦里生出来的；蒙古族神话中最初的男女两个人是在花瓣里孕育的等。人类起源于卵的神话，在世界各民族更是相当普遍。

其四，洪水后人类再生的神话也较为普遍。常见的洪水神话，其基本情节通常是：一次大洪水或其他自然灾害将人类毁灭，一个人或几个人在神的帮助下幸免于难，并且重新繁衍了人类。诺亚方舟的故事就属于这一类。

其五，许多民族的始祖神非正常生育，而是感应而生。如华胥氏因踩到一个巨人的脚印感应而生伏羲；高山族神话中，两个男神睡觉时摩擦了一下膝头，一位神的右膝生出了女孩，另一位神的左膝生下了一个男孩，这两个人成为了雅美人的祖先。有的神话中氏族、部落的产生是由神或人与动植物进行婚配实现的，许多都是人兽婚类型。

另外，人类起源神话中有一类是解释人类死亡的。这类神话认为生与死是相伴随的，世人总是渴望长生不老并不是合适的，死亡有时是一种解脱。这类神话有着较高的哲学意义，他们意识到人类只有死亡，族群才能一代代有活力地繁衍下去，死是另一种形式的"生"。

3. 文化起源神话

文化起源神话解释了人类文明发展的进程，讲述的是远古时期与文化有关的重大发现。如汉族神话中，燧人氏教民钻木取火，神农发明了农耕与中草药，嫘祖发明了养蚕与缫丝，仓颉发明了文字等。这些文化英雄有的同时也是创世神或始祖神，如壮族神话中的布洛陀。

文化起源神话中有两个普遍的类型，一个是有关火的起源神话，其中许多是盗火神话，即火是从天界偷来的。如希腊神话中普罗米修斯把火种从天界带到了人间。另一个类型是有关谷物起源的神话。

有的民族神话中的文化英雄是一些神奇的动物。如蒙古族盗火的是燕子；藏族、蒙古族、维吾尔族、土家族等民族的一些神话里，谷种是狗从天界乞讨或偷来的。

除了上述三类神话之外，还有一类英雄神话。英雄神话主要讲述神族之间的战争，如希腊神话中叙述神灵生涯或描述神族之间争战的神话，中国中原地区流行的有关黄帝战蚩尤等的战争神话等。这里的英雄一般不是神，是半神半人或得到神的帮助的人，他们与大自然或恶势力斗争，造福于民族，深受本民族的敬仰与崇拜。

（三）神话的特点

神话是上古先民试图认识和征服自然的口头幻想故事。它以朴素的语言表现先民们对天地万物起源、各种自然景象和社会生活的理解，情节奇异，形象怪诞，情境神奇，具有浓郁的幻想性。

1. **神话的时空大多为太古时代**

神话的时空大都是混沌、无序的太古时代。如创世神话常见的开头是："宇宙初开之时""很古的时候""很久很久以前，宇宙间全是茫茫的大水"等，以朴实的语言，交代古老无序的时空，从而引发神灵或英雄的壮举，最终建立了宇宙的秩序。

2. **神话的主角一般都具有神性**

神话的主角一般是超越人的神灵、英雄或具有神性的动植物。神灵比人更具有掌握人类与大自然命运的强大力量，在宇宙间更具有自由意志，是超越人类的。人在神灵的身上投射了自己的记忆、理想、愿望等。

中国上古神话中的神，往往出生非凡，相貌奇特。有的是全动物形：如鲧为黄龙，或黄熊，或三足鳖；禹为纠龙；夸父状如猿而虎形等。大多数神半兽半人：如西王母是人身、豹尾、虎齿、蓬发、善啸；女娲和伏羲，人面蛇（龙）身；盘古是狗首人身；炎帝是牛首人身等。后来在流传中，则大多数演变成了人形神，有的可以互变。创造文化的英雄中有一些是具有神性的动植物。

3. **神话的主题主要是起源问题和神祇事迹**

神话是人类童年对世间万物与人类自身的思考，它的主题主要是两类：起源问题和神祇事迹。世界是怎么来的？人类是哪里来的？日月星辰、山川河流、风雨雷电、花草树木、鸟兽虫鱼是怎么形成的？人类的文化和风俗是怎么创造出来的？神话对诸如此类的问题做了解释。

神话的内容怪诞奇异，就创作源头而言，其基本素材来源于当时的现实生活。宇宙起源、人类起源、文化起源神话等反应的主要就是人与自然的关系，以及对人类社会自身的关注。人类的成长与发展伴随着与大自然的不懈斗争。在残酷的自然条件面前，人类总体上处于劣势，内心充满敬畏与恐惧，在幻想世界中寻求心灵的平衡与疑问的解答。神话中神灵的超凡神性，力大无穷，上天入地，超越生死，智慧超凡，以及人类战胜自然的情节，都表现了人类试图超越自身局限性的强烈愿望。这表现的就是人与自然的关系。而涉及婚姻习俗、伦理道德、社会交往等的内容，关注的是人与人、人与集体，以及部落之间的关系，是人对自身社会生活的关注。

另一主题是关注人类自身与想象创造出的神、鬼、精灵、神性自然物等超自然力之间的关系。

4. **神话的叙事真实且神圣**

神话总是与神圣、庄严、崇高的事物联系在一起，所讲述的可能是原始部落的神圣知识，讲述者和聆听者都持有神圣崇拜的态度。神话与原始巫术、图腾崇拜等有着千丝万缕的联系。神话在其产生的早期，或在某个特定的情境中，如宗教活动或特定的仪式场合，对讲述者和听众而言，可能被认为是真实又神圣的叙事，当做确实发生过的历史事件。这与当时人们"万物有灵"的宇宙观有关。在初民那里，神话不是随便可以讲述的，宣讲神话是神圣的，讲述神话要有一定的场合和时机，对讲述人也是有规定的。

二、传说

请阅读《端午节的传说》。

♫《端午节的传说》

端午节的传说

二千多年前,有一个叫屈原的人,在楚国做官。没多久,屈原就当上了三闾大夫。他爱他的国家,想让楚国富强起来。楚怀王见他聪明能干,很看重他。但和他一起做官的人,就开始忌妒他,在楚怀王面前说他的坏话。楚怀王慢慢讨厌屈原了。屈原写了许多诗,表示自己的心愿。没多久,楚怀王死了,他的儿子当上了国王,忌妒他的人又在国王面前说屈原的坏话,国王就把屈原赶出了楚国京城。

后来,楚国和秦国打仗,秦国把楚国的京城强占了。屈原看到楚国的老百姓受苦受难,自己又没法出力,心里很痛苦,他就跳进汨罗江里自杀了。楚国的老百姓怕江里的鱼虾咬坏屈原的遗体,就用竹筒装上米,丢进江里去喂鱼虾,又划着小船,沿江寻找他的遗体。找了很久,都没有找到。原来有一条好心肠的鳌鱼,把屈原的遗体驮回他的家乡去了。现在长江边有个地名,叫屈原沱,就是当年鳌鱼驮着屈原遗体靠岸的地方。

从那以后,每年农历五月初五,也就是屈原投江自杀的日子,长江沿岸的许多地方都要赛龙舟。人们驾着小船,冲进波浪,有的还跳到流水中去,这表示的是齐心协力打捞屈原的遗体。每年五月初五端午节,家家户户吃粽子,也是为了纪念爱国诗人屈原。

(一) 什么是传说

1. 传说的含义

传说是以口头方式创作、传播,与一定的历史人物、历史事件或地方古迹、自然风物、社会习俗等有关的故事。传说,又称为民间传说。我国古代历史上把民间传说称为"传闻""传讹"等。传闻,即非亲眼目睹,非亲耳听到的口头传播的事象。传讹,就是民间口头传讲的各种荒诞的轶事、奇谈。

民间传说是口述作品,笔录以及加工整理都改变不了其口头创作的特色。民间传说具有一定的传奇性,它的情节往往带有离奇、巧合,甚至超人间的因素。传说的题材内容常与历史上的实有之人、实有之事,以及地方风物、地方风俗有关,这种关联主要是解释风物和风俗的成因和流变。由于这种解释与实景、实物紧密联系,使人们愿意相信它的合理性。

2. 传说的形成与流传

传说的创作除了把现实生活想象化外,还有的是把神话世俗化,如大禹治水的传说;或是把历史传奇化,如有关诸葛亮的传说。另外,故事黏附化也比较常见,一些著名的民间故事在流传过程中,经过不断的加工,使得本来没有联系或者联系不紧密的人物、事件、情节等都加载到了一个中心人物身上。如在有关鲁班的传说中,我国各地巧夺天工的建筑物大都与他有关,有的是鲁班直接所为,有的是受鲁班的指点。河北赵县的赵州桥是世界上现存最早、保存最完善的古代敞肩石拱桥,它是隋朝著名建筑家李春设计修建的,但在民间传说中它的修建者是鲁班。

传说在流传过中不断变异、不断丰富。传说一旦形成,就从某个源头流传开去,一经流传到某个地方或民族,便不同程度地与当地风物、民族风情、社会体制等融合,并在情节、人物形象、叙事模式等方面发生大大小小的变化,即具有了流变性。如各地流传的牛郎织女的传说、孟姜女的传说等,其母题、人物性格、事件性质等的原型基本相同,但具体的故事情节等则有大大小小的变异。

3. 传说与神话的关系

神话比传说产生得早,进入阶级社会后即基本上停止了产生和发展。传说最早产生的时间比神话稍晚,一些古老的传说流传至今,历代都不断有新的传说产生。

有的传说与神话有一定的联系。一部分古史民间传说渗透了浓厚的神话色彩,或者说是在神话人性化的过程中产生的。像炎帝、黄帝、颛顼、尧、舜等古史人物民间传说系列,大多是由最初的神话演变而来的。例如大禹治水的传说便来源于古代的鲧、禹神话。上古神话中鲧、禹父子二人是动物形态的神,随着社会的演进,他们逐渐从具有神格的自然神演变为治水的男性英雄,其中大禹从化为熊与动物为伍治水的状态中解脱出来,具备了人形以及人的思想感情和道德风貌,最终形成了大禹治水的系列传说。[①]

传说与神话的区别主要表现在三个方面。

其一,艺术加工对象和加工方式不同。神话是以一种不自觉的艺术思维方式,把自然界和社会生活人格化、神灵化,曲折地反映人类史前时代的人与自然界的种种关系,具有人类的普遍性;传说是以自觉或者比较自觉的思维方式,讲述某一历史时代的具体人物或事件,有时代和地点的约束性。神话解释的主要是整体的自然物、社会物,如世界、宇宙、动物、民族等;传说解释的则是局部的东西、具体的事象,如某座山峰或某条河流的来历。传说的解释较神话更贴近现实,更具有地域色彩。

其二,艺术特征不同。第一,艺术风格不同。神话使人感到怪诞、离奇,富有浪漫的幻想,能启发人们种种奇特、怪异的想象。传说令人感到真实、亲切,现实气息浓厚,使人信而不拜,敬而不畏。第二,主人公身份及其属性不同。神话讲述神的经历或行为,主人公"神"都具有超人或超自然的力量,其能力、相貌、业绩等都具有离奇怪异的色彩。传说的主人公是逐渐脱离神格的人,大多基于历史上存在过的真人,是生活在"我们"的世界里的人;所讲的故事以"人"的活动为中心,主人公是现实生活中的人,或是具有奇异才能、非凡本领的人,现实感更为强烈。第三,情节的规定性不同。神话故事发生的时代、地点和人物没有一定的规定性,形象的个性不突出。传说的故事情节,与特定的历史时代、历史事件、历史人物或特定的地方事物,密切相关,以它们为依据,形象的个性比较鲜明。

---

① 程蔷:《中国民间传说》,浙江教育出版社 1989 年版,第 39—42 页。

其三,功能不同。神话的产生与宗教信仰有密切关系,是由祭祀者在特定的场合和时间宣讲的,在远古民众中能够发挥相当于法律那样切实有效的作用,具有神圣性和权威性。传说描述的是特定历史时期的人物、事件及各种风物,具有鲜明的地方性和民族性,其内容所具有的是一定的教育和娱乐作用。

(二)传说的类型

按照所描述的内容,传说一般可分为人物传说、史事传说、风物传说和动植物传说。

1. 人物传说

人物传说以某个人物为中心,叙述其遭遇或事迹。人物传说的主人公多为历史上实有其人的著名人物、杰出人物等,所讲述的事迹或遭遇,其中有些确有其事,有的则真假掺杂,也有的完全虚构。有的传说中的主人公是虚构的人物,但在故事中跟某些历史事件或历史人物相关联,如孟姜女的传说。传说中的人和事,不管是否为历史上的真人真事,总是蕴含着人们的爱憎之情。

人物传说因主人公身份的不同有各种类型。

其一,有关帝王将相、廉政官吏或民族英雄的传说。如秦始皇、成吉思汗的传说,包拯、海瑞的传说,以及岳飞、戚继光、林则徐的传说等。传说中有的人物形象往往被净化,升华为民族的骄傲。

其二,在历史上起过进步作用的人物传说。如先秦时期西门豹、李冰等在水利问题上兴利除害的传说;云南傣族、佤族、基诺族有关三国时代诸葛亮如何教他们盖竹楼、种茶、升放孔明灯的传说等。

其三,有关文化人物的传说。这一类传说中典型的有以下两种。一种是能工巧匠和技艺祖师的传说,如鲁班发明锯子的传说,壮族关于歌仙刘三姐的传说,黎族关于传播纺织工艺的黄道婆的传说等。其中鲁班的传说遍布各地、各民族,经过两千多年的传承、加工,已成为能工巧匠传说的典型。另一种是文人传说和名医传说,如屈原、王羲之、李白、杜甫、苏东坡、曹雪芹、蒲松龄等文人,以及华佗、李时珍等名医,他们的某些事迹被人传诵、加工,成了传说。

其四,有关虚构的传奇人物的传说。如我国汉族四大民间人物传说——孟姜女的传说、白娘子的传说、牛郎织女的传说、梁山伯与祝英台的传说,都属于这一类;另如济公活佛的传说、八仙的传说等。神仙传说中有的是虚构的,有的是把宗教人士化为神仙,如带着仙气的东方朔。

2. 史事传说

史事传说所讲述的主要是历史上所发生的重大事件,其所选取的历史事件大多在民间产生了重大影响。史事传说在流传的过程中,常以某一历史事件为中心点,着重描述某一方面或片段,人们往往对事件进行艺术的处理,从中寄寓自己的评价。如藏族关于松赞干布向文成公主求婚的传说,以及文成公主入藏时形成的"倒淌河""日月山"的传说等。

史事传说包括民族起源与迁徙传说、民族团结与民族联姻传说、反抗阶级压迫与外来侵略传说、革命历史事件传说等。

史事传说与历史人物传说有时会交叉，因为人与事往往无法分开。人物传说是叙述某一著名人物及其活动、事迹；史事传说是记叙历史上的重大事件或者事件的片段，以及与这个事件相关的群体人物活动。二者若要区分，可以看故事是以人物为中心，还是以事件为中心，是一个人做几件事，还是几个人合做一件事，如果是后者，那就是以事件为中心的史事传说。

3. 风物传说

风物传说，又称为地方风物传说，其主要内容是对某一地方的特定自然景物、名胜古迹、土特产品、风俗习惯等的特点、名称、由来等做出解释，或讲述与之相关的趣事。风物传说数量最为丰富，地方色彩最为鲜明，几乎每一个地方都有当地的风物传说，名山、名水、名城、名产的传说尤其多。大部分风物传说的流传范围和影响只限于当地。

从内容而言，风物传说包括山川名胜传说、习俗风尚传说、物产器具传说三类。

其一，关于山川名胜的传说。这类传说，是对山川地名、古迹名胜的由来做出各种美丽动人、富有情趣的解释，蕴含着人们对乡土风物的赞美和热爱之情。如，关于西湖风景、桂林山水的传说；关于泰山、华山等五岳的传说；关于峨眉山、五台山、普陀山、九华山等四大佛教名山的传说；关于北京、南京、西安、洛阳、杭州、成都、苏州、大理等名城的传说等。有的故事中包含着较为丰富的社会内容，如有关黑龙江的传说。有的风物传说，只是对某些地貌特征做出一种新奇且充满情趣的解释，如纳西族关于玉龙山和金沙江的传说。

其二，关于习俗风尚的传说。这一类是对各地区、各民族民俗习惯形成的原因、内涵、历史意义等做出独特的解释和说明，包括节日民俗传说、服饰民俗传说、饮食民俗传说、游艺民俗传说、婚丧民俗传说等。其中有关节日的传说较多，如春节、中秋节、清明节等。这类传说解释某种风俗的由来，反映各族人民在特定历史阶段的社会生活和理想愿望，如汉族关于端午节吃粽子、划龙舟风俗的由来（一般认为实际上是古代越族人祭拜龙图腾的仪式及供品的遗留），傣族关于泼水节的由来，纳西族、拉祜族、彝族等关于火把节的由来等。

其三，关于物产器具的传说。这一类传说包括食品传说、民间工艺品传说、农副产品传说等，是对某一地区、某一民族有代表性的食品、民间工艺品、农副产品等实物的名称、特征及由来的解释。如有关西湖龙井、苏州刺绣、贵州茅台酒、天津狗不理包子、蒙古族马头琴的传说等。这一类故事在解释、讲述的同时，歌颂美好品德，抒发热爱劳动、赞美家乡之情。

4. 动植物传说

动植物传说与讲述物产由来的风物传说相似，它们的不同之处在于：有关物产由来的传说多为一些土特产，有鲜明的地方性，而动植物传说所讲述的是很多地方都有的动植物，且其重点在于解释动植物特征的由来。

动植物传说在讲述动植物特征由来的同时，常常结合其特性解释某种社会现象。如《兔子为什么成了豁嘴唇儿》，把兔子的嘴唇特点与搬弄是非联系在一起。

♫《兔子为什么成了豁嘴唇儿》

就一个具体的传说作品而言,有时会综合几类传说的特征。如上文有关端午节的传说,一般归于风物传说,但又综合了人物传说的部分特征。

(三)传说的特征

民间传说的内容具有地域特色,在艺术表现上则传奇性与可信性相结合。

1. 传说的内容具有鲜明的地方色彩

从流传的区域空间看,传说具有地方性,它的内容带有流传地的生产、宗教、历史等地方性知识。传说的地方色彩是与传说的解释功能相联系的,传说解释特定区域内的人物、事件、古迹、风物和习俗等,只有对这些人、事、物熟悉的听众才能真正读懂传说背后蕴含的意义。

有的传说通常会在不同地方传播,即一个基本的叙事情节结合到特定的地方背景上。如牛郎织女的故事在我国广泛流传,其基本的叙事模式是:两兄弟故事＋天鹅处女型故事＋鹊桥故事。其主要情节是:两兄弟,弟遭虐待,分家后,弟得一牛;牛告诉他得妻之法;他以此得一仙女为妻;仙女生下若干子女;仙女离去,他追赶被阻;从此二人一年一度相会。但各地流传的传说内容却都带有地方特色。如山西和顺的主要用来解释当地的山川风貌;山东沂源的主要是与当地孙氏家族结合,说明其家族源远流长;陕西的则主要是凭借西汉石刻石婆石爷来解释当地民风淳朴的来由;河南南阳的则是当地特产南阳黄牛和南阳绸的介绍名片……一个基本的叙事模式与当地的生活和生产相结合,就产生了风格迥异的牛郎织女传说。

2. 传说具有传奇而可信的艺术魅力

传奇性是民间传说的显著特征。传说中的人、事、物都具有奇异的特征,孟姜女单身万里寻夫竟能哭倒长城,这就是传奇的表现。又如鲁班修建赵州桥的故事。传说昔日赵县有条河常年泛滥,百姓靠木船摆渡很危险。鲁班看到人们出行困难,就一夜之间把羊群化成石头建起了大桥,还邀请张果老和柴王爷一同来测试桥是否坚固。张果老倒骑毛驴,驴背褡裢里装着日月;柴王爷推着小车,运载着五岳名山。当他们行进到桥中间的时候,桥被压得摇摇欲坠。鲁班见势,纵身跳入河中,用手将桥托住,石桥才安然无恙。由于张果老和柴王爷带的东西太重了,至今桥上面还留下了清晰的驴蹄印、车道沟和膝盖印,桥底也保留着鲁班的手印。民间传说中诸如此类的奇异情节十分普遍。

♪《鲁班与赵州桥》

传说浓厚的传奇性与合乎生活逻辑的现实性结合在一起,情节合乎常理而又超越常理。传说中的情节,一方面与现实生活直接联系,其发展合乎生活的内在逻辑,具有现实生活气息,另一方面,创作者又常常运用巧合、夸张、幻想等艺术手法制造奇异效果,使情节的发展既在情理之中,又出乎意料,引人入胜。如《白蛇传》中,故事开始时,白娘子到西湖游玩,呼风唤雨,通过借雨伞结识了许仙;情节由惊奇开始,一步步顺利地走向二人相识,直至结婚。至此,传说的情节达到了传奇的高潮。但随即,情节又向悲剧方向发展,与白娘子前世有仇的法海出现了，他使白娘子现出了蛇的原型，吓死了许仙。情节并未以悲剧到此结束，而是奇峰突起，白娘子闯仙境采灵芝救活了许仙，夫妻重又和好。这个白娘子救活许仙的传奇性情节，由于前面一系列情节的铺垫，既超乎寻常又顺乎人情。

传说之所以具有传奇而又可信的艺术魅力基于两方面的结合。一方面，由于人物本身就是被理想化了的，即是具有非凡力量或超人本领的传奇人物，这样奇异的情节就他们而言是合乎逻辑的；另一方面，在传说中，这类情节又是自然地融合在其他那些完全符合现实生活形态的情节中，因此，二者就紧密地结合在了一起。

传说具有可信性跟传说表述故事的方式也有关系。传说中往往有个纪念物，如与白娘子传说相关的西湖边的雷峰塔、断桥，这个纪念物，不仅是产生传说的客观凭借，也是增加传说可信度的媒介。如鲁班建造赵州桥的传说中，把桥上面的驴蹄印、车道沟和膝盖印，以及桥底的手印与张果老和柴王爷测试桥是否坚固联系在一起。讲述者采用解释、推原的方式增加听众对眼前之物的可信度。传说的讲述者往往会选取事物某一"真实性"的方面，历史上实有的人、实有的历史事件、实有的遗迹、实有的事物特征，选取某一方面，或者数者兼备，听者即使明知是虚假之说，也还是沉醉其中。

另外，把对人物、史事的介绍或对风物的解释与鲜明的褒贬相结合也是传说的一个特征，无论是讲述人物、叙述史事，还是解释风物，其中都蕴涵着人们对所述人、事、物的情感与态度。

三、民间故事

请阅读民间故事《枣核》。

♫《枣核》

枣　核

早年间，在山脚下的一个村庄里有一户人家。家里只有夫妻两个人，他们成天盼着要个小孩，常常叹着气说："咱哪怕有个枣核那么大的孩子也好哇！"没想到说了这个话不久，果然生了一个枣核那么大的孩子。夫妻俩欢喜得很，给孩子起了个名叫"枣核"。

一年又一年，枣核一点儿也不见长。爹说："枣核呀，白叫我欢喜了一场，养活你这样的孩子能做什么！"娘说："枣核呀，你一点儿不见长，我真为你愁得慌！"枣核说："爹、娘，你们不用愁，别看我人小，一样能做事情。"

枣核很勤快，天天干活，学了很多的本领。他能扶犁，能赶驴，柴比别人打得多，因为别人上不去的地方他也能上去，他一蹦就能蹦到屋脊那么高。邻居们都夸枣核，枣核的爹娘非常高兴。

枣核不光勤快，也很聪明。有一年大旱，庄稼没收成，县衙门还派衙役向庄稼人要官粮。庄稼人纳不上粮，衙役就把牛、驴都牵走了。

牵走了牛、驴，大伙儿愁得很。枣核说："大家都不用愁，我有办法！"有的人不相信，说："我才不信咧，你别小人说大话啦！"枣核也不争辩，只是说："不信，你们就等着看。"

到了晚上,枣核跑到县衙门拴牛、驴的院子外面,一蹦蹦进院子里。等衙役们睡着了,枣核解开缰绳,又一蹦蹦到驴耳朵里,"哦喝! 哦喝!"大声吆喝着赶驴。衙役们从梦里跳了起来,惊慌地喊着:"有人进来牵驴啦! 有人进来牵驴啦!"他们拿着大刀长枪到处搜人。

闹腾了一阵,衙役们什么也没搜着,刚刚躺下,又听到了吆喝声:"哦喝! 哦喝!"于是衙役们又都跳了起来,还是没搜到人。可刚躺下,又听到吆喝声。折腾了大半夜,衙役们困得很,有一个衙役头子说:"不用管它,不知是个什么东西在作怪,咱们睡咱们的觉吧。"这时候枣核从驴耳朵里跳了出来,把门打开,赶着牲口回到了村子。

牲口没了,官府岂能善罢甘休。天一亮,县官就带着衙役去捉人。枣核蹦出来说:"牲口是我牵的,你们要怎么样?"县官叫着说:"快给我绑起来! 快给我绑起来!"

衙役们拿出铁链来绑枣核,噗的一声,枣核从铁链缝里蹦了出来,站在那里哈哈大笑。衙役们急得不知怎么办才好,县官说:"把他塞进钱褡里,背到大堂去!"

县官坐了大堂,把惊堂木一拍,说:"给我打!"

衙役们打这面,枣核蹦到那面去,打那面,枣核蹦到这面来,怎么也打不着。县官鼻子都气歪了,脸涨得通红,嚷道:"多加几个人,多拿几条棍,给我狠狠地打!"

枣核这次不往别处蹦,一蹦蹦到了县官的胡子上,抓着胡子荡秋千。县官直喊:"快打! 快打!"衙役一棍子打下去,没打着枣核,却打着县官的下巴骨啦,把县官的牙都打了下来。满堂的人慌了起来,跑上前去照顾县官,枣核大摇大摆地走了。

(一) 什么是民间故事

1. 民间故事的含义

"民间故事"有广义和狭义之分。广义的民间故事,是指所有以民间口头散文体形式讲述的、有人物和情节的作品,涵盖了写实的与幻想的所有民间集体创作的故事,包括神话和传说。狭义的民间故事则不包括神话和传说。本章所提的民间故事是狭义的。

民间故事的讲述者通过各种艺术手段对现实生活进行加工和提炼,构造出一个或写实或幻想的生活场景,在讲述中表达自己的思想感情,满足自己和群体的情感需要。这些故事既有写实的,也有幻想的,经记录、整理后以文字的形式存在,就可供各个地区的人们阅读、欣赏。

2. 民间故事与神话、传说的差异

神话是人们对远古社会的记忆和理解,传说是对某一历史人物或历史事件的记忆和理解,对于特定的群体而言,它们是一种知识。民间故事则是人们对自己情绪情感的一种表达,其本质是娱乐。神话、传说、民间故事三者之间的差异表现在以下四个方面。

其一,三者产生的时间有先后,神话最早,随后是传说,最后是民间故事。

其二,三者的艺术风格不同。神话具有怪诞性,有着浓厚的浪漫主义气息;传说富有传奇性;民间故事的情节、人物富有生活气息和情趣。

其三,三者所反映的时代、地域有差别。神话主要是以某一民族先民原始的思想观念为基础,通过幻想表现人们征服自然的愿望,所反映的主要是原始先民的生活和斗争。传说以某一特定地方为背景,以特定历史人物、历史事件或地方事物的特征为依据进行艺术加工,由此演化出生动的情节。民间故事所反映的时代和地域,大多是泛指的,其事件、空间都是自由的。

其四,三者的情节结构有差异。神话不讲究情节的完整性和结构的严谨性。传说讲究情节的完整性,但其繁简程度不限,结构上比较灵活,一般不会出现重复循环的情节,不刻意追求大团圆的结局,甚至常常以悲剧收尾,如孟姜女跳海殉情,白娘子被压在雷峰塔下,牛郎织女被银河分隔两地,祝英台纵身陪葬等。民间故事的情节和结构,一般有一定的程式,结局常常是大团圆,同类故事往往具有反复使用的传统母题和模式,讲述中有一套固定的语言和顺序。

(二) 民间故事的类型

按照内容和表现手法,我们把民间故事分成两大类:幻想故事和生活故事。民间幻想故事包括民间童话、民间寓言,下面着重介绍的是民间童话,寓言的特点请参阅本章的第三节。民间生活故事也有多种类型,民间笑话是其中之一,适合幼儿阅读的笑话的特点也请参阅本章第三节。

1. 民间童话

民间幻想故事的大部分是民间童话。民间童话根据故事的形象类型可分为精灵类、魔法宝物类和人物类。有的研究者把精灵类和魔法宝物类合称为魔法童话。

其一,精灵故事。精灵故事中的主人公是成了"精"的动物、植物或生活用物,他们在故事中幻化成人形进行活动,如狐狸精、青蛙精、田螺精、人参精、扫把精等。在"狼外婆""老虎外婆"一类故事中,狼、虎等都可以化身变成外婆;在"蛇郎""青蛙成亲"等故事中,蛇、青蛙都可以变成英俊少年;在"画中人""田螺姑娘"等系列的故事中,画中的美女、田螺可以幻化成漂亮的姑娘,和勤劳、善良的小伙子一起过日子,还会施展法术,战胜、惩治坏人。

其二,魔法宝物故事。魔法宝物故事讲述的是有关魔鬼、妖怪,以及具有各种神魔力量的宝物的故事,如神剑、魔杖、宝船、宝盆、宝镜、宝缸等的故事。在故事中,魔法和宝物往往能够推动情节的发展。

其三,人物故事。前文阅读的《枣核》就属于这一类。人物故事又称神奇人物故事,故事的主人公是人,但他们大多是神奇之人。有的具有奇特的形态,如长手、长脚、顺风耳、千里眼、飞毛腿、巨人、矮小人等;有的具有奇异的本领,如淹不死、烧不死,或者拥有变形术、隐身术,等等。

以上各类角色形象常常会同时出现在一个童话作品中。主人公使用宝物战胜邪恶,获得幸福;主人公与异类精灵结婚并获得了幸福;某个具有奇异本领的人,或某个精灵变化的孩子,帮助好人或亲自成就大事业并获得圆满结局,都是民间童话常见的情节模式。

2. 民间生活故事

民间生活故事讲述的是现实中的人或事,它的虚构不是基于幻想,而是按照现实生活中的逻辑。生活故事中没有精灵、神魔、仙女,也没有奇花异草、神奇宝物等。

一个故事群常常构成一种类型,如"长工斗地主的故事""呆女婿的故事""灰姑娘的故事""巧女的故事"等。适合幼儿阅读的民间生活故事,常见的有家庭生活故事、劳动故事、机智人物故事以及笑话等。家庭故事主要表现家庭成员之间的关系,反映伦理道德;劳动故事则赞美勤劳和创造,批判懒惰。

幼儿普遍喜欢机智人物故事。机智人物故事,是由特定的机智人物作为主人公贯穿起来的系列故事。这类故事富有喜剧色彩,蕴含着劳动者的幽默感;主人公见义勇为,诙谐风趣,常以机智的手段排忧解难,克敌制胜,在他们身上,不同程度地体现了劳动群众的乐观、开朗及大无畏的精神。据不完全统计,我国三十多个民族中有三百多个民间机智人物,如其中阿凡提的故事可谓家喻户晓。维吾尔族"纳斯尔丁阿凡提的故事",阿凡提,在维语中是"老师"的意思,他的本名是"纳斯尔丁"。随着故事的广泛流传,"阿凡提"渐渐成了本名,成了机智勇敢的代名词,故事的内容也逐渐丰富,阿凡提这个喜闻乐见的形象已远远超出了那个无法考证的历史人物"纳斯尔丁",成为维吾尔族的代表形象。所以,机智人物故事中的主人公虽有名有姓,但仍归属于故事类别,而非传说。常见的巧女故事也属于机智人物故事一类。

♬《聪明的
阿凡提》

(三)民间故事的艺术特点

民间故事的艺术特点主要表现在三个方面。

1. 模糊的故事背景

故事中时间、地点,以及人物的姓名一般都具有模糊性。

故事发生的时间是模糊的,开头往往是"从前""很久很久以前""古时候"等,结尾常见的是"从此……"。故事发生和结束都不具备确定的时间点,加强了虚幻性。

故事发生的地点是模糊的。"在一个美丽的地方""在一座古老的城堡里""大山脚下"……这些模糊的地理范围,可让讲述者和听众在故事里任意进出,以自己的经验去想象。

人物姓名也是模糊化的。故事中的人物常常没有名字;或冠以老大、老二、老三,老头子、老太婆;或以职业称谓,如樵夫、书生。有名字的也往往是一个民族或地区最常见的,如法国的汉斯、英国的约翰、日本的太郎等。这种泛化的名称,讲的可以是生活中的任何一个人,使故事具有普遍性,同时又具有虚构性。

2. 类型化的人物形象

民间故事常常以人物的身份或者特征指称人物,如巧媳妇、阿凡提、巴依老爷(在维吾尔语和哈萨克语里"巴依"是财主的意思)等,这些模糊化的人名代表的是某一类型的人物形象,他们是某种思想或品质的代言人,如巧媳妇是聪慧女子的代名词,阿凡提是机智幽默的代名词,巴依是贪婪、自私的代表。

民间故事中的人物形象是漫画式的,即人物的某一特征被夸张放大,其他则忽略。故事中的人物品质或性格比较单一,其描写通常是极端化的,如非常善良、美丽无比、无恶不作等。很少对人物作细腻的描写,人物刻画注重外表和行为,少有心理描绘,即使有也是简略的。

3. 格式化的情节结构

民间故事具有基本的情节模式。情节单纯、完整,常常围绕一个中心事件展开,按照故事发生的时间顺序叙述,情节发展朝一个方向推进,不会节外生枝,有头有尾。人物数量有限,一般只有中心人物贯穿始终。同时情节重复中有变化,结局往往是理想化的,勤劳、善良的一定能实现自己的愿望,懒惰、贪婪的一定会倒霉。

故事的结构普遍大同小异。常见三段式结构,即类似情节反复三次或多次。如人物设置为三兄弟、三姐妹、三女婿、三个求婚者等;事件设置为解答三个难题、经历三种艰险、受了三次考验、同一事件反复三次等。有的是纵向三段式,三件事按照时间先后顺序依次排列;有的是横向三段式——同一时间,在不同地方、由不同人做三件事,一般按照约定成俗的顺序排列(老大、老二、老三);也有纵横结合三段式的——三人先后做同一件事,前二人失败,最后一人成功。

大多数故事同时具备明显的对比结构,身份和品质相对立的双方对照起来讲述,如美与丑、贫与富、主与仆、官与民、哥与弟、勤劳与懒惰、正直与虚伪,等等。故事的主角是美好的结局,反角则是自食恶果。

有些故事的讲述有固定的格式。如哈萨克民间故事讲述中的套语:故事开头——"说有吧也没有,说饥肠辘辘吧又餐餐饱食(的时候)""说是很古很古啦,说那是山羊尾巴短短的,说那是野鸡羽毛红红的,说那是尾巴的羽毛长长的(时候)";故事结尾——"于是他们如愿以偿了"。有的民间故事在讲述中会插入儿歌式韵语,可帮助记忆,增加抒情气氛,如《渔童》中的韵语:"清水清水流流,金鱼金鱼游游;金鱼金鱼跳跳,清水清水冒冒。"这都是民间文学口述特征的体现。

第三节　寓言　笑话

一、寓言

(一) 什么是寓言

请阅读寓言《狮子和狐狸》(伊索)、《青草、老鼠和桃子》(金近)。

狮 子 和 狐 狸

狐狸讥笑母狮每胎只生一子。母狮回答说:"然而是狮子!"

这故事是说:美好的东西在质不在量。

青草、老鼠和桃子

兔子和猫争论着一个问题：世界上什么东西最好吃？

兔子抢着说：

"世界上最好吃的东西就是青草，那股清香味儿，远远胜过萝卜。特别是春天的青草，吃起来还甜滋滋的。我一说就要流口水。"

猫不同意这个意见，他说：

♫ 金近《青草、老鼠和桃子》

"我认为世界上没有比老鼠更好吃的东西了。你想想，那鲜嫩的肉，柔软的皮，嚼起来又酥又松。只有最幸福的动物，才懂得老鼠是世界上独一无二的好东西。"

他们两个都坚持自己的意见，争论了好久，还是得不到解决。最后只好去找猴子来评个理。

猴子听了他们的两种意见，都不同意，他说：

"你们都是十足的傻瓜蛋，连世界上最好吃的东西都不知道。我告诉你们吧，世界上最好吃的就是桃子。嗨！说起桃子，我的口水只能往肚里咽，那甜蜜味儿，谁吃了谁都会高兴得唱歌。你们这回该记住了吧，世界上最好吃的是桃子。"

猫听了直摇头，他说：

"我以为你要说别的什么，没想到你会说桃子，那玩意儿毛刷刷的有什么好吃的？你拿十个桃子，也抵不上一只老鼠。算了吧，我可不相信你的话。"

兔子听了没有说什么，不过，他心里这样嘀咕："要是说桃子是世界上最好吃的东西，那么为什么我宁肯吃青草呢？"

有个女孩子听了以后说：

"他们都有自己的偏爱，就是没有想到别人的爱好。"

什么是寓言？寓，是寄托的意思。寓言，是把一种深刻的哲理和教训寄托在简短、形象的故事里的文学样式。如《青草、老鼠和桃子》，讲述了兔、猫和猴子争论青草、老鼠和桃子哪一个好吃的故事，故事的最后以女孩子的话来阐明蕴含在故事中的一个道理；《狮子和狐狸》的故事非常简略短小，最后直接呈现寓意。

寓言原是成人文学的一种文体，但是它具有孩子喜欢的故事元素，因而也成为幼儿文学的一种样式。阅读、聆听适合幼儿接受心理的寓言，能使幼儿在审美的同时明智明理。

寓言起源于民间。欧洲寓言的发源地是古希腊，公元前6世纪就出现了著名的伊索寓言。在西方，法国的拉·封丹、德国的莱辛、俄国的克雷洛夫等在寓言创作上都取得了重要成就。在东方，印度寓言是世界上最古老的寓言之一，主要由民间寓言和佛经寓言构成，以《五卷书》《百喻经》《佛本生故事》等作品为代表。我国的寓言产生于先秦时期，并未独立成为一种文体，但从寓言艺术上来说却相当成熟，如《守株待兔》《拔苗助长》《刻舟求剑》《自相矛盾》等。

♫ 《拔苗助长》

(二)寓言的结构特点

法国寓言诗人拉·封丹说:"一个寓言可以分为身体和灵魂两部分。所述的故事好比是身体,所给予人们的教训好比是灵魂。"我国儿童文学作家严文井说:"寓言是一个怪物,当它朝你走过来的时候,分明是一个故事,生动活泼,而当它转身要走的时候,却突然变成了哲理,严肃认真。"寓言具有两个基本要素:寓意、故事,寓意就是寄托在故事里的哲理与教训。

寓言往往篇幅短小,其基本结构是三种:先阐述寓意,再呈现故事;先呈现故事,再概括寓意;只呈现故事,不阐述寓意。

(三)寓言与童话的异同

寓言与童话都具有较强的幻想性,都较广泛地采用拟人、夸张、象征等艺术手法,有时二者很难区分,如金近的讽喻性的童话《小猫钓鱼》具有寓言的特点;达·芬奇的寓言《金翅雀》篇幅较长、情节完整、角色性格较为丰满,也可以看作是童话。尽管如此,作为两种独立的文体,寓言和童话在艺术特征上还是具有比较明显的差异。如,主题设置的重心不同,寓意对于寓言来说必不可少;童话则完全可以超越现实的"理"的束缚,主要以想象性的故事表现梦想和欢乐。又如,幻想的目的不同,寓言的幻想不是作品的灵魂,它是为表达寓意服务的;童话的幻想是作品的灵魂,创造天马行空、似真似幻的神奇幻想世界是童话作品的追求。

二、笑话

(一)笑话的含义与功能

请阅读《谢谢》。

谢　谢

四岁的宝宝告诉爸爸:"叔叔给我糖吃了。"

"你说谢谢了没有?"

"忘啦。"

"那就马上去说啊!"

宝宝跑开了。

宝宝回来了,爸爸又问他说了谢谢没有。

"说了,可是没有用。"

"为什么没有用?"

"叔叔说不用谢。"

《谢谢》是一则笑话。笑话是篇幅最为短小的故事,是一种有趣的故事形式。

笑话最初是民间文学的一个组成部分。民间笑话刻画的往往是反面人物的形象和性格,诙谐中具有讽刺性。如《一厚一薄》:

一厚一薄

有个人穿错了靴子,一只底厚,一只底薄,走起路来一高一低。他奇怪地对邻居说:"今天我的腿为什么一长一短呢? 如果不是我腿有毛病,就是这地不平的缘故吧?"邻居打量了他一下说:"你穿错了靴子,快回家换一下!"他赶紧回家,一会儿又回来说:"换也没用,家里的两只也是一厚一薄。"

笑话短小,但引人发笑,有的笑话具有强烈的讽刺性,有的笑话能够启迪智慧。不管成人还是孩子,很少有拒绝笑话的。幼儿能够理解、传播适合他们接受水平的笑话。

(二)笑话的特点

幼儿笑话应健康、明朗,其内容应该基于幼儿的知识与经验,即是幼儿能够理解的,否则笑话的功效就发挥不出来。听着、读着笑话而能会心一笑,前提是要具有足够的经验来判断,经验是会心一笑的媒介和基础,孩子需要调动自己的知识经验来欣赏笑话。

大部分幼儿笑话的笑点是由孩子缺少知识、经验引起的误会制造的。如《姐姐在说谎》:

姐姐在说谎

早晨,莹莹对妈妈说:"我梦见爷爷带我去逛动物园了!"

弟弟连忙说:"妈妈,姐姐在说谎!"

妈妈问:"你怎么知道姐姐在说谎呢?"

"我也梦见爷爷了,他只带我一个人去游乐园玩了,没有带姐姐去动物园!"

信梦为真是这个笑话的笑料,弟弟以为梦里发生的事情是真实的,因而断言"姐姐在说谎"。只有知道梦不是真的孩子,听了弟弟的话才有可能笑出来。而《谢谢》这则笑话是由语义误解带来的,因为宝宝还不明白"不用谢"的含义,所以才说"说了,可是没有用"。

由词语的搭配、谐音等非逻辑的联想也能制造笑话。如:

宝宝对妈妈说韭菜不好吃。妈妈说:"韭菜太老了。"宝宝就说:"下次买一点年轻的韭菜。"

妈妈对宝宝说:"别把脚放在桌子上。"宝宝说:"不行啊,脚发呆了。"

妈妈说:"我要减肥了。"宝宝说:"我用剪刀给你剪。"

在日常语言中,"年轻"与"韭菜"是不搭配的,"年轻的韭菜"这语言的变异令人发笑;在逻辑世界里,"脚"是不可能发呆的,所以非逻辑的"脚发呆了"令人发笑;"减"与"剪"同音不同义,此"减"非彼"剪",剪了是能"减少",但"减肥"不是"剪刀"剪了就能减少的,谐音引起的非逻辑联想妙趣横生,自然令人发笑。

第四节　幼儿生活故事

一、幼儿生活故事的含义

(一) 什么是幼儿生活故事

幼儿生活故事,是以幼儿生活为主要表现对象并适合幼儿听读欣赏的故事类作品的总称。这里的"幼儿生活",不仅指幼儿的日常生活现实,也包括幼儿感兴趣的其他年龄层人们的生活,如学龄初期儿童的生活。

幼儿生活故事是以写实性的虚构为题材的,是用故事的形式来表现幼儿的生活现实,而幼儿童话则是以幻想性的虚构为题材,但二者在故事的篇幅、情节、结构、语言等形式上没有很大的差异。

一则幼儿生活故事的篇幅往往十分短小,语言浅显,结构简单;当然也有比较长的,但其情节、语言也是适合幼儿听读的。有的幼儿生活故事是系列故事,如《大头儿子和小头爸爸》(郑春华)、《丘奥德》(李姗姗)、《弗朗兹的故事》(克里斯蒂娜·纽斯特林格尔)、《我和小姐姐克拉拉》(迪米特尔·茵可夫)等。这些幼儿生活故事是一本本的书,尽管书里的系列故事在情节的逻辑性、基本的角色及其关系等方面具有一致性,但一个个的故事还是相对独立的,单个故事的篇幅一般还是短小的。

♫ 郑春华
《大头儿子和
小头爸爸》
(节选)

(二) 幼儿生活故事的题材内容

幼儿生活故事的题材内容主要涉及两个方面:生活情趣和生活教育。

1. 表现幼儿的生活及其情趣

幼儿生活故事描述的是幼儿的生活现实,表现的是幼儿日常生活中常见的事件及其相关事物和情感体验,同时表现出幼儿生活的情趣。

有的故事侧重表现幼儿特有的生活及其情趣,如《东东西西打电话》(梅子涵),讲述的是东东和西西相互打电话的趣事:东东和西西家都安装了电话,他们忙不迭地去告诉对方,然后约定现在就"给你打电话";他们跑回家,才发现忘记问电话号码了,于是又忙不迭地跑出来,记下对方的号码又往家里跑;可是,"东东念叨着西西的号码,按着电话钮,听见的是'嘟——嘟——嘟'的声音","西西也一样,听见的只是'嘟——嘟——嘟'的声音";打了好久,他们才明白,这是忙音,是因为两人同时在打电话的缘故;于是,他们谁也不先打了,"东东想:让西西先打过来吧。西西想:让东东先打过来吧。他们就这样趴在桌上等着……"东东和西西围绕打电话的行为是孩子才会具有的生活事件及其表现,略为夸张的叙述尽显童年的天真。

有的故事表现的则是孩子看待成人生活事件的独特视角。如《我和小姐姐克拉拉》中的一个故事《天大的秘密》,讲述的是"我和小姐姐克拉拉"对大人怀孕的反应,当明白真相后,两个年幼的孩子还约定严守秘密,因为"这幢楼里,明白底细的只有咱俩",所以"要等,耐心地等,紧张地等,直到小宝贝出来的那一天,要让所有的人大吃一惊"。这是属于年幼孩子的独特理解与心理,情趣就在独特之中。

2. 传递生活和成长的知识

教育性是幼儿生活故事在内容上的一个特点,许多幼儿生活故事可以称为"教育故事",这些故事有着明显的对孩子进行生活教育的意图,向孩子传递着有关生活和成长的方方面面的知识。

许多幼儿生活故事是给予孩子生活的知识,孩子听读故事就是社会性规则的学习。如奥谢耶娃的《蓝色的树叶》《魔语》,列夫·托尔斯泰的《李子核》等。《魔语》中小男孩巴夫利克从一位陌生的老爷爷那里学到了一句魔语——"请您……",用这句魔语他从姐姐、哥哥和奶奶那里实现了自己的愿望,对于幼儿来说,听读欣赏这个故事也是魔语学习的过程,是一种礼节性语言的教育。

有一部分幼儿生活故事关注幼儿精神成长,有的帮助幼儿认识自我,有的对幼儿进行人文教育。如苏霍姆林斯基的《我想说自己的词》,是为了让孩子明白个性和创造力的价值。更多的幼儿生活故事对孩子进行着人文教育。如海·格里费什的《听鱼说话》,主要情节是祖孙二人分别听一条被外公钓上来的鱼说话。外公听到小鱼说:"拿我做汤,一样很鲜呢。"孙女琼儿则听到小鱼说:"我还小呢,放我回水里去吧。"祖孙二人听到的其实是自己内心的声音,外公听到的是站在人的立场上的话语,而琼儿听到的才是鱼儿的心声。这是两种不同的精神境界,功利的和无功利的,孩子听读欣赏故事就是人文情怀熏陶的过程。其他如《鸟树》(李其美)、《错在哪里》(奥谢耶娃)等都是这一类幼儿生活故事的优秀之作。

♫ 李其美
《鸟树》

二、幼儿生活故事的类型

幼儿生活故事的素材可以取之于幼儿的家庭生活、幼儿园生活以及相关的社会生活,主要表现幼儿在生活世界中与成人、同伴以及玩物、自然等的关系。

(一) 按照生活世界区分的类型

1. 家庭生活故事

请阅读《爸爸生气了》(李想)。

爸爸生气了

川川从幼儿园回来，看见爸爸坐在房间里生气。"爸爸，你干吗生气呀？"川川拉着爸爸的胳膊问。爸爸不理他。

川川不明白，有什么事让爸爸生气呢？我得让爸爸不生气。噢，对了，川川生气的时候，爸爸用硬硬的胡子刺他，直刺得他"咯咯"笑，可川川没胡子呀。

"我做副胡子。"川川跑到桌子边，找了张白纸，撕成一条条的，粘在下巴上。

"爸爸，我用胡子刺你！"川川抱着爸爸，用自己的小脸，贴着爸爸的大脸。

爸爸没笑，还是一个人坐着生气。

爸爸的气真大，川川想，可他一个人生气，没伴儿呀！噢，我陪他生气吧。

可川川没什么事好生气呀，他坐下来，使劲地想，啊，想起一件叫川川生气的事来了。川川虎着脸，搬只小凳子，坐在爸爸身边，生气了。

"川川，你干吗？"爸爸好奇怪。

"我在生气！"

"为什么事生气？"爸爸俯下身子问。

"今天奇奇对我说，他和阳阳第一好，和平平第二好，第三才和我好。"川川噘着嘴说。

"哈——"爸爸笑了，抱起他，用胡子刺他的小脸蛋说："川川是个男子汉，男子汉不为小事生气！"

川川被爸爸的胡子刺得痒痒的，"咯咯"地笑了，再看看爸爸，也正在"哈哈"笑呢，一点也不生气了。

《爸爸生气了》是一则家庭生活故事。家庭是幼儿最重要的生活世界，幼儿生活故事讲述得最多的就是幼儿与长辈以及兄弟姐妹之间发生的各种生活事件。如《爸爸生气了》，就讲述了川川和爸爸之间温暖有趣的亲情故事。系列故事《大头儿子和小头爸爸》（郑春华）、《老蓬的故事》（任霞苓），其基本的故事背景都设置在家庭环境中，其中不少都是发生在孩子与爸爸或妈妈之间的亲情故事。《我和小姐姐克拉拉》中的许多故事，讲述的是发生在"我"和"克拉拉"这一对年幼的姐弟之间的生活和游戏事件。

家庭生活故事还包括幼儿与家庭中的宠物、玩具以及其他心爱的玩物之间发生的故事，如《卡罗尔和她的小猫》（梅布尔·瓦茨）、《童年的朋友》（维·德拉贡斯基）等。

2. 幼儿园生活故事

请阅读《翻跟头的一天》（宋雪蕾）。

翻跟头的一天

今天日历上是个"9"，阿冬不认识。他想，"6"怎么翻跟头？噢，今天一定是个翻跟头的日子。

🎵 宋雪蕾
《翻跟头
的一天》

去幼儿园的路上,阿冬把两只手套反着戴,手套翻跟头!手背上的狗狗翻到了手心里。手握手,好像小狗抱小狗。

老师带着小朋友,排队向前走。阿冬偏要反着走,队伍翻跟头!不好!队伍都乱了,连小猫都在笑阿冬。

吃午饭时,阿冬把小勺掉个个儿,小勺翻跟头,吃饭是什么味儿?

午觉睡醒后,老师说:"谁来给大家讲故事?"阿冬第一个举手。

"我讲一个翻跟头的故事,名字叫'一只老鼠吃了八只猫'。"

"吹牛,老鼠见了猫就逃跑。"

"猫才会吃老鼠。"小朋友们直嚷嚷。

阿冬说:"从前,有只小老鼠过生日,老鼠妈妈做了个大蛋糕,上面有八只奶油猫。小老鼠太高兴了,一口一口把八只猫全吃完了。"

小朋友听了有趣的故事全笑翻了,老师说:"阿冬一天都反着来,只有故事反得好!"

幼儿园生活也是适龄幼儿重要的生活圈,幼儿生活故事有相当一部分取材于幼儿园生活。如《翻跟头的一天》描述的就是阿冬在幼儿园一日生活中的奇特表现。幼儿园生活故事通常讲述幼儿与同伴之间的故事,如《鸟树》(李其美),也讲述幼儿与老师之间的故事,如《张老师的脸肿了》(朱庆坪)。

另外,除了幼儿园生活故事,一部分表现学龄初期儿童校园生活的作品也可以供幼儿听读欣赏,如《蓝色的树叶》(奥谢耶娃)、《圈儿圈儿圈儿》(安伟邦)等。

3. 社会生活故事

请阅读《小警察》(刘喜成)。

小 警 察

宝宝走在小路上,突然听到草丛里一阵"沙沙"的响声,宝宝站住不动了。

前面走过来一位小弟弟。

"站住!小弟弟,别过来!"

前面走过来一位小姐姐。

"等一下!小姐姐,别过来!"

"宝宝,你在当警察吗?为什么不让我们过去啊?"

"你们看,一只小乌龟正爬过小路呢!"

小乌龟慢慢爬过了小路,爬进了草丛。

"没事啦,大家走吧!"宝宝挥挥手,不当警察了。

幼儿生活故事中也有少量的社会生活故事。除了家庭生活和幼儿园生活,幼儿也在一定程度上参与社会生活。在社会生活中,幼儿要与除家庭成员、幼儿园老师等熟人之外的陌生人打交道。如《小警察》这个故事发生的环境是在户外的小路上,宝宝为了帮助小乌龟顺利爬过小路,扮演了警察的角色,分别与素不相识的"小弟弟"和"小姐姐"进行交往,完成了他的一项社会性服务工作。

(二) 按照角色关系区分的类型

1. 同伴生活故事

♫ 梅子涵
《东东西西
打电话》

幼儿与同伴的交往是其生活的重要内容,同伴交往可以促进幼儿的社会性发展,幼儿生活故事中有相当一部分是表现同伴生活的。这些故事有的着重表现幼儿独特的生活情趣,如《东东西西打电话》;有的则含有明显的教育意图,如《蓝色的树叶》。

同伴生活故事,其发生的背景不外乎家庭、幼儿园,或者社区、户外等,因而与家庭生活故事、幼儿园生活故事以及社会生活故事会有一定程度的交集。

2. 幼儿与成人的故事

幼儿生活故事中有一部分是讲述幼儿与成人之间的故事的,如家庭生活故事中表现幼儿与长辈的故事比比皆是,像《大头儿子和小头爸爸》就是典型代表。《张老师的脸肿了》代表的则是幼儿与老师之间的故事。这一类故事大多表现幼儿与成人之间的温情,以及相应的幼儿情趣。

观察、模仿是幼儿社会性学习的重要途径,幼儿与成人的故事在表现温情与情趣的同时,常常传递着有关生活与成长的知识。

3. 幼儿与心爱之物的故事

幼儿生活故事中也有一些表现孩子与其心爱之物的作品,如《卡罗尔和她的小猫》(梅布尔·瓦茨)讲述了卡罗尔和小猫的温情故事。卡罗尔很想要只小猫,爸爸帮她登了一则广告:"我们非常需要一只小猫。我们给它安排一个很舒适的家,会很好地照顾它,请问您有多余的小猫吗?"一个小男孩送来了第一只猫,它叫伯洛,卡罗尔给小猫喝牛奶,吃点心,还给它玩绒线团。之后,不断有人送猫来,家里的小猫多得不得了。于是爸爸又在报上登了一则广告:"免费赠送胖胖的、漂亮的小猫。请赶快来选取。"于是孩子们从四面八方跑来领取小猫,等卡罗尔从奶奶家回来的时候,一只小猫也没有了,妈妈糊涂得把所有的小猫都送走了。她伤心至极,突然伯洛从厨房里跳了出来,卡罗尔终于有了自己的一只小猫。

几乎每一个孩子都有属于他的心爱之物,或是宠物,或是玩具,甚至只是一件旧物,就像图画故事《爷爷一定有办法》中的小约瑟,恋着爷爷在他出生时缝制的毯子,哪怕又小又旧又难看他也不肯把它丢掉。讲述幼儿与心爱之物的故事,往往都是有关爱的故事。

三、幼儿生活故事的特点

幼儿生活故事富有趣味性,在故事情节、语言与结构形式上具有鲜明的特点。

（一）情节单一，完整连贯

作品中一系列具有因果联系的事件环环相扣，循序发展，便形成了故事的情节。幼儿生活故事的情节与民间故事相近，具有单一性，完整连贯，这是由幼儿的阅读接受心理决定的。

1. 情节单一

情节具有单一性是指一则故事紧紧围绕一个中心情节来叙述，情节线索一般只有一条。如《东东西西打电话》，整个故事就围绕着东东和西西想打个电话给对方展开：告知对方家里安装了电话，约定回去就打电话，发现忘了问电话号码，要来了电话号码，不断地拨电话一直是忙音，趴在桌上等对方打电话。这其中没有出现任何与打电话无关的情节，这就是情节的单一性，幼儿很容易把握住情节线索，了解故事发展的整个过程。有些篇幅较长的故事，只要情节单一，幼儿也完全能够接受。

另外，幼儿生活故事一般也没有过多的情节曲折和悬念。通常故事的情节讲求一波三折，跌宕起伏，但幼儿故事并不刻意追求情节的紧张感，波折悬念都是适度的，既激发幼儿的听读兴趣，又契合幼儿的心理承受力。如《小警察》情节单一但略显曲折，开头就设置了一个悬念，听到草丛里的"沙沙"声，宝宝站住不动了；接着又是一个悬念，宝宝拦住了走过来的"小弟弟"和"小姐姐"；由于故事发生在人来人往的小路上，两个悬念的叠加产生的主要是疑问，并没有强烈的惊险感。当真相出现，悬念落下，故事就结束了，这就是单纯生动的幼儿生活故事的情节。

2. 情节完整连贯

情节的完整连贯是幼儿生活故事整体结构上的一个特点。故事是叙事的，幼儿生活故事尽管篇幅短小，但是对事件的叙述有头有尾，从开端、发展、高潮、结局，乃至尾声，都完整连贯。故事情节的完整连贯符合幼儿的阅读心理，"后来呢？""后来怎么样啦？"这是听故事的孩子时常会追问的问题，明了故事的前因后果孩子才会获得心理的满足。

完整，指的是整个故事要有一个完整、统一的情节，故事的起因、经过、结果三者之间是统一的。如《爸爸生气了》，故事的起因是爸爸一个人在生闷气，川川想让爸爸消了气；于是川川想了各种办法让爸爸不生气，这是故事的经过；故事的结果是爸爸不生气了。故事情节单纯而完整，易于幼儿理解。

连贯，是指故事首尾呼应，推进合理。幼儿故事一般都采用顺叙，按照事件的前因后果，一层一层地展开故事情节，每一层的推进都以前一层为基础，环环相扣，直到故事的结束。我们还是来看《爸爸生气了》：爸爸生气了，川川想帮爸爸消气；就用爸爸让自己消气的办法：用胡子刺他；做了一副纸胡子，可是没有用，爸爸还是生着气；看爸爸生气没伴儿，川川就决定陪爸爸生气；他使劲地想起了一件让自己生气的事，坐在爸爸身边，也生气了；爸爸看川川生气了，就用胡子刺他，让他不生气；于是川川和爸爸都笑了。从想让爸爸不生气，到自己生气了，再到爸爸让他不生气，故事的每一步推进都合乎孩子与父亲的情感与行为逻辑，连贯圆满。幼儿生活故事的结局一般都比较圆满，基调明朗、温馨。

(二)语言简单悦耳,结构富于节奏感

1. 语言简单悦耳

幼儿生活故事的语言简单、好听,讲起来朗朗上口,听起来明快悦耳。这主要取决于两方面的原因,一是幼儿的语言理解能力有限,这就要求语言必须通俗易懂,浅显明了。幼儿生活故事讲述的往往是幼儿熟悉的或者与其经验相近的生活事件,运用简单的语言叙事也具有内容与形式的内在一致性;二是幼儿接受故事的途径主要是听讲,即幼儿故事是口耳相传的,这就要求故事语言上口、悦耳,从幼儿的心理特点来说,明快的节奏比较合适。

简单悦耳可以由语言的多个因素创造,叠词、短句以及拟声、排比、反复等修辞的运用等。如《翻跟头的一天》这个故事,叙述语言中反复出现的"翻跟头",带来了明快活泼的节奏感;同时,叙事过程中的语言不时洋溢着韵律之美,如"手握手,好像小狗抱小狗。"——这是叠词和押韵带来的韵律美,"手握手""小狗抱小狗"是两种叠词形态,而"手"和"狗"又是押韵的,节奏整齐,悦耳动听。又如"老师带着小朋友,排队向前走。阿冬偏要反着走,队伍翻跟头!"——这是句式反复与押韵带来的韵律美,句号前后分别是音节数和节拍都一致的句式,再加上"友""走""头"是押韵的,读起来就像一首儿歌,节拍分明,韵脚鲜明。

2. 结构富于节奏感

幼儿生活故事的形式结构也往往富于节奏感。这种节奏感存在于从语段到语篇的不同层次的结构之中。

有时节奏感由故事情节的重复循环、递进带来。如《丁一小写字》这个故事的第一至第四自然段,是以段为语言单位的反复,反复中有递进,具有排比的修辞效果,语言形式的节奏感强。这一语段的反复同时也是情节的循环、递进,用"姐姐的纸"、用"姐姐的笔""坐在姐姐的位子上"的写字过程,是幼儿故事中常见的反复式结构中的三段式,结构富于节奏感,整齐而稳定。

像《丁一小写字》这样是整个故事的基本结构即语篇层面富于节奏感,而《小警察》这个故事中,反复的是拦住小弟弟和小姐姐的情节:

前面走过来一位小弟弟。
"站住! 小弟弟,别过来!"
前面走过来一位小姐姐。
"等一下! 小姐姐,别过来!"

——刘喜成《小警察》

这是表现在语段层面结构上的节奏感,很多幼儿生活故事的节奏感表现都属于这一类型。

有时节奏感由故事情节的平行比照带来,如《东东西西打电话》中的叙述:

东东说:"西西,我告诉你,我家装电话了。"

西西说:"东东,我也告诉你,我家也装电话了。"

"我现在就给你打电话。"

"好!我也给你打电话。"

……

东东念叨着西西的号码,按着电话钮,听见的是"嘟——嘟——嘟"的声音,没有听见西西问:"喂,你是东东吗?"

西西也一样,听见的只是"嘟——嘟——嘟"的声音,没有听见东东问:"喂,你是西西吗?"

他们打了好久,全是"嘟——嘟——嘟"。东东想:"她家的电话怎么一直是嘟嘟嘟的。"西西想:"他家的电话怎么一直是嘟嘟嘟的。"

……

——梅子涵《东东西西打电话》

这个故事关于东东和西西言行的叙述是平行比照着展开的,意义和结构基本对称,节奏感很强,具有均衡之美。《大头儿子和小头爸爸》系列中的《两个人的小屋》也属于这一类型。

 探讨

◆ 请讨论:有人说,同伴生活故事可以帮助孩子克服现实生活中的孤独感,并逐渐走出自我中心的限制,学会从不同的角度看待自我和生活。请结合具体的作品发表你的意见。

◆ 请讨论:阅读欣赏神话、传说、民间故事对儿童的成长有何意义?

◆ 学习本章之前写下的"问题"都解决了吗? 和同学合作探讨尚未解决的问题。

 思考与实践

一、理解与分析

1. 幼儿故事有哪些常见类型?请为每一种类型举出一篇例文。

2. 神话、传说、民间故事各有什么特点?请结合具体的作品进行阐述。

3. 寓言有什么特点?请结合具体的作品进行阐述。

4. 分析一个幼儿生活故事在情节、语言和结构上的特点。

二、阅读与积累

1. 分组搜集适合幼儿欣赏的神话、传说、民间故事、寓言和笑话。

(1)在班级开一个作品讲述会,分享各组的成果。

(2)讨论:这些作品适合幼儿欣赏、学习吗? 若适合的话,分别适合哪个学段的幼儿?

2. 分组搜集适合各学段幼儿的生活故事，并在班级分享。

3. 阅读《大头儿子和小头爸爸》系列故事，并讲述给小朋友听。

三、创编与实践

1. 观察幼儿的生活，创编一个幼儿生活故事。可以采取两种形式创编。

（1）独立创编。讲述给孩子听，根据孩子的意见修改故事。

（2）和孩子合作创编。鼓励孩子根据自己的生活经验、阅读经验，天马行空地讲述自己的生活故事。

方法一：你边听边与孩子互动，你们一起把故事讲完，讲得满意。

方法二：孩子讲，你来听。根据孩子的讲述记录修改，然后由你讲给孩子听，根据孩子的意见再做修改，直至你们都满意。

提示：

第一，孩子和你的关系应该是亲密的。

第二，讲述过程应录音。

2. 童言无忌，幼儿言语真诚、稚朴，有着自己的幽默方式。观察记录幼儿的言行，并据此创编幼儿笑话。

3. 搜集整理本地的传说和民间故事。

搜集整理的方法：

◆ 对象：一般以长辈为宜。

◆ 记录：最好使用录音或摄像设备忠实记录；记录下来后要回放给讲述者听，若有错误，及时更正。

◆ 整理：第一，整理前温习传说、民间故事的特点；第二，适当加工，搜集到的民间故事可能含有不健康的内容，有的语言也不是很规范，若要讲述给幼儿听，应该做一些加工整理，尽量不要失去原意，保留民间口语的特点。

4. 阅读下面的材料，说一说：改编后的作品在哪些方面更适合儿童读者。

天地混沌如鸡子，盘古生其中。万八千岁，天地开辟，阳清为天，阴浊为地。盘古在其中，一日九变，神于天，圣于地。天日高一丈，地日厚一丈，盘古日长一丈。如此万八千岁，天数极高，地数极深，盘古极长，后乃有三皇。

——选自《三五历纪》

首生盘古，垂死化身，气成风云，声为雷霆，左眼为日，右眼为月，四肢五体，为四极五岳，血液为江河，筋脉为地理，肌肉为田土，发髭为星辰，皮毛为草木，齿骨为金石，精髓为珠玉，汗流为雨泽，身之诸虫，因风所感，化为黎甿。

——选自《述异记》

盘古开天地

袁珂整理（有改动）

很久很久以前，天和地还没有分开，宇宙混沌一片，像个大鸡蛋。有个叫盘古的巨人，在混沌之中睡了一万八千年。

有一天，盘古醒来了，睁眼一看，周围黑乎乎一片，什么也看不见。他一使劲翻身坐了起来，只听咔嚓一声，"大鸡蛋"裂开了一条缝，一丝微光透了进来。巨人见身边有一把斧头，就拿起斧头，对着眼前的黑暗劈过去，只听见一声巨响，"大鸡蛋"碎了。轻而清的东西，缓缓上升，变成了天；重而浊的东西，慢慢下降，变成了地。

天和地分开后，盘古怕它们还会合在一起，就头顶天，脚踏地，站在天地当中，随着它们的变化而变化。天每天升高一丈，地每天加厚一丈，盘古的身体也跟着长高。这样过了一万八千年，天升得高极了，地变得厚极了，盘古这个巍峨的巨人就像一根柱子，撑在天和地之间，不让它们重新合拢。又不知过了多少年，天和地终于成形了，盘古也精疲力竭，累得倒下了。

盘古倒下以后，他的身体发生了巨大的变化。他呼出的气息变成了四季的风和飘动的云；他发出的声音化作了隆隆的雷声；他的左眼变成了太阳，照耀大地，他的右眼变成了月亮，给夜晚带来光明；他的肌肤变成了辽阔的大地；他的四肢和躯干变成了大地的四极和五方的名山；他的血液变成了奔流不息的江河；他的汗毛变成了茂盛的花草树木；他的汗水变成了滋润万物的雨露……

人类的老祖宗盘古，用他的整个身体创造了美丽的宇宙。

5. 经典的神话、传说、民间故事是中华优秀传统文化的结晶，在你读过的作品中有哪些印象深刻的形象？请说一说他们身上蕴含的中华智慧和力量，并尝试设计视觉形象。

第六章　幼 儿 散 文

 学习目标

- ◆ 阐述幼儿散文的含义,结合作品阐明幼儿散文的艺术特点。
- ◆ 能识别幼儿散文的类型,结合作品阐述各类型的特点。
- ◆ 阅读各类幼儿散文,感受幼儿散文的艺术魅力。
- ◆ 尝试创编幼儿散文,并与同学交流、分享。

 知识框架

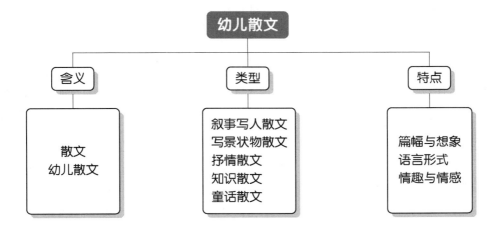

 经验与问题

- ◆ 重温自己记忆中喜欢的散文,说一说喜欢的理由,并与同学共享。
- ◆ 你认为散文的特点是什么? 请写出几个关键词。
- ◆ 关于幼儿散文,你有什么认识或问题? 请写下来。

第一节 幼儿散文的含义与类型

一、幼儿散文的含义

散文原是与韵文相对的一种文体。在中国古典文论中,散文是指诗、词、曲、赋等韵文以外的文章,与现代散文的含义大相径庭。随着文学史的演进,散文的概念不断地发展变化。现代的散文概念有广义和狭义之分。广义的散文,是与小说、戏剧、诗歌并列的一种文学样式,包括艺术散文、报告文学、传记文学、杂文、随笔、科学小品、文艺通讯等。狭义的散文,即艺术散文,叙事、抒情、议论并用,是一种以自由的笔墨抒写作者心灵感受、生命体验的文学样式。

"幼儿散文"取狭义的散文概念,是艺术散文,它以幼儿的视角和审美水平来叙事写景、描写生活情趣、抒发心灵感受。

二、幼儿散文的类型

根据表达的内容和方式,一般把散文分为三类:一是叙事型散文,侧重于写人记事,具有比较完整的情节;二是状物型散文,或状物绘景,或叙写风土人情,往往托物言志、情景交融;三是议论型散文,在叙述描写人、事、物、景中进行议论,发表感想。

幼儿散文因为接受对象的特殊性,其类型也显示出一定的类别特点。下面介绍几种常见的从不同角度划分的幼儿散文类型。

(一)叙事写人散文

请诵读《等妈妈》(林颂英)。

♫ 林颂英
《等妈妈》

等 妈 妈

我趴在阳台的栏杆上,等妈妈下班回家。

天上"沙沙"地下着小雨。大街上出现了好多好多彩色的大"蘑菇",有火红的,有天蓝的,有翠绿的,有紫色的……多么美丽的大"蘑菇"呀!那一朵朵彩色的大"蘑菇"在大街上流动。

啊,我看到妈妈了!那白底蓝花的大"蘑菇",就是我妈妈撑的雨伞呀!不一会儿,我听到妈妈上楼梯的脚步声,噔、噔、噔……我赶紧躲到阳台的门背后,跟妈妈藏猫猫。我等到了妈妈,真高兴。但是,如果妈妈看不到我,会不会着急呀?……

《等妈妈》是一篇叙事写人的散文。幼儿叙事写人散文,叙写的重点是幼儿生活中的人或者事。生活中的人与事是不可分离的,但在一篇散文中,叙事写人往往有所侧重,如《等妈妈》的重点在于写"等妈妈"这件事,尽管在叙述这件事情的过程中,我们也能感受到"我"的形象特征,但文章的重心不是描写"我"这个人物。

　　叙事写人散文,因内容的侧重点不同又可以分成几类,有的像《等妈妈》一样侧重于完整地叙述一件事,有的侧重描写人,如郑春华的《很大很大的爸爸》,有的则仅仅描述一个生活的场景,如管用和的《星星》:

♫ 管用和
《星星》

星　星

　　"妈妈,我在黑夜里行走,你能不能看见我呢?"

　　"月亮还没有出来哩,稍远一点我就什么也看不清了。"

　　我将一个萤火虫粘在自己的额头上,在场上轻手轻脚地走着。

　　"妈妈,现在你能看到我吗? 你看我像个什么?"

　　"哟! 我看到我的小秧儿了,是一个小小的萤火虫哩。"

　　"不! 妈妈,你再仔细看看。"

　　"哦,看清楚了,是一盏小小的灯!"

　　"不! 妈妈,你睁大眼睛看看。"

　　"嘿! 这一回我可看明白了,是一颗亮闪闪的夜明珠啊!"

　　"不! 不! 妈妈,你老是猜不着——我是地下的一颗星星!"

　　《星星》描述的是孩子和妈妈在户外夜晚的一个游戏场景,是一个生活的片段,文中既叙事又写人,尽管"妈妈"和"小秧儿"只有语言,但我们从语言中分明能看到他们各自的情态。

　　幼儿叙事写人散文不管所写的是人、事还是场景,都是从不同的角度表现生活的美好和孩子的纯真,都具有孩子的视角与体验,拥有孩子的情趣与想象。如在《等妈妈》中,字里行间满是孩子气:终于看到大街上那朵熟悉的大"蘑菇"时的惊呼;听到妈妈上楼梯声音时的躲藏;怕妈妈找不到的焦虑。孩子在日常生活中对妈妈的这种稚拙之爱读来亲切动人。而在《星星》里,"我是地下的一颗星星"这天真、诗性的童心的表达,不仅带给妈妈惊讶与喜悦,也照亮了每一个读者的世界。

(二) 写景状物散文

请诵读《珍珠雨》(吴然)。

♫ 吴然
《珍珠雨》

珍　珠　雨

　　"下雨了! 下雨了!"

　　小鸟扇着潮湿的风,飞过河去,向朋友们报告下雨的喜讯。

　　淡蓝色的、温暖的夏雨呵,紧跟着小鸟的飞翔,笼罩了河面和水塘,笼罩了田野,笼罩了我们的山村和村后的树林。

一片雨的歌唱。万物都在倾听……

"雨停了！雨停了！"

小鸟扇着雨后的阳光，从一道彩虹里飞出来。

天多明净，遍地阳光。珍珠般雨点，一颗一颗挂在草叶上，挂在花瓣上，挂在柳条上，挂在一匹刚从雨里撒欢回来的小红马身上，挂在房檐口上……哦，下了一场太阳雨，下了一场珍珠雨呵！

蜜蜂说，金盏花、牛眼菊、山玉兰们更香了。

小马驹、小牛犊和小山羊说，奶浆草、狗尾巴草、三叶草们更嫩了。

草莓说："还有我，更甜了！"

《珍珠雨》是一篇写景状物的散文。幼儿写景散文侧重描写的是自然景物、名胜风光等。若细分的话，写景散文可以分为两类。一类是侧重描写大自然的景物，有的写一山一水，有的写花草树木，有的写季节特征，如《珍珠雨》描写的是夏雨以及雨后的景致。另一类是侧重描写名胜风情、旅途趣事，主要向孩子介绍各地的自然、人文景观，如望安的《大卧佛》，用活泼生动的语言向孩子们介绍了北京卧佛寺中的大卧佛。

幼儿写景状物散文往往从小处着笔，不求全面与广阔，一般只选取某一特定视角来表现自然风光的诗情画意，或者人文景观的奇妙多姿；但却追求以孩子的眼光来看世界，能让孩子感知到自然的美丽和世界的辽阔。如彭万洲的《影子桥》：

影子桥

　　我家门前有一条小河，河上有一座石拱桥，桥上有四个石狮子。听奶奶说，这桥很老了，是奶奶的奶奶那时候修的。

♪ 彭万洲
《影子桥》

　　我站在桥上往下看，河水清清，水底有许多五颜六色的石子，还有好多好多的小鱼游来游去。风儿吹来，水面像奶奶的脸，起了好多好多皱纹。水下一座桥在晃动，一座与石拱桥一模一样的影子桥。

　　我明白了，石拱桥为什么待在这儿，他是在照自己的影子哟！

　　夏天，我爱在桥下的石头上坐着，这儿凉快，还可以看影子桥。影子桥上的鱼儿你追我逐，多快乐。他们一忽儿蹿上桥面，一忽儿跳进水里，一忽儿钻进石狮子的嘴里，一忽儿又蹦出水面。他们是在藏猫猫吧？

　　我爱影子桥。

　　我不喜欢别人来这儿钓鱼。只要谁来钓鱼，我不是抛石子，就是大声吆喝。

　　有一天，鱼儿们高兴地对我说："你是好人，是我们最好的朋友。"我乐了，我说："我们自由自在地过石拱桥，你们快快乐乐地过影子桥，多有趣呀！"

　　后来，我还做了一块木牌插在那儿，上面写着：影子桥上不准钓鱼。

这篇散文,完全从孩子的视角与感受介绍家乡的石拱桥,"影子桥"是孩子和鱼儿的桥,是孩子看到了石拱桥倒影里的真实的生命世界。鱼儿是自然生命,石拱桥是文化景观,影子桥把自然、文化连在了一起,更因为孩子对生命的珍爱,文中散发着浓浓的人文气息。

(三) 抒情散文

请诵读《小小的希望》(金波)。

♫ 金波
《小小的希望》

小 小 的 希 望

我有一个小小的希望。

我真希望能有那么一天:

小鸟能听懂我的话,我也能学会讲小鸟的话。

那样,我就可以告诉它们:

不要往那边树林里飞,那边有个举着猎枪的人;也不要到这里来,这儿,张着捉鸟的网。

我要和小鸟一起飞到另一片树林里。我躺在林中的草地上,望着我头顶上绿叶间的小鸟,我们用彼此都能听懂的话,交谈着春天、树林、花朵和越来越多的花园。

《小小的希望》是一篇抒情散文。幼儿抒情散文,表现的重点是孩子对生活或自然中的人、事、物、景等的美好的感情。在《小小的希望》中,有一个孩子因为林子里举起的猎枪和张开的捕鸟网,希望能和小鸟交谈,好告诉它树林里埋伏着的危险。孩子的希望交织着各种情感,有悲哀与忧伤,有一种抵抗的力量,还有对人与自然和谐相融的美好期盼。

一般而言,幼儿抒情散文的抒情主体跟《小小的希望》一文一样是孩子,文中表现的大多是孩子由人、事、物、景产生的感情,即孩子的感受与体验,单纯真诚,充满童真童趣。但也有的幼儿抒情散文的抒情主体则是成人,文中表现的是成人对孩子的感情,如傅天琳的《摘苹果》:

摘 苹 果

我们去摘苹果。

♫ 傅天琳
《摘苹果》

苹果树是妈妈栽的,妈妈栽的苹果树结苹果了。夏夏,妈妈抱你,你就是妈妈的苹果了。

你的手太嫩,力气太小,使足了劲也摘不下苹果来。不要紧的,你会长大,长得像苹果树一样高,像妈妈一样有力气。

太阳照着你和苹果,照着土地和妈妈。让妈妈摘一个苹果放在你的耳边。听见了什么?是太阳,是大地,还是妈妈的声音?

《摘苹果》里充满了母亲对孩子温暖的爱意,这种爱通过苹果、苹果树、土地和太阳交织的意象传达出来。苹果是妈妈栽下的树结出的果实,就像孩子是妈妈这棵大树的果实;苹果树象征着妈妈,同时也是孩子的未来;太阳和土地是养育了大树和苹果的自然母亲,同时也是人间母亲的象征,以成人作为抒情主体,让这些含义丰富的意象集合在一起,这篇小小的散文所呈现的世界就广阔起来了。

幼儿抒情散文有的直接抒情,有的则间接抒情,无论哪一种抒情方式,都基于对人、事、物、景的叙述与描写。

(四) 知识散文

请诵读《冬娃》(鲁兵)。

♫ 鲁兵
《冬娃》

冬　　娃

一个娃娃,抱着树枝摇呀,摇呀⋯⋯

树叶儿,一片,一片,落下,落下⋯⋯

大树说:"别摇,别摇! 娃娃。树叶儿全掉了,光秃秃的多难看呀。"

娃娃抱着树枝儿,还是摇呀,摇呀⋯⋯

"不行,不行! 大树。像去年一样,你得快让树叶儿落下。天冷了,雨少了,地干了,你有那么多水给树叶儿喝吗?"

大树摇摇头,不说话。

娃娃接着说:"大树,大树,别发愁啦。明年春天,你又会发芽。"

大树点点头,说:"你真聪明,娃娃。请你告诉我,你叫啥?"

娃娃扑哧一笑:"咱们每年见一次面,你怎么把我忘了? 我的名字——叫冬娃。"

《冬娃》是一篇知识散文。幼儿知识散文是在生动的形象描写之中向幼儿介绍各种知识。它与科学小品文不同,与一般介绍生活知识的文章也不同,幼儿知识散文采用艺术散文的笔调来传达知识,想象丰富,形象生动,语言自然活泼。如在《冬娃》一文中,冬天是一个顽皮而可爱的娃娃,一边抱着树枝不停地摇啊摇啊,一边俏皮地说服、抚慰着大树,听着冬娃和大树说话,孩子自然而然就获得了树木过冬的知识。鲁兵的《春娃》、方轶群的《冬爷爷的图画》、薛卫民的《月亮渴了》等都是深受幼儿喜爱的知识散文。

(五) 童话散文

请诵读《春雨的色彩》(楼飞甫)。

♫ 楼飞甫
《春雨的色彩》

春雨的色彩

春雨,像春姑娘纺出的线,没完没了地下到上,沙沙沙,沙沙沙⋯⋯

一群小鸟在屋檐下躲雨,他们在争论一个有趣的问题:春雨到底是什么颜色的?

小白鸽说:"春雨是无色的。你们伸手接几滴瞧瞧吧。"

小燕子说:"不对,春雨是绿色的。你们瞧! 春雨落到草地上,草地绿了! 春雨淋在柳树上,柳枝儿绿了……"

麻雀说:"不不! 春雨是红色的。你们瞧! 春雨洒在桃树上,桃花红了! 春雨滴在杏树上,杏花儿红了……"

小黄莺说:"不对,不对,春雨是黄色的。不是吗? 它落在油菜地里,油菜花黄了;它落在蒲公英上,蒲公英的花儿也黄了……"

春雨听了大家的争论,下得更欢了,沙沙沙,沙沙沙……它好像在说:亲爱的小鸟们,你们的话都对,但都没说全面。我本身是无色的,但能给春天的大地带来万紫千红……

《春雨的色彩》是一篇童话散文。幼儿童话散文是童话和散文的结合,它是用散文的形式来描述富于幻想的童话形象,展现童话意境。春天是彩色的,作者没有直接描写万物复苏、花红柳绿,而是借鸟儿们的对话,让鸟儿们"说"出了一个万紫千红的世界。

童话散文有一定的情节,但是比一般的童话故事要平淡些,它不追求情节的跌宕起伏;童话散文也有矛盾冲突,但是它的人物关系比一般的童话故事要简单。

幼儿比较容易接受童话散文中的拟人化形象,上文介绍的叙事写人、写景状物、抒情以及知识散文,都可以不同程度地运用童话因素,因而幼儿童话散文的数量比较多。

第二节 幼儿散文的特点

一、短小精巧,想象奇妙

请诵读《圆圆的春天》(胡木仁)。

♫ 胡木仁
《圆圆的春天》

圆圆的春天

小蜻蜓,尾巴尖,弯弯尾巴点点水……

小蜻蜓,做什么?

我给春天灌唱片!

青蛙唱"呱呱",雨点敲"叮咚",活泼可爱的鱼娃娃,跳起水上芭蕾舞……灌呀灌,灌好了:圆圆的池塘,圆圆的唱片,圆圆的春天。

幼儿散文一般都是短小之作,二三百字的篇幅,很少超过五百字的,像《圆圆的春天》这样百字以内的也不在少数。由于幼儿认知、审美水平的特殊性,篇幅短小可以说是幼儿散文的一个外在形式的标志。幼儿散文尽管篇幅短小,文思却常常显出精巧,或者说正因短小,更见其巧思。如《圆圆的春天》描述的内容是春天池塘里的寻常场景:蜻蜓点水,青蛙唱歌,鱼儿跳跃,雨点落下来荡出了一圈圈的涟漪。但作者不是平铺直叙,而是创设了一个合情合理而又奇妙美好的意象,小蜻蜓给春天灌唱片!这一意象让春天的池塘变成了一个充满生机的舞台,百来字的短文成了精巧的艺术。

精巧的幼儿散文中总是拥有奇特的想象和匠心独运的形式结构。幼儿散文中充满了丰富美妙的想象,把小蜻蜓弯弯尾巴点点水想象成是在给春天灌唱片(胡木仁《圆圆的春天》);孩子将一个萤火虫粘在自己的额头,想象自己是"地下的一颗星星"(管用和《星星》);冬天是个抱着树枝摇啊摇的娃娃(鲁兵《冬娃》);夏雨是淡蓝色的、温暖的,是珍珠雨(吴然《珍珠雨》)……奇妙的想象又以匠心独运的形式加以表现,如《珍珠雨》中,夏雨是紧跟着小鸟的飞翔渐次笼罩河面、水塘、田野、山村和村后的树林;雨停了,仍然是小鸟"扇着雨后的阳光,从一道彩虹里飞出来",文中描述雨中、雨后的景致都通过小鸟的飞翔起承转合来传达充满诗意的想象,十分巧妙。

二、语言活泼自然,明净流畅

请诵读上文介绍过的散文《等妈妈》《星星》《珍珠雨》《影子桥》《小小的希望》《摘苹果》《冬娃》《春雨的色彩》《圆圆的春天》。

幼儿散文的语言活泼自然,明净流畅。

有的文学语言具有口语化的色彩,"小蜻蜓,尾巴尖,弯弯尾巴点点水……"短小的句式,叠音的动词,明快活泼;"小蜻蜓,做什么?"自然的口语,就像生活中在询问小伙伴,简洁明了;"我给春天灌唱片!"文学的意象使口语化的句子具有了诗意的色彩,读来铿锵有声,这就是幼儿散文语言的美感。

有的文学语言具有书卷气,但依然自然活泼,明丽洁净。如《珍珠雨》中的描写:"小鸟扇着雨后的阳光,从一道彩虹里飞出来。"这是纯净的文学语言,但没有深奥华丽的词语,一个孩子熟悉的"飞"字,传神地表达了阳光从雨后碧空中倾泻而出的情状。又如《珍珠雨》中的描写:

> 天多明净,遍地阳光。珍珠般雨点,一颗一颗挂在草叶上,挂在花瓣上,挂在柳条上,挂在一匹刚从雨里撒欢回来的小红马身上,挂在房檐口上……哦,下了一场太阳雨,下了一场珍珠雨呵!
>
> ——吴然《珍珠雨》

又是一个常用词——"挂",它的排比连用,传达出雨后万物欢悦的情绪。优秀的幼儿散文在语言的运用上常常能够化寻常为神奇。

自然活泼、明丽简洁的幼儿散文的语言,读来明快流畅,音韵和谐。

一个娃娃,抱着树枝摇呀,摇呀……

树叶儿,一片,一片,落下,落下……

……

"不行,不行! 大树。像去年一样,你得快让树叶儿落下。天冷了,雨少了,地干了,你有那么多水给树叶儿喝吗?"

——鲁兵《冬娃》

时而整齐,时而错落的短句,不同形式的叠词,使《冬娃》一文读来具有鲜明的节奏感。优秀的幼儿散文具有同诗歌一样的音韵之美,如《冬娃》中每一段段末的音节都是押韵的。

三、童真洋溢,趣味盎然

请诵读《大皮靴》(班马)。

♫ 班马
《大皮靴》

大 皮 靴

我埋怨我那双小皮鞋,为什么就发不出那种一走路,就嘎吱、嘎吱的响声?

我多想有一双真正的大皮靴!

嘿,嘎吱、嘎吱的——

踩在荒原的白雪上,

踩在林中小屋的木头地板上,

踩在花的草原上……

我常偷偷套上爸爸的那双长筒雨靴,在太阳底下走来走去。可惜,它不是嘎吱、嘎吱的,而是扑通、扑通的。

幼儿散文总是洋溢着童真和童趣,《大皮靴》里的"我"渴望成长,这是孩子真诚的梦想,成长的渴望通过"大皮靴"的意象来表现,于是常常"偷偷套上爸爸的那双长筒雨靴,在太阳底下走来走去",哪怕只是"扑通、扑通的",这一孩子气的举止让人忍俊不禁。

幼儿散文中的童真和童趣具有各种各样的表现。有时表现为文中角色形象富有孩子气的童稚的言行与心理,如《等妈妈》中"我"听到妈妈上楼梯的声音赶紧躲到阳台门背后去的举动;《影子桥》中"我"的恍然大悟:"我明白了,石拱桥为什么待在这儿,他是在照自己的影子哟!"《珍珠雨》中草莓的欢呼:"还有我,更甜了!"有时,超乎年龄的成熟言行也会是一种情趣,如《冬娃》中的趣味,表现在冬娃与大树年龄与心智的反差上。冬娃是个娃娃,大树该是个大人吧,可是大树害怕落光了叶子,"光秃秃的多难看呀",冬娃则像个长者、智者一样地开导他,读来令人不禁莞尔。

童真常常表现为孩子纯真的情感,这种情感不仅是给予亲人,也给予更广大的世界。如《影子桥》中"我"做了一块有意思的木牌,上面写着"影子桥上不准钓鱼",这是一种纯真美好的人文情怀。有时它仅仅只是一个小小的微笑，如金波的《尖尖的草帽》，写的是雨后阳光里，一个戴着尖尖草帽的孩子和一只蜻蜓相遇时的心理，蜻蜓追着我飞，我就猜想它一定是要落在我的草帽上，于是：

> 我停住脚步。我在草帽下微笑着。我等待着它落在我尖尖的草帽上。
> 唉，可惜它飞走了。
> 我又想：它一定是没有看见我的微笑，要不然，它准会飞回来，落在我尖尖的草帽上。

♫ 金波
《尖尖的草帽》

——金波《尖尖的草帽》

"我在草帽下微笑着"等待蜻蜓落下来；蜻蜓飞走了，"它一定是没有看见我的微笑"，这就是童真，纯真的情怀经由自然的文字传达出来，清丽美好。

 探讨

◆ 有人说，幼儿散文适合大班幼儿阅读，引导他们阅读、欣赏适量的幼儿散文不仅可以起到丰富情感、陶冶情操的作用，而且可以丰富他们的语言，使他们熟悉书面语言，顺利地进行幼小衔接。你赞成这一说法吗？请讨论。

◆ 学习本章之前写下的"问题"都解决了吗？和同学合作探讨尚未解决的问题。

 思考与实践

一、理解与分析

1. 幼儿散文有什么特点？请举例说明。

2. 幼儿散文有哪些类型？请结合具体的作品说一说每一种类型的特点。

二、阅读与积累

1. 请阅读下列作品，可以分组搜集、班级共享。

郭风《初次的拜访》《花的沐浴》；郑春华《很大很大的爸爸》；李昆纯《怕痒树》。

2. 诵读本章正文呈现的散文，最好能够背诵。

三、创编与实践

1. 选择自己感兴趣的形式，创编一篇适合幼儿欣赏的散文，并在班级共享。

2. 请为小、中、大班的幼儿各选编若干篇适合他们欣赏的散文，注意类型的多样性。

3. 班级或社团组织一个朗诵活动，到幼儿园或社区为幼儿朗诵优秀的散文。

第七章　幼儿科学文艺

学习目标

◆ 阐述幼儿科学文艺的含义和特点。

◆ 能识别幼儿科学文艺的类型,结合作品阐述各类型的特点。

◆ 阅读各类幼儿科学文艺作品,分析、感受作品的特点。

◆ 尝试创编幼儿科学文艺,并与同学交流、分享。

知识框架

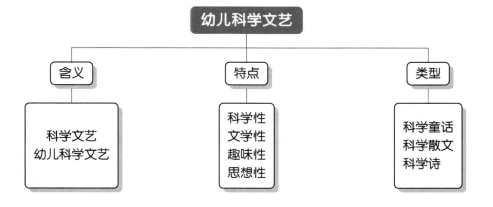

经验与问题

◆ 请阅读《小蝌蚪找妈妈》(方惠珍、盛璐德)。

◆《小蝌蚪找妈妈》是一篇适合幼儿阅读的科学童话,是幼儿科学文艺的一种形式。关于幼儿科学文艺,你有什么认识或问题? 请写下来。

第一节　幼儿科学文艺的含义与特点

一、幼儿科学文艺的含义

科学文艺是指用艺术形式介绍科学知识与方法、表现科学思想与精神的一种艺术样式。科学文艺的艺术表现形式既可以是纯粹的文学形式，如科学幻想小说、科学小品、科学童话、科学诗等，也可以是文学与其他艺术的综合形式，如科学图画故事、科学相声、科学影视作品等。幼儿科学文艺是指科学文艺作品中适合幼儿接受的那一部分，本章阐述的幼儿科学文艺主要是以文学作为艺术形式的作品。

二、幼儿科学文艺的特点

科学文艺的根本特征是科学的内容与艺术的形式的结合。对于科学知识，一般的科学论文、科普读物往往以逻辑推理、抽象概括等方法作理论阐述、事实介绍，而科学文艺则是通过艺术的构思，以生动的形象来表现。幼儿科学文艺因其接受对象的特殊性，总是追求严谨的科学性、生动的文学性与可爱的童心、美好的情怀相融合。

（一）科学性

严谨的科学性是科学文艺的显著特点。科学性，指的是作品的思想和内容都坚持科学的观点，反映科学的事实；作品所表现的知识、原理及其应用的范围、发展的方向等，都有理论和实践的依据。内容的科学性是科学文艺与一般的文学作品的根本区别，因为科学文艺的主要任务是向读者介绍科学知识，传播科学道理，帮助读者认识科学对人类生活的作用，认识人类掌握科学的艰难过程和伟大的力量。所有的科学文艺作品都具有科学性的特点，即使是科学幻想小说，其幻想也以科学为前提，符合科学发展的规律。

幼儿科学文艺要向幼儿介绍各种各样的知识，激发幼儿探索自然与科学的兴趣，不管介绍的知识多么浅显、多么普通，都必须准确无误，具有严谨的科学性。如《小蝌蚪找妈妈》是一篇科学童话，文中涉及的知识，一是青蛙从卵开始的生长过程及其形态特征，二是鸭妈妈、大鱼、大乌龟、大白鹅的部分特征，这些知识都符合生物科学的事实。另外，《小蝌蚪找妈妈》里还蕴含着不可以偏概全的科学认知的思维方法。

♫ 方惠珍、盛璐德
《小蝌蚪找妈妈》

科学的范围十分广泛，幼儿科学文艺所涉及的内容也相当宽广，从自然科学到社会科学的一些领域都有，可以说包罗万象。不管涉及的是什么领域的知识，都应该依循科学事实，一是一，二是二。尚处于争议探索的观点或假设不宜作为定论介绍给读者。

（二）文学性

生动的文学性也是科学文艺的根本特点。仅仅具有严谨的科学性的作品还不能称为科学文艺，科学的内容需由文学的形式来表达，文学性是科学文艺区别于一般的科学著作、科普读物的必要条件。文学性的强弱，往往是科学文艺作品价值高低的一个重要指标。

幼儿科学文艺中的科学要以文学的语言来说话，巧妙的构思、生动的语言可以将科学知识中抽象的概念形象化，将深奥的道理浅显化，将枯燥的事物趣味化。

文学性要与科学性融合在一起。优秀的幼儿科学文艺作品能够将文学的构思与科学的知识巧妙地联系起来，如张之路的《在牛肚子里旅行》就是这样一篇科学童话。

♫ 张之路
《在牛肚子
里旅行》

在牛肚子里旅行

有两只小蟋蟀，一只叫青头，另一只叫红头。它们是一对非常要好的朋友。有一天，吃过早饭，青头对红头说："咱们捉迷藏玩吧！"

"那得我先藏，你来找。"红头说。

"好吧！"青头说完，转过身子闭上了眼。

红头四面看了看，悄悄地躲在一个草堆里不作声了。

"红头，藏好了吗？"青头大声问。

红头不说话，只露两只眼睛偷偷地看。它心想，我要一答应，就会被青头发现。

正在这时，一只大黄牛从红头后面慢慢走过来。红头做梦也没有想到，大黄牛突然低下头去吃草。可怜的红头还没有来得及跳开就和草一起被大黄牛吃到嘴里去了。

"救命啊！救命啊！"红头拼命叫了起来。

"你在哪儿？"青头急忙问。

"我被牛吃了……正在它的嘴里……救命啊，救命啊！"

青头大吃一惊，它一下子蹦到牛身上。可是那只牛用尾巴轻轻一扫，青头就给摔在地上。青头不顾身上的疼痛，一骨碌爬起来大声喊："躲过它的牙齿，牛在这时候从来不会仔细嚼的，它会把你和草一起吞到肚子里去……"

"那我马上就会死掉了！"红头大哭起来。它和草已经一起进了牛的肚子。

青头又跳到牛身上，隔着肚皮和红头说话："红头！不要怕，你会出来的！我听说，牛肚子里一共有四个胃，前三个胃是贮藏食物的，只有第四个胃才是管消化的！"

"可是，你说这些对我有什么用呢？"红头悲哀地说。

"当然有用，等一会儿，牛休息的时候，它要把刚才吞下去的草重新送回到嘴里，然后细嚼慢咽……你是勇敢的蟋蟀，你一定能出来！""谢谢你！"红头的声音几乎听不见了。它咬着牙不让自己失去知觉。

红头在牛肚子里随着草一起运动着。从第一个胃走到第二个胃。又从第二个胃来到了牛嘴里。终于，红头又看见了光明。可是它已经一动也不能动了。

这时，青头爬到了牛鼻子上，用它的身体在牛鼻孔里蹭来蹭去。

"阿嚏！"牛大吼一声。红头随着一团草一下子给喷了出来……

红头看见自己的朋友，高兴地流下了眼泪："谢谢你……"

青头笑眯眯地说："不要哭，就算你在牛肚子里作了一次旅行吧！"

《在牛肚子里旅行》通过小蟋蟀红头的一场意外，"顺便"解释了牛的反刍的知识，文中知识内容推动着故事情节向前发展，并为故事增添了许多有趣的内容。一开始，两只小蟋蟀在玩捉迷藏的游戏，故事的气氛很轻松；当红头被黄牛吞下肚时，故事的节奏和气氛就变得紧张起来了；这时，青头以自己的知识给红头提示和鼓励，红头有了坚持下去的力量，故事紧张的气氛也得到了缓减；最后，在青头的帮助下，红头终于脱险了，故事又回到了轻松的气氛里，读者也终于舒了一口气。作品借红头的历险介绍了牛的反刍的知识，同时在惊险曲折的情节中表现了两只小蟋蟀的友情，这就是文学性与科学性的融合。

幼儿科学文艺的文学性还表现在鲜明的形象、活泼的语言等各个方面。

（三）趣味性

趣味性是幼儿科学文艺不可或缺的。幼儿科学文艺要受孩子的欢迎，从题材上说，首先是要选择与其生活比较接近的，或者说就是孩子在日常生活中接触的事物或现象，然后再通过恰当的形式表现得富有趣味性——一种符合幼儿接受心理的趣味性。

幼儿科学文艺的趣味性与知识内容和表现形式都有关系。

在优秀的幼儿科学文艺作品中，知识内容本身就具有趣味性。科学是奇妙的，它本身就是有趣的，不管是花鸟虫鱼、风雨雷电，还是宇宙航行、人工智能，都不是呆板、枯燥的东西，关键在于发现它们的生命，发现它们的诗意，把它们变成引人入胜的形象。表现形式的趣味性则表现在有趣的情节、生动的形象、活泼的语言等方面。

王铨美的《蛤蟆唱歌》就是一篇从内容到形式都充满趣味性的作品。

🎵 王铨美
《蛤蟆唱歌》

蛤 蟆 唱 歌

"一只鸭儿一只脚，两只鸭儿两只脚，三只鸭儿三只脚……"

蛤蟆看见青蛙朝他走来，就唱得更加响亮。

"蛤蟆，你在唱什么歌呀？"

"我在唱的是《数数歌》。"

"那你唱错了！""那该怎么唱？"蛤蟆反问。

青蛙接着就大声地唱起来："一只鸭儿两只脚，两只鸭儿四只脚，三只鸭儿六只脚……"

"不对，你才唱错了！"蛤蟆不服气地争辩说。"我没有错，是一只鸭儿两只脚……"青蛙马上反驳。

"一只鸭儿该是一只脚,不是两只脚。"

"是两只脚,就是两只脚!"

"是一只脚,就是一只脚!"……

青蛙和蛤蟆争得脸也红了,气也粗了。最后,蛤蟆气哼哼地说:"到沙滩上去看,你就知道了!"

"去看就去看,我唱的就没错!"青蛙气鼓鼓地与蛤蟆一同到了沙滩上。

沙滩上有许多沙丘,沙丘上有许多鸭子在那儿休息。

"你看,"蛤蟆指着东面的沙丘说,"那儿有几只鸭子?"

"五只。"青蛙数了数说。

"几只脚?""也是五只。"青蛙数了数说。

"你看那边,"蛤蟆指着西面的沙丘说,"那儿有几只鸭子?"

"三只。"青蛙数了数说。

"几只脚?""也是三只。"青蛙数了数说。

"怎么样?"

"这……"青蛙睁着大眼,气得乱喊乱跳,"这是怎么回事?这是怎么回事?明明是一只鸭儿有两只脚,怎么只有一只了?"

青蛙的喊叫声把那八只在沙丘上休息的鸭子吵醒了。

"什么事呀,青蛙?"鸭子们问。

"你们怎么全少了一只脚?"青蛙反问。

"这不就又有了?"鸭子们说完,放下了那另一只搁在怀里的脚。

这时候,轮到蛤蟆把眼睛睁大了。他数了又数,看了又看,不相信每只鸭子有两只脚。

"你们别吵了,"一只鸭子说,"我们鸭子,走路时用两只脚,休息睡觉时就只用一只脚……"

青蛙看看蛤蟆,蛤蟆看看青蛙。真的,这有什么好吵的呢?

鸭子是幼儿熟悉的事物,鸭子有几只脚?这个看似简单的问题却有一个好玩的答案:鸭子,走路时用两只脚,休息睡觉时就只用一只脚。这就是这个故事传达的知识。知识的传达由两部分完成,一是蛤蟆与青蛙唱的歌,二是沙滩上鸭子们的现场展示,连接这两个场景的是一个有趣的争吵故事。故事一开场就有一股幽默味,蛤蟆唱着一首篡改了的数数歌,那歌词明显有悖常识,于是青蛙出场了,蛤蟆与青蛙的争吵把幽默变成了疑问与好奇,继而把读者带到了沙滩上,奇怪的鸭子们用自己的身体现场演示揭晓了答案,蛤蟆与青蛙的争吵平息了,知识的传达也完成了。在这个童话里,科学知识是有趣的,故事情节是有趣的,蛤蟆唱的歌是有趣的,蛤蟆、青蛙像两个认真执着的孩子是有趣的,淡定的鸭子们也是有趣的,幼儿科学文艺的趣味性就是这样由内容与形式一起散发出来的。

(四) 思想性

科学文艺还具有思想性,这是因为作品在传达科学知识的同时还蕴含着作者的世界观、真理观、人生观等,也就是还传播着一定的思想。

思想性主要表现在真和善两方面。科学文艺中的思想性一般来自两个方面,一个方面是对待科学的思想态度,表现为真,就幼儿科学文艺而言,主要是传播科学的方法,和勇于探索科学的精神。如《小蝌蚪找妈妈》中科学认知的思维方式,《蛤蟆唱歌》中的打破砂锅问到底的求真精神。另一个方面是对自然、社会与人类三者关系的态度,表现为善,即在传达科学知识的同时播撒人文情怀的种子。如《哈雷彗星,你好》(见本章第二节"科学诗")以孩子的视角,介绍作为自然现象的哈雷彗星以及相关知识,同时把这颗特别的星星与人间温暖的问候和记忆联系在一起,把遥远的星空和人间大地连在了一起。又如《小鸟的家》(见本章第二节"科学散文")中也充满了温暖,"每一只小鸟都有一个家",这句话令人心中荡起暖暖的涟漪,小鸟们就像自然中的一个个孩子,他们都有"可爱的家","每家都有勤劳的爸爸、妈妈"。

优秀的幼儿科学文艺总是科学性、文学性、趣味性和思想性相互交融的,就像《小蝌蚪找妈妈》,是知识的认知、母爱的追寻以及温暖的亲情、幽默的误解共同构成了作品的魅力。

第二节　幼儿科学文艺的形式类型

幼儿科学文艺的形式是多种多样的,各种形式有着不同的特点,下面介绍比较适合幼儿阅读欣赏的三种类型:科学童话、科学散文、科学诗。

一、科学童话

请阅读《小蝌蚪找妈妈》《在牛肚子里旅行》《蛤蟆唱歌》。

《小蝌蚪找妈妈》《在牛肚子里旅行》《蛤蟆唱歌》都是科学童话。科学童话是以童话的形式来表现科学现象、介绍科学知识的一种文学样式,又称为知识童话或自然童话。

科学童话的艺术形式具有一般童话的特征,但其内容必定包含科学知识。如,《小蝌蚪找妈妈》这篇童话传达了青蛙生长的知识以及其他动物的形态特征知识;《在牛肚子里旅行》则传达了牛的消化系统以及反刍的知识;在《蛤蟆唱歌》中,作者传达了有关鸭子用脚的知识。

科学童话中介绍的知识要准确无误,合乎事物本身的规律和特点,优秀的科学童话会把科学知识的介绍巧妙地与情节的推进结合在一起。如《在牛肚子里旅行》,就是通过小蟋蟀红头的一场意外,利用牛反刍的生理现象,创设红头历险、脱险的情节;又如《小蝌蚪找妈妈》,则把小蝌蚪的片面认知和动物的局部特征结合起来,创设一个接一个的误认妈妈情节,最后把所有特征综合起来终于找到了妈妈,同时也完成了传达知识的任务。而《蛤蟆唱歌》,则是先创设富有悬念的知识争议情节,然后让蛤蟆和青蛙去沙滩现场观察,寻找真相的过程既是一个故事,也是一次知识的探索。

幼儿科学童话的知识内容比较浅显,情节结构比较简单,情节线索也比较单一、清晰。

科学童话中的一切童话元素,都为知识内容的科学性服务。科学童话作为童话必然具有幻想,科学童话的幻想以知识的科学性为基础,不可胡编乱造。与一般的童话一样,拟人化也是科学童话在艺术表现上常用的手法,但它所表现的内容也应为知识的准确性服务,比如作品中的各个角色形象都具有自己鲜明的艺术个性,但同时又应符合各自的物性,小蝌蚪只能生活在水里,那么它所遇到的都只能是可以在水里生存的生物;蟋蟀很小,又会跳跃,所以青头可以爬到牛鼻子上,用它的身体在牛鼻孔里蹭来蹭去。

二、科学散文

科学散文,主要包括知识散文和科学小品两种类型。

知识散文在第六章"幼儿散文"中已经做过介绍,它是采用艺术散文的笔调来传达知识,想象丰富,形象生动,语言自然活泼。

科学小品是一种随笔式的散文类型,普里什文的《金色的草地》(节选)就是一篇科学小品文。

金色的草地(节选)

　　我们住在乡下,窗前就是一片草地。许许多多的蒲公英正在开放,这片草地就变成金黄色的了。可真是美啊! 大家都说:"金色的草地,太美了!"有一天,我起得很早去钓鱼,发现草地并不是金色的,而是绿色的。快到中午的时候,我回家来,整个草地又都变成了金色。我开始注意观察,傍晚时草地又变绿了。我就来到草地,找到一朵蒲公英。原来它的花瓣全都合拢了,就像我们的手,手掌张开时它是黄颜色的,要是攥成拳头,黄色就包住了。清晨,太阳升上来,我看到蒲公英张开了自己的手掌,因此,草地也就变成金色的了。

♫ 普里什文
《金色的草地》
(节选)

同其他文体样式相比,科学小品是写实的,它没有幻想或虚构的成分,没有鲜明的人物形象,没有严格的故事性,没有曲折动人的情节。科学小品题材广泛,灵活自由。幼儿科学文艺中的科学小品往往从日常生活中撷取一个比较小的知识点,运用活泼自然的语言,把知识与道理讲述得生动有趣又通俗易懂。

以艺术散文的笔调表现的知识散文与科学小品之间并没有十分明晰的界限,有的作品兼有二者的特点,如蒋应武的《小鸟的家》。

小鸟的家

　　小燕子的家,在农民伯伯新房的屋梁上,里面铺着软软的草,外面是泥涂的墙。那草和泥是燕子妈妈一口一口衔来的,很辛苦!

　　小喜鹊的家是一根根树枝搭起来的,架在高高的树杈上,风吹来,摇摇晃晃。那树枝也是老喜鹊一根根衔来的。

♫ 蒋应武
《小鸟的家》

小猫头鹰的家在哪儿？噢，原来在树洞里。圆圆的洞口像一扇窗户，小猫头鹰正在窗口东张西望。

每一只小鸟都有一个家，每家都有勤劳的爸爸、妈妈，是他们建造了可爱的家。

三、科学诗

请阅读《哈雷彗星，你好》(望安)。

哈雷彗星，你好

哈雷彗星，
你好，你好。
你去了七十六年，
今年又来到。
你像一把金色的扫帚，
把天空打扫。
你看见我们了吗？
一群快活的小伙伴向你招手微笑。

哈雷彗星，
再见了，再见了。
等再过七十六年，
你又会来到。
你像一盏遥远的小灯，
在星海闪耀。
到那时，你还认得我们吗？
我们变成老头儿老太太向你点头微笑。

《哈雷彗星，你好》是一首科学诗。科学诗是以诗歌的形式来表现科学，"就是把科学和诗歌结合起来，把一般人认为枯燥无味的科学，变成生动活泼富有诗意的东西"(高士其)。幼儿科学诗具有科学文艺的基本特点，它要传达准确的科学知识，同时又应具备幼儿诗歌的基本特征，情感纯真、形象生动、语言浅白、音韵和谐。如《哈雷彗星，你好》这首诗，以孩子们问候哈雷彗星的视角，介绍了哈雷彗星七十六年出现一次的知识，同时诗中充满了作者的感情。从"你看见我们了吗？/一群快活的小伙伴向你招手微笑"，至"到那时，你还认得我们吗？/我们变成老头儿老太太向你点头微笑"，传递的是人间温暖的问候，表现的是人间美好的记忆，情感质朴纯真。另外，整首诗语言浅白而凝练，两个自然段结构匀称，韵脚也较为整齐,偶句以 ao、iao 来押韵,读来音韵明朗和谐。

优秀的幼儿科学诗往往把知识融合在诗歌形象之中,生动流畅,朗朗上口。如关登瀛的《窗上的图画》。

窗上的图画

是谁敲着玻璃窗——

沙沙沙——
小雪花告诉我,
冬天来了。

滴答,滴答——
春雨告诉我,
春天来了。

轰隆隆——
雷公公告诉我,
夏天来了。

沙,沙,沙——
红叶告诉我,
秋天要走啦,

哦,我的玻璃窗上,
镶嵌着四季的图画。

春、夏、秋、冬四季的特征是什么?是春雨、是雷声、是红叶、是雪花,诗歌中,他们都是有生命的,敲着玻璃窗,用自己的语言说着话,每一个季节都有一个声音:滴答、滴答,轰隆隆,沙、沙、沙、沙沙沙,这就是幼儿科学诗中的知识传达,形象可感,美妙动听。

在幼儿科学文艺作品中,科学图画故事也不少,它是运用文字和图画共同表现科学知识,是一种综合的艺术形式。

 探讨

◆ 关于幼儿科学文艺的主要功能,有人认为是向幼儿传递科学知识,有人则认为是激发幼儿探索科学的兴趣。请谈谈你的看法。

　　◆　学习本章之前写下的"问题"都解决了吗？和同学合作探讨尚未解决的问题。

 思考与实践

　　一、理解与分析

　　1. 幼儿科学文艺有什么特点？请举例说明。

　　2. 幼儿科学文艺有哪些常见类型？请结合具体的作品说一说每一种类型的特点。

　　二、阅读与积累

　　请阅读下列作品和本章正文提及的作品，可以分组搜集、班级共享。

　　高士其《我们的土壤妈妈》；望安《雪花》；金近《春姑娘和雪爷爷》；张伟《种子的旅行》；叶永烈《小猫刮胡子》《圆圆和方方》；(苏联)比安基《雪地里的吃奶娃娃》《尾巴》。

　　三、创编与实践

　　1. 选择自己感兴趣的知识和形式，创编一篇幼儿科学文艺作品，并在班级共享。

　　2. 请为小、中、大班的幼儿各选编若干篇适合他们欣赏的科学文艺作品。小组或全班合作完成。

　　3. 把自己选编的科学文艺作品带到幼儿园或社区，并引导幼儿共读。

第八章　图　画　书

 ## 学习目标

◆ 阐明图画书的含义，能识别图画书的常见类型。
◆ 能识别图画书形式构成的基本元素。
◆ 结合作品阐明图画故事书的特点。
◆ 阅读各类图画书，感受图文合作讲述的魅力。
◆ 尝试创编图画书，并与同学交流、分享。

 ## 知识框架

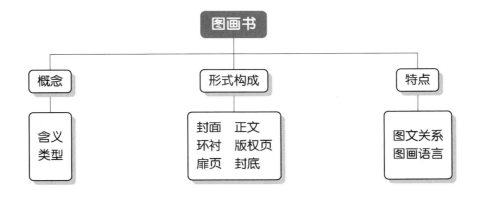

 ## 经验与问题

◆ 你欣赏过哪些图画书？与同学分享图画书阅读的心得。
◆ 关于图画书，你有什么问题或者想法？请写下来。

第一节 图画书的含义与类型

一、图画书的含义

图画书,又称为绘本,是指将图画作为一个重要的表意元素运用于内容表现的一种图书门类。

早期图画书的内涵比较宽泛,其中包括许多带有插图的儿童读物。捷克教育家夸美纽斯于 1658 年出版的《世界图解》,被认为是欧洲最早的带插图的儿童书,这是一本图文并茂的百科全书,其内容主要是有关自然、人类活动以及生活的知识。约翰·纽伯瑞于 1744 年出版的《迷你口袋书》,是一本配有插图的故事书,被认为是早期图画书的代表作品之一。毕翠克丝·波特于 1902 年出版的《彼得兔的故事》,图文互补,被认为是图画书历史上一个里程碑式的作品。

关于图画书的含义,目前尚无定论。日本图画书研究者松居直这样表达对图画书的理解:"作为图画书,关键在于怎样使文与图相互配合,采取什么形式。换句话说就是:用再创造的方法,把语言和绘画这两种艺术,不失特性地综合在一起,形象地表现为书这种独特的物质状态。"[①]这一表达突出了图画书文本形态的特性,即图画书具有两个基本要素:图画与文字。

其一,图画是图画书必不可少的一个构成部分,图画承担着重要的意义表现功能。图画书中的图画,是一种具有与文字同等功能的语言,它承担叙事抒情、表情达意的任务;而一般插画读物中的图画,只是辅助文字表情达意,使文字表达的内容更加直观、形象。一幅普通的图画所表现的通常是一个独立的、静止的场景,而在图画书中,画面与画面之间是连续的,由一定的叙述线索连接,有的是情节线索,有的是时间或逻辑线索。

其二,文字在图画书中也承担着重要的意义表现功能。绝大部分的图画书由图画和文字两个部分构成,二者合作表现特定的内容。文字在图画书中的篇幅大多非常短小,但如果没有文字的参与,很多时候图画语言就会显得模糊不清。当然,也有少量的无字图画书,纯以图画来叙述,书中始终不出现一个文字。

图画书中图画与文字的关系,松居直以一个公式来说明:文字×图画=图画书。它的意思是,图画和文字相互融合、相互协调、不可分割,图文共同构建一个世界。

二、图画书的类型

依据不同的分类标准,图画书的类型也各不相同。如,根据叙述文字的有无,可以分为一般图画书和无字图画书;根据图画书表达的内容和表现手法,可以分为文学类图画书和知

---

① [日]松居直:《我的图画书论》,季颖译,湖南少年儿童出版社 1997 年版,第 47 页。

识类图画书;根据图画的色彩,可以分为彩色图画书和单色图画书;根据主题,可以分为成长主题图画书、生命教育图画书、亲子互动图画书等;根据读者的不同,可以分为儿童图画书和成人图画书。下面择要介绍几种类型。

(一) 无字图画书、一般图画书

1. 无字图画书

无字图画书,也称为无字书或者无文图画书,是指作品的正文部分客观上不出现任何文字的图画书。这里的"文字"不包括画面中涉及的文字,如画面上出现的文字招牌、站名等。无字图画书完全以图画来表现内容,为便于读者流畅地阅读,图画与图画之间的连续性很强。无字图画书的情节一般都比较单纯,篇幅相对比较短小。无字图画书的创作难度较大,其数量相对也少。莫妮克·弗里克斯的"小老鼠"无字书系列(《颜色》《字母》《大风》《反正》《房子》《小船》《飞机》《数字》)是适合幼儿阅读欣赏的知名作品。

2. 一般图画书

一般图画书,又称为有文图画书或者图文并茂图画书,是指图画和文字共同表现内容的图画书。一般图画书在图画书中占绝大多数,其中图画与文字的功能、关系也多种多样,相应地其艺术面貌也存在一定的差异。如有的以图画为主,只配有少数文字来提示故事发展的脉络,像《母鸡萝丝去散步》(佩特·哈群斯/文·图),如果只看文字可能会觉得情节平淡,甚至不连贯,但若结合画面,则会觉得妙趣横生。有的则文字比较丰富,离开画面的文字仍是一个完整的作品,如毕翠克丝·波特的《彼得兔的故事》。

(二) 文学类图画书、知识类图画书

根据作品的内容及其表现手法,图画书可以分为文学类图画书和知识类图画书。

1. 文学类图画书

文学类图画书是包含情节、主题、角色、环境等文学要素的图画书。一本文学类图画书的内容可以是一则童话或者生活故事,也可以是一篇散文,还可以是一首或者若干首儿歌等。按照图画书叙事性的强弱,文学类图画书可以分为故事类图画书和非故事类图画书两种类型。

《猜猜我有多爱你》封面

其一,故事类图画书。这一类图画书具有较强的叙事性,书中表现的往往是一则童话或者生活故事,像《猜猜我有多爱你》(山姆·麦克布雷尼/文、安妮塔·婕朗/图)、《鳄鱼怕怕牙医怕怕》(五味太郎/文·图)、《母鸡萝丝去散步》(佩特·哈群斯/文·图)都属于这一类。故事类图画书情节线索清晰生动、角色形象鲜

《我妈妈》封面

明突出，现在出版的大部分是这一类图画书。本章第三节将介绍的就是故事类图画书。

其二，非故事类图画书，这一类图画书的叙事性较弱，没有一个集中明晰的情节线索。如安东尼·布朗的《我爸爸》《我妈妈》，表现的是孩子对爸爸、妈妈的印象、感觉与感情，其叙述是散点式的，并没有一个故事来结构整个作品。非故事类的文学性图画书，其文字部分有时是散文化的表达，如图画书《我好快乐》（特蕾西·莫洛尼/文·图），其文字内容是这样的：

我 好 快 乐

当我快乐的时候，我好像变成了小小回力球，蹦蹦跳，跳出开心的节奏。

当我快乐的时候，我会一直面带微笑，觉得这个世界真是好美妙。

我会不停地笑呀笑，笑疼了肚子，笑弯了腰。哈哈哈，就是这样！笑的感觉真是好！

和朋友们一起玩我好高兴，和奶奶一起烤出香喷喷的小饼，我好开心。

还有，和爸爸一起快乐地旅行，围着篝火，一边烧烤一边说说笑笑，让我觉得多么幸福多么美妙！看看远处的星空吧，多么美好的夜晚，多么宁静的世界……

快乐好像小花瓣，要学会耐心，学会细心去收藏，不要为小事烦恼，也别去斤斤计较。

快乐是最美丽的小花瓣，让我们的心变得好细致好柔软。

好好对待身边的弟妹兄长和每个伙伴，让快乐像看不见的花粉一样，轻轻地、轻轻地飞扬，让不快乐的他感染到快乐的力量，帮助一下别人，更让我的快乐成倍地增长。

嘿，快乐真是一种美妙的感觉，我喜欢这神奇的快乐花瓣，它让我的每一天都充满自信，都洒满阳光。

《我好快乐》是帮助儿童管理情绪的图画书，其文字叙述部分完全是一篇散文。非故事类文学性图画书的文字部分有的是儿歌或其他韵文。

2. 知识类图画书

知识类图画书，是幼儿图画书的重要形态，像数字图画书、概念图画书、百科知识图画书等都属于这一类。

知识类图画书的内容传达的是有关自然科学和社会人文科学的知识或信息。如美国大卫·香农的《大卫，不可以》，其内容是有关儿童规则认知的；德国沃尔夫冈·梅茨格的《建筑工地》则向孩子们介绍了与建筑工地有关的各方面的知识，书中所涉及的内容是：建筑工地上的车、建筑工

《大卫，不可以》封面

地上的特殊工具和机器、建筑工地上使用的机械、建筑工地上的职业、房子里面的工匠、怎样盖房子等。

《是谁嗯嗯在我的头上》封面

若从文字部分的表现手法而言,知识类图画书的文字是一种说明与介绍,是实用文而非文学作品的语言形式。若图画书中表现知识、信息的手法是文学的,那么这本图画书就属于文学类。如《我好快乐》具有促进儿童自我认知的功能,所传达的是人际交往的知识,但其表现手法是艺术的,特别是文字内容具有浓郁的文学性,就归属于文学类图画书;又如《是谁嗯嗯在我的头上》(维尔纳·霍尔茨瓦特/文、沃尔夫·埃布鲁赫/图)也是如此,是幼儿科学文艺中的一类,即科学图画故事。

第二节　图画书的形式构成

图画书的艺术构成包括它的书籍形式,了解图画书的形式构成有助于我们顺利、充分地阅读图画书。一本典型的当代图画书的形式构成包括以下几个基本部分:封面、环衬、扉页、正文、版权页、封底。

一、封面

图画书的封面上一般有文有图,文字是有关书名、作者、译者、出版机构等的信息,图画揭示的是作品内容、故事基调、情绪氛围或者绘画风格等的特点。如《大卫,不可以》(大卫·香农/文·图),封面图画中,小男孩大卫正踩在垒起来的书本上,搬弄茶几上的金鱼缸,那鱼缸比大卫的脑袋还大,茶几和金鱼缸倾斜着摇摇欲坠;大卫的一只脚踩在书沿上,书翘得高高的,大卫也摇摇欲坠,我们忍不住想大喊一声"大卫,不可以!"可大卫呢,却张着大嘴笑得好开心。这个画面预示的就是这本图画书的内容和情绪氛围的基调。又如《是谁嗯嗯在我的头上》,封面上只见一只鼹鼠,头顶一坨"嗯嗯",正怒气冲冲地朝着前方奔去。这是一个富于喜剧感的画面,它预示着图画书的情节也一定像它的封面和题目所呈现的那样,充满了令人忍俊不禁的幽默和趣味。

许多图画书封面上的图画是书中的一个画面,如《爷爷一定有办法》(菲比·吉尔曼/文·图)的封面;也有的是画家专门为封面创作的,如《小皮斯凯的第一次旅行》(二木真希子/文·图)的封面,封面中的图画并不是故事中的场景。

二、环衬

环衬,又称为蝴蝶页,是指一本图画书中连接书芯和封皮的衬纸。通常一半粘在封皮的

《爷爷一定有办法》环衬

背后，一半是活动的。连接封面的一张叫前环衬，连接封底的一张叫后环衬。

图画书的环衬具有多方面的功能。环衬具有实用功能，一是保护书芯，二是使封面、封底和内页之间牢固联接。

环衬可以用来装饰，如有的图画书的环衬是空白的或者单色的页面，这一类通常就是用作装饰的。不过很多时候，环衬上也会印上与故事内容相关或者从作品中截取出来的一些图案。图画书的环衬有时还承担着特殊的艺术表现功能。如《爷爷一定有办法》中的环衬上是那条神奇的毯子，上面布满了闪烁的星星。这条毯子曾经盖在摇篮中的小约瑟身上，约瑟长大了，毯子却小了、旧了，可爷爷总是有办法，先后把它变成了外套、背心、领带、手帕和纽扣，让它陪伴着小约瑟。这样的环衬就与故事内容联系在一起，洋溢的是满满的温暖。

三、扉页

扉页是图画书正文开始前的一页，一般会重复封面上出现过的书名、作者以及译者、出版机构的名称。有的扉页上还有作者的简介以及本书的获奖记录等。

扉页上一般也包含图画，它有时是正文中的一个画面，有时则是单独创作的。扉页上图画的功能与封面图画相近，主要是提示作品的主要角色、基本事件或情感基调等。如《活了100万次的猫》（佐野洋子/文·图）的扉页上就是故事的主角：神气威风的虎斑猫张着双臂，那专注的目光仿佛在凝聚一种力量。

有的图画书的扉页是一个故事的开头。如《鳄鱼怕怕牙医怕怕》（五味太郎/文·图）的扉页上，是一只右手捂着脸颊、左手吊握着一根藤蔓的鳄鱼；翻过扉

《活了100万次的猫》扉页

页，鳄鱼已经从藤蔓上下来了，"我真的不想看到他……"，可见他要去见一个他不愿见的人，整个故事实际上开始于扉页上的画面。有时扉页上的图画是一种暗示或伏笔，为故事的展开做铺垫。如《猜猜我有多爱你》的扉页上是大兔子和小兔子在一起玩耍的画面，小兔子在大兔子背上快乐得简直疯狂了，这正是小兔子发起"猜猜我有多爱你"游戏的背景。

四、正文

正文是一本图画书的主体，包括图画书扉页之后、后环衬之前的所有文字与图画构成的内容。图画书所要表达的内容基本是在正文内完成的，不管是文学类图画书的主题、情节、

角色、情感、意蕴，还是知识类图画书的知识、信息，都是通过正文得到传达的。本章第三节所要讨论的内容主要是有关故事类图画书的正文。

五、版权页

正式出版的图画书都包含一个版权页，用以呈现与该书有关的基本版权信息。它有时在前环衬与扉页之间，有时则被放置在正文最后一页与后环衬之间。

版权页与图画书的艺术表现力之间没有必然的关联，但是它的位置有时会影响到作品的艺术表现效果。决定一本图画书版权页位置的基本原则是：不打破图画书叙述的整体性。比如，如果后环衬还在延续正文的故事，那么版权页就不应当插入正文与后环衬之间，而以放在扉页前为好。

六、封底

图画书的封底跟封面一样，一般也有文有图。文字，一般是一些相关的作品推介与评论。图画，一般是从正文中取来的某个画面。大部分的封底与封面呼应。不过也有例外的情况，有的封底的画面是专门创作的，是对于故事内容的某种延续。如《爷爷一定有办法》的封底，其画面是小老鼠一家正在温馨地阅读故事。这是一个什么故事呢？和小约瑟最后写的故事有关系吗？又如《好饿的毛毛虫》的封底图画，在阳光的照耀下，一条瘦小的毛毛虫刚刚钻出绿叶上的小洞，正好奇地望着这个世界。这样的画面正文中并没有，但是这样的太阳，这样的毛毛虫，这样从绿叶上小洞钻出的情境却都是出现过的。一个新的画面组合表现着生命的轮回，从毛毛虫到美丽的蝴蝶，从美丽的蝴蝶到毛毛虫，故事的延续可以激发读者的想象与新的阅读期待。

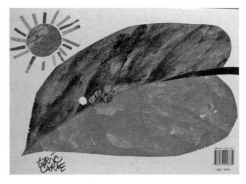

《好饿的毛毛虫》封底

第三节　图画故事书的特点

文学类图画书和知识类图画书都是适合幼儿的读物，作为幼儿文学的一种样式，指的是文学类图画书，其中的图画故事书受到幼儿的普遍喜爱。

图画书是文学和美术的综合艺术，它的主体部分通常由图画与文字共同构成，图画故事书的特点也正是从图画、文字如何共同讲述故事中表现出来的。

一、图文共同讲述故事

请阅读《鳄鱼怕怕牙医怕怕》（五味太郎/文·图）、《母鸡萝丝去散步》（佩特·哈群斯/

《鳄鱼怕怕牙医怕怕》——扉页　　　　　　　　《母鸡萝丝去散步》封面

文·图）。

图画书图文互动、图文合奏，图画故事书中的故事是由图画与文字共同讲述的。

图画故事书中的图画具有连续性，因为它不是一个静止的画面，是故事情节叙述序列中的一环，它通过与前后画面配合来呈现一个有序的事件叙述过程。当然，除了无字图画书，画面之间的这种连续性很多时候还需要文字叙述的参与，才能具有完整性。而图画故事书中的文字所表达的内容又往往是粗线条的，具有一定的空白，需要画面的配合，才能具体、充实起来。优秀的图画故事书，其图画与文字是互动互补的，如果缺少了其中一方，另一方的表现力就会受到影响，整个作品意义与情感的传达就会不完整。

一个典型的例子是《鳄鱼怕怕牙医怕怕》。这个故事是这样的：鳄鱼去看牙，很害怕；牙医知道鳄鱼要来看牙，也很害怕。鳄鱼和牙医都战战兢兢地，尽力克服着自己的恐惧心理。一个听话地做病人，一个努力地做医生，最后合作成功。《鳄鱼怕怕牙医怕怕》的文字部分是鳄鱼与牙医的对话，奇妙的是他们的言语内容是相同的，在"怕怕"的心理下，同一情境下，鳄鱼和牙医都在心里说着一模一样的话：

鳄鱼	牙医
我真的不想看到他…… 但是我非看不可。 啊！ 我一定得去吗？ 我好害怕…… 我一定要勇敢。 我做好最坏的打算了。 哎呦！！ 这是一件多么可怕的事。 但是生气是没有用的。 不用太久…… 咻…… 多谢您啦！明年再见。 我明年真的不想再看到他…… 所以我一定不要忘记刷牙。	我真的不想看到他， 但是我非看不可。 啊！ 我一定得去吗？ 我好害怕…… 我一定要勇敢。 我做好最坏的打算了。 哎呦！！ 这是一件多么可怕的事。 但是生气是没有用的。 不用太久…… 咻…… 多谢您啦！明年再见。 我明年真的不想再看到他…… 所以你一定不要忘记刷牙。

这些文字代表的鳄鱼怕怕的心理,是看过牙医的大部分孩子都曾经历过的,读着读着就会心而笑了;牙医竟然是一模一样的怕怕心理,这可是幽默,读着牙医的心里话,快乐就会随之而来。但如果只读文字,读者很难明了故事的具体情节,更不用说细节场景了,也就是说,这个作品的文字没有独立的叙事功能。只有结合画面,这些平行的文字所具有的奇妙的幽默感才会充分发挥出来。如果仅仅来看画面,我们会读到一个鳄鱼看牙医的故事,情节线索清晰,鳄鱼和牙医的画面形象很生动,但却体会不到文字叙述带来的奇妙而幽默的情趣。

《母鸡萝丝去散步》的图画与文字是另一种情形。这个作品的画面和文字都能独立完整地叙述一个故事,但是图文共同讲述的故事更精彩。从文字部分读到的故事是:

> 母鸡萝丝出门去散步。她走过院子,绕过池塘,越过干草堆,经过磨坊,穿过篱笆,钻过蜜蜂房,按时回到家吃晚饭。

这个文字叙述的故事很平静。从画面部分读到了另一个故事:一只狐狸尾随着母鸡萝丝,经过了"院子""池塘""干草堆""磨坊""篱笆""蜜蜂房",但却一路遭遇倒霉事,最后被蜜蜂追得逃窜而去。这个图画叙述的故事情节很紧张。图画和文字的互动则讲述了一个新的故事:一边是母鸡萝丝悠然地散着步,一边是狐狸贪婪地紧跟着;一会儿是一个接一个即将降临的危险,一会儿是随着狐狸的倒霉危险自动消失。图文合奏使整个故事呈现了一个奇特而快乐的节奏——时而紧张、时而舒缓,一张一弛,充满戏剧感。

二、画面语言的特点

在图画书中,图画的色彩、线条、构图方式都是讲述故事的一种语言,这些画面语言具有丰富的表现力,能够叙述事件、表达意义、传达感情与情趣。了解画面语言的特点,有助于我们理解和解读图画书。

(一)色彩

色彩是重要的画面语言,它能够表现情感,营造气氛等。色彩具有一定的情感含义。一般而言,灰暗的或者冷调的色彩,所传达的往往是不愉快的情感内容,如忧郁、难过、害怕等;明亮的或者暖调的色彩,所传达的往往是愉快的情感内容,如开朗、高兴、具有安全感等;明亮的色彩一般传达着欢快的气氛,而暗淡的色彩营造的往往是阴郁的氛围。

如《亲爱的小鱼》(安德烈·德昂/文·图)讲述的是花斑猫和小鱼的故事,表达的是对爱的一种理解和承诺。猫爱上鱼缸里的鱼,喂鱼儿面包,给鱼儿亲吻;鱼儿越长越大,鱼缸已经太小,猫就让鱼儿游向大海,把思念留给自己。作品中图画的色彩朦胧而变幻,以粉蓝色为主色调,一方面表现出淡淡的忧伤,另一方面蓝色又代表着宽广——能够给予自由的宽广的爱。又如《母鸡萝丝去散步》,以橘黄色为主色调,黄色让人感到温暖轻松,环衬暖暖的橘黄色中预示着这是一个让人开怀而笑的故事。

（二）线条

在图画中,画笔的线条也是一种语言。角色形象和各种事物都需要线条来描绘。除了勾勒人物、事物外,线条还能起到传达情感、增强趣味等作用。如通常情况下,弧形、柔软的线条给人以踏实、温暖的感觉,而不规则或棱角分明的线条传达的可能是一种压抑、紧张的感觉。如《好饿的小蛇》(宫西达也/文·图),这是一本适合低幼儿童阅读的图画书,好饿的小蛇每天散步吃东西,小蛇吃什么它身体就变成那东西的形状,孩子由此知道苹果、香蕉、葡萄、饭团等的外形。作品采用了很粗的黑线,模仿孩子的图画风格,因为低幼孩子的小肌肉发育仍不完全,因而画出的线条大部分是粗线条,这一画法为整本图画书增添了童趣。而《爱心树》(谢尔·希尔弗斯坦/文·图)的线条则是另一种风格,作者用钢笔作画,线条细小而简单,也没有绚丽的色彩,除封面外均为黑白两色。细细的线条,预示着故事的基调是细腻感人的。

《好饿的小蛇》图画的线条　　　　　　　　《爱心树》图画的线条与留白

（三）留白

图画的留白是图画书中一种常见的表现手段和构图方式。留白可以呈现文字难以表现的情感和美感;同时使作品具有开放性,拓展孩子的阅读想象空间。《爱心树》是一本典型的具有大量留白的作品,如正文的第二个画面——树喜欢上一个男孩儿,作者只是在左面一页画了棵树,右面一页的右下角画了男孩的一只脚,将右面一页的几乎整面都留了空白。画面中大面积的留白,当然这与钢笔画的创作技法有关,但更是作者精心留下的,这些留白表现着那些文字描写不尽的树与男孩儿之间的种种回忆,每一个有着爱与被爱体验的读者会以自己的经验为这些留白添上画面。

（四）细节

图画有着自己特殊的细节语言,它们能够表达角色细微的情感体验,传达微妙的故事氛围。图画的细节直观形象,有时具有比文字更细腻的表现力。如《母鸡萝丝去散步》中,狐狸的表情与形体动作都是传达狐狸心理的画面细节;又如《爱心树》的图画细节也相当精彩,在树枝被男孩儿砍光之前,每一个大树与男孩相处的情境中,树枝都有着不同的形态动作,这些形态动作就是画面的细节,它是一种语言,诉说着大树与男孩之间的关系。

探讨

◆ 有人说,对于学龄前儿童来说,图画书是最适合他们阅读的读物。请谈谈你的看法。
◆ 学习本章之前写下的"问题"都解决了吗? 和同学合作探讨尚未解决的问题。

思考与实践

一、 理解与分析

1. 什么是图画书? 图画书有哪些类型?

2. 图画书的形式构成包括哪些基本元素? 请结合一本图画书说明其构成形式。

3. 图画故事书有什么特点? 请结合具体的作品来分析。

二、 阅读与积累

1. 阅读各种类型的图画书,可以分组搜集、全班共享。

2. 阅读本章正文中提及的图画书。

3. 你喜欢哪些中国原创的图画书? 为什么?

三、 创编与实践

1. 请为小、中、大班的幼儿各选编若干本适合他们欣赏的图画故事书。小组或全班合作完成。

2. 尝试创编一本适合幼儿阅读欣赏的图画书。可以与同学合作。

3. 带上自己喜欢的图画书,到幼儿园或社区与幼儿共读。

第九章 幼儿戏剧文学

学习目标

◆ 阐述幼儿戏剧的含义和常见类型。

◆ 结合作品阐明幼儿戏剧文学的特点。

◆ 阅读幼儿戏剧文学作品,感受其艺术特征。

◆ 尝试合作创编幼儿戏剧剧本。

知识框架

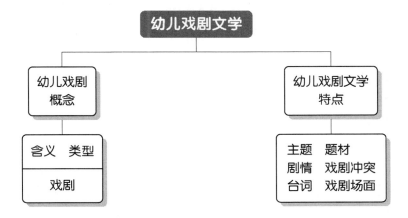

经验与问题

◆ 观看过戏剧(包括视频)吗? 若看过的话,回忆一下戏剧表演的形态。

◆ 表演过戏剧吗? 若有表演经历,和同学分享一下。

◆ 关于幼儿戏剧和幼儿戏剧文学,你有什么问题和想法? 请写下来。

第一节　幼儿戏剧的含义与类型

一、幼儿戏剧的含义

戏剧是一种综合性舞台艺术，它以演员的表演为中心，综合了文学、舞蹈、音乐、美术、舞台技术等多种艺术手段。

幼儿戏剧是适合幼儿接受能力和欣赏趣味的戏剧。幼儿戏剧的综合性艺术特点十分鲜明，一般而言，幼儿戏剧中的音乐和舞蹈成分比较多。

幼儿戏剧深受幼儿喜爱。童话《彼得·潘》最初就是以戏剧形式出现的，首演即引起轰动，此后每年上演，成为广受孩子们欢迎的圣诞礼物。戏剧与幼儿之间具有天然的联系。幼儿游戏中就含有戏剧元素，有时幼儿戏剧与幼儿角色游戏、表演游戏甚至很难区分。

二、幼儿戏剧的类型

依据不同的标准，幼儿戏剧有不同的分类。

（一）以艺术形式区分的类型

按照戏剧采用的主要艺术形式来看，幼儿戏剧可以分为幼儿话剧、幼儿音乐剧、幼儿歌舞剧、幼儿戏曲等，其中幼儿歌舞剧比较常见。

1. 幼儿话剧

幼儿话剧是以演员的对白、动作为主要表演手法来呈现剧情的幼儿戏剧形式。

2. 幼儿音乐剧

幼儿音乐剧是以音乐和歌唱与戏剧对白、表演相结合来呈现剧情的幼儿戏剧形式。

3. 幼儿歌舞剧

幼儿歌舞剧是综合运用对白、音乐、歌唱、舞蹈等表现手法来表现剧情、塑造形象的幼儿戏剧形式。幼儿歌舞剧的表现方式多种多样，或以歌唱为主，或歌舞并重，或配以诗歌朗诵。我国现代最早的儿童剧作家黎锦晖创作的《小小画家》《葡萄仙子》《月明之夜》等都是歌舞剧。

4. 幼儿戏曲

幼儿戏曲是运用戏曲的曲调、唱腔，通过剧中人物的道白和歌唱以及富有民族色彩的舞蹈来表现剧情的幼儿戏剧形式。

（二）以舞台表演者身份区分的类型

按照舞台表演者的身份来看，幼儿戏剧可以分为真人表演剧和偶剧。

1. 真人表演剧

真人表演剧是指由成人或者儿童扮演角色进行表演的幼儿戏剧形式。

2. 偶剧

偶剧是指通过木偶、皮影、剪纸、手套等各种"偶"来表演的幼儿戏剧形式。根据"偶"的材料，又可以分为木偶戏、皮影戏、手指戏等样式。

偶剧中木偶戏比较常见。木偶戏在表演时，演员在幕后一边操纵木偶，一边说白、歌唱，并配以音乐。由于木偶形态和操纵技术的不同，木偶戏包括布袋木偶、提线木偶、杖头木偶等不同的形式。

（三）以戏剧容量和场次区分的类型

按照戏剧容量和场次来看，幼儿戏剧可以分为幼儿独幕剧和幼儿多幕剧。在戏剧表演中，舞台大幕启闭一次为一幕。

1. 幼儿独幕剧

幼儿独幕剧是以一幕戏来表现一个完整剧情的幼儿戏剧。独幕剧可以是一个场景呈现剧情，即一幕一场；也可以是几个场景呈现剧情，即一幕几场。

2. 幼儿多幕剧

幼儿多幕剧是由两幕及两幕以上的场景构成的，即演出过程中舞台大幕启闭两次及以上的幼儿戏剧。

幼儿戏剧大多为独幕剧，剧情短小集中，故事简单完整。

另外，从题材内容来划分，还可以把幼儿戏剧分为幼儿生活剧、幼儿童话剧、幼儿寓言剧等。

第二节　幼儿戏剧文学的特点

幼儿戏剧文学，即剧本，是幼儿戏剧中的文学元素，是幼儿文学的一种样式，它主要为演出提供依据，同时也可供阅读欣赏。

请阅读剧本《回声》(坪内逍遥)和《小灰狼的春天》(见本章附录)。

回　　声

对面是高山，山旁一轩，住一农家，一个孩子和母亲到这里过暑假。

大郎：(五六岁。高高兴兴地跳出来)真高兴！真高兴！妈妈叫干的活儿都干完啦，
　　　这回光剩下玩儿啦。(说着，高高兴兴地，这儿那儿地跑跳着)

大郎：万岁！万岁！

　　　(山那边响起了回声)

回声：万岁！万岁！

　　　(大郎吃了一惊，奇怪地望着)

大郎：(自语)唉呀！这是谁呀！(大声地)谁在那儿哪……

　　　　（山那边重复着）

回声：……在那儿哪？

大郎：（自语）唉呀！山那边也问啦！（大声地）你是谁呀？

回声：你是谁呀？

大郎：我呀，是大郎！

回声：我呀，是大郎！

大郎：我才是大郎哪！

回声：我才是大郎哪！

大郎：不！你不是大郎。

回声：不！你不是大郎。

大郎：是大郎！

回声：是大郎！

大郎：唉呀！你真讨厌！

回声：……呀！你真讨厌！

大郎：讨厌！

回声：讨厌！

大郎：去你的！

回声：去你的！

大郎：你！小狗。

回声：你！小狗。

　　　　（妈妈从窗里探出头来）

妈妈：大郎！你跟谁那么粗声粗气的……

大郎：（要哭的样子）妈妈！山那边有个坏孩子，净这个那个的学我。

妈妈：那，你跟他说什么啦？

大郎：我跟他说："讨厌！去你的！小狗！"

妈妈：你好好跟他说说试试，他也就跟你好好说啦。可别像刚才那样粗声粗气的啦！

　　　　（妈妈缩回头）

大郎：（向山那边）噢依……

回声：噢依……

大郎：别生气啦！刚才我不对啦！

回声：别生气啦！刚才我不对啦！

大郎：咱俩做朋友吧。

回声：咱俩做朋友吧。

大郎：你来这儿玩吧。

回声：你来这儿玩吧。

大郎：到这儿来！

回声：到这儿来！

大郎：我过不去！

回声：我过不去！

大郎：那！咱们就这样说话吧。

回声：那！咱们就这样说话吧。

大郎：行吗？

回声：行吗？

大郎：好吧。

回声：好吧。

　　　（妈妈又从窗口探出头来）

妈妈：大郎，吃饭啦，快回来吧。

大郎：唉！（向山那边）我吃饭啦，不说啦！

回声：我吃饭啦，不说啦！

大郎：再见。

回声：再见。

妈妈：大郎！快点呀，你还在那儿磨蹭什么哪！

大郎：妈妈，刚才我照你说的那样，和和气气地跟他说话，那孩子就跟我好啦。

妈妈：嗯，你看是不！你跟人家好好的，人家也跟你和和气气的吧？可得好好记住
　　　点。来吧，来吧，快回来吧。

【剧终】

为适应幼儿欣赏和参与幼儿戏剧表演，幼儿戏剧文学具有以下艺术特征。

一、主题、题材适合幼儿

幼儿戏剧文学的主题和题材应该适合幼儿的接受能力和成长需要。幼儿戏剧有不少是对幼儿进行生活教育的，所以一般而言，幼儿戏剧文学要求作品主题鲜明，格调健康。题材若为写实的，一般与幼儿的日常生活密切相关，如《回声》，表现孩子的稚气、好奇跟礼仪教育融合在一起，教育目的非常明确，但教育意图表现得很巧妙，与幼儿情趣的表现合二为一。题材若为幻想的，借角色和故事所表现的也是与幼儿相关的生活或情感内容，具有明确的教育目的。如《小熊拔牙》（柯岩）是个童话剧，剧中故事是：小熊不愿刷牙，结果牙齿疼了起来，最后只好让小兔大夫把病牙拔掉。很明显，这是要告诉孩子不刷牙的后果，教育孩子要养成良好的生活习惯。又如《"妙乎"回春》（方圆），剧中讲的是小猫"妙乎"不懂装懂闹笑话的故事，妙趣横生的剧情里包含着鲜明的教育主题，这就是小猫"妙乎"最后表示的："老老实实学习，不吹牛。"

有的儿童剧并没有呈现明显的直接的教育目的，但其表现的仍然是对幼儿认识世界方式的关注以及情感的熏陶。童话剧《小灰狼的春天》（见本章附录），解构了民间故事《三只小猪》中猪与狼的关系，剧中三只小猪和小灰狼都是孩子，剧本呈现出来的故事内容涉及了儿童的自我认同、同伴关系，以及对世界的认识和感受，包括孤独、恐惧等。以有趣的戏剧故事的形式将这些内容传递给成长中的幼儿，这是非常有意义的。

二、剧情单纯，戏剧冲突明确

由于幼儿的理解和接受能力有限，剧情应该是单纯的，这跟幼儿生活故事的情节要求是一样的。由于戏剧要靠剧中角色的对话、行动来表现剧情，要保证剧情单纯，戏剧线索就要清晰，这样剧中有明确身份的角色数量就不宜太多，如《回声》中的角色只有三个：大郎、妈妈和回声，其中"回声"只出声未现形。呈现的戏剧线索很清晰：大郎在与回声对话的过程中行为、意识的变化。《小灰狼的春天》剧情复杂一些，剧中有明确身份的角色是四个：猪大宝、猪二宝、猪小宝和小灰狼，其他的小动物是一个群体，它们主要起渲染气氛的作用。三只小猪尽管性格各异，但在与小灰狼的关系上，它们是一个团体，所以角色关系也并不复杂。

戏剧讲究戏剧冲突。所谓戏剧冲突，主要表现在剧中具有不同性格的角色在追求各自的目标过程中所发生的矛盾斗争。当剧中某个角色希望得到什么而得不到，或者当他面临一种两难选择而摇摆不定的时候，一种激烈的戏剧冲突就产生了。幼儿戏剧也讲究戏剧冲突，它是戏剧吸引孩子的重要因素。幼儿戏剧文学中设计的戏剧冲突应明确、单一。如《回声》中，推动剧情发展的一个冲突，是大郎对回声净学自己说话的不满，这个冲突是由大郎不明回声现象引起的误会，每一次的对话都是冲突的升级，直至对骂达到顶峰。在妈妈的引导下，大郎开始和和气气地说话，冲突得到消解。在《小灰狼的春天》里，冲突发生在三只小猪与小灰狼之间，小灰狼希望跟三只小猪做朋友，可小猪们不相信。小灰狼因感冒打喷嚏吹倒大宝和二宝的房子使冲突升级膨胀，最后小灰狼用真诚的言行消除冲突。对于幼儿来说，这样的冲突明确单一又有出乎意料的惊喜，便于也乐于接受。

三、台词上口、悦耳、简短

台词是剧中角色说的话，在剧中承担着塑造角色形象、推进情节的主要任务。幼儿戏剧文学对台词的设计应该追求上口、悦耳和简短。台词与形体语言是幼儿戏剧表演的两大支柱，台词包括对白、独白和旁白，是演员口头表述的；从观众来看，幼儿的语言能力又是有限的，因而简短明了，说起来上口、听起来悦耳的台词设计就很有必要。

上口、悦耳的台词，首先是用词浅白、句式短小的儿童化口语，如柯岩的《小熊拔牙》中的一段对白：

小　熊　拔　牙

妈妈:我是狗熊妈妈。

小熊:我是狗熊娃娃。

妈妈:我长得又胖又大。

小熊:我就像我妈妈。

妈妈:妈妈要去上班。

小熊:小熊在家玩耍。

妈妈:不对,你要先洗脸……

小熊:嗯嗯……好吧,洗一下。

妈妈:不对,你还要刷牙……

小熊:嗯嗯……好吧,刷一下。

妈妈:不对,要好好刷,还有……

小熊:还有,还有……

　　　什么也没有啦!

妈妈:不对,想想吧!

　　　……不自己拿饼干,

　　　……不自己拿……

小熊:好啦,好啦,都知道啦!

　　　不许拿饼干,

　　　不许吃甜瓜,

　　　不许抓糖球,

　　　还不许打架……

　　熊妈妈和小熊的这段对白,每一句独立地看大部分是日常口语,用词简单,句式短小,但说起来顺口,听起来悦耳,当它们组合在一起的时候,小熊稚气的回应充满情趣。

　　上口、悦耳的台词还追求音韵之美,上面这段对白的各个部分基本上都是押韵的。类似于这样富于音韵之美的对白或独白,在幼儿戏剧文学中很常见,不管是表演还是欣赏,幼儿都非常喜欢。

　　台词简短,除了指用词简单、句式短小外,还包括一层意思,那就是幼儿戏剧忌大段台词。这一方面是指独白不宜太长,另一方面也指不宜大段对白,要让角色的语言与动作表现结合起来。

四、戏剧场面具有一定的游戏性

　　一场戏是由一个个具体的戏剧场面构成的,幼儿戏剧文学中有关戏剧场面的设计应具有一定的游戏性。我们把幼儿戏剧的演出看作是一种经过组织排练的幼儿游戏,不管是参与戏剧表演还是欣赏戏剧表演,幼儿都是在参加一场游戏。

　　游戏性可以表现在角色塑造和情节展开之中。幼儿戏剧中的角色大多可以看作是孩子的游戏伙伴,情节的展开中可以充满奇妙的幻想和浓郁的情趣,歌舞可以作为游戏呈现在舞台上,甚至结合剧情直接在舞台上做日常游戏。如《小灰狼的春天》中,猪大宝、猪二宝歌舞亮相后,在舞台上像孩子一样地自在玩耍;三只小猪造好房子后,和小动物们用歌舞游戏来庆祝,都是一种充满孩子气的情趣表现,而非情节链不可缺少的一环。

　　游戏性还可以表现在为观众提供互动和参与表演的机会。如《小灰狼的春天》中,小灰狼在去敲猪二宝的门之前,与小观众有一次互动:"你们说她会和我做朋友吗?"幼儿在观看表演的过程中是很容易进入到戏剧情境中的,大多数的孩子会回应"不会!"也有的孩子会说"会的!"不管哪一种回应,小灰狼接下去的"我来试一试吧"都是合理的言语动作。对于这样的互动与参与,孩子会显得很兴奋。

　　当然,一些预定的互动设计还是要考虑到幼儿观众参与的可能性,因为有些难度较大的任务年幼的孩子可能会胜任不了。总之,幼儿戏剧文学中戏剧场面的设计应充分考虑幼儿观众的身心特点。

探讨

　　◆ 请讨论:有人说,在成人的引导下,幼儿戏剧可以为幼儿期的成长提供特殊的身体和精神营养。你赞同这一说法吗? 说一说你的观点与理由。

　　◆ 学习本章之前写下的"问题"都解决了吗? 和同学合作探讨尚未解决的问题。

思考与实践

一、 理解与分析

1. 说一说幼儿戏剧的含义与类型。

2. 幼儿戏剧文学有什么特点? 结合具体的剧本进行阐述。

二、 阅读与积累

1. 分组搜集幼儿戏剧的剧本,并在班级共享成果。

2. 班级组织看一场舞台剧。观看结束后自由交流关于戏剧的想法。

3. 剧本阅读推荐篇目:《小熊请客》(包蕾);《"妙乎"回春》(方圆);《小熊拔牙》《照镜子》(柯岩);《一只小黑猫》(孙毅);《三个问题的答案》(林焕彰);《葡萄仙子》(黎锦晖)。

三、 创编与实践

1. 从神话、传说、民间故事中选择一个能够体现中华民族智慧或力量的作品,将其创编成剧本。可以和同学合作完成。

2. 结合第十二章的学习,小组合作创编、排演一个幼儿戏剧,在社区或者幼儿园演出。

附录：

小灰狼的春天
浙江师范大学杭州幼儿师范学院儿童剧研究中心

人物　小灰狼、猪大宝、猪二宝、猪小宝、小动物(兼舞蹈者)9—12 人

　　(幕未启。音乐起,传出三只小猪和小灰狼的歌唱声)

歌唱:森林里有三只猪宝宝,猪大宝,猪二宝,猪小宝(三只猪宝宝齐唱)。猪大宝,很憨
　　厚(猪大宝唱);猪二宝,爱美丽(猪二宝唱);猪小宝,最聪明(猪小宝唱)。还有一
　　头小灰狼(小灰狼唱)。

画外音:咦,今天,三只小猪和小灰狼之间会发生什么故事呢?

　　　　嘘,他们来了!

　　　　(幕启)

　　　　(舞台后部三座横着放置的小屋用黑布罩着,每座小屋都有一个敞开的窗口。
　　　　屋前有花草,左边和中间的房子之间有一棵树)

第一场　小猪亮相

大宝:(从舞台左侧上)(唱/舞)我是猪,懒懒的猪,我是猪,胖胖的猪,我是猪,快乐的猪,
　　我是猪,舒服的猪。摇摇我的尾巴,哼哼哼,我是猪大宝,哦哦!

　　(白)我是咱家的老大,做猪嘛,舒服最重要!

　　(跑到舞台左后部喝酸奶玩耍去了)

二宝:(从舞台右侧上)(唱/舞)如果我有仙女棒,变高变瘦变漂亮,还要变出好多裙子让
　　我能够变美丽。如果我有大浴缸,我要好好洗一场,沐浴露和小小肥皂能让我变得
　　漂亮。让小孩、大人、坏人,全都爱上我。

　　(白)嗨! 大家好,我是猪二宝。猪二宝是世界上最美的姑娘。

　　(跑到舞台中间的房子前照镜子戏耍去了)

小宝:(从舞台右侧上)(唱/舞)我就是那我就是那可爱的猪小宝,我活泼又聪明,我调皮
　　又伶俐,我是我们家里最最最小的猪宝宝,虽然年纪很小,见识可不小。

　　(白)大家好,我是猪小宝,虽然年纪小,见识可不小!

　　(从胸前的口袋里掏出一本书,趴在舞台前部入神地看着)

第二场　设计房子

画外音:号外,号外,森林里来了一只大野狼! 小动物们注意啦! 小动物们注意啦!

　　(画外音刚落,远方传来了狼嚎声)

二宝:这是什么声音?

大宝:该不会该不会,是那只大野狼吧?

大宝二宝小宝:啊,大野狼?! 快跑!

(各自躲藏、张望。音乐起)

小宝:哥哥、姐姐,出来吧,没有大野狼!

大宝:可是现在没有来,他总有一天还是会来的啊,我们该想想办法呢。

二宝:对,对,我可不想被大灰狼吃掉。

小宝:(唱)哥哥、姐姐,别怕别怕,让我来想想办法,我见过城里人的房子,盖得很大很坚固,坏人根本进不来,这样我们很安全,要不我们也造一间这样的房子吧。

大宝:自己造房子?

二宝:我们自己造?

小宝:嗯,造一座很坚固的房子!

大宝:哇,我要造一间能打开房顶的草房子,白天日光浴,晚上看星星,做猪嘛,舒服最重要! 大灰狼,哼,我才不怕呢!(从舞台左侧下)

二宝:噢,我要造一间香香的木头房子,用美丽的小花做装饰,肯定是最漂亮的房子! 大灰狼? 我才不怕呢!(从舞台右侧下)

小宝:造房子真的有点儿难,我可得好好想想! 嗯,我要造一间很坚固的砖头房子,盖得高高的,大大的! 大灰狼,我才不怕呢!(从舞台右侧下)

第三场　建造房子

(音乐起,三只小猪依次分别与舞蹈演员共舞表现造房子,舞蹈演员的服饰材料或图案分别与三只小猪所造的房子材料或图案相同。造好房子后,舞蹈演员退场)

大宝:(唱/舞)我用稻草盖房,我用稻草盖了房子,白天日光浴,晚上看星星,我邀请你们来我家做客,一起陪我住在这里,让我们乐悠悠。

大宝:我的稻草房子造好了!

(舞蹈演员与大宝配合拉下黑布,露出房子,门上方挂着"猪大宝"三个字。大宝跑到自己的房子里)

二宝:(唱/舞)我要用香香木头造间房,小伙伴们快来给我帮帮忙。造好墙壁还有屋顶和门窗,我还想要盖一座大花园。一起努力把房子造好,装上小花美美最重要。二宝的家就要漂亮。快快采些小花,噼里啪啦呼噜哗啦放在窗台上,铿铿锵锵乒乒乓乓挂好花窗帘,呜吗吗呼呼哈哈我的房子真漂亮,大家快来看看。

二宝:我的木头房子也造好了!

(舞蹈演员与二宝配合拉下黑布,露出房子,门上方挂着"猪二宝"三个字。二宝跑到自己的房子里)

小宝:(唱/舞)我用砖头来盖房子,再也不怕风吹雨打,更不用怕大灰狼。

（舞蹈演员与小宝配合拉下黑布,露出房子,门上方挂着"猪小宝"三个字）

小宝:我的砖头房子也造好了! 哥哥姐姐快来看一看啊!

　　（音乐起。小动物从舞台两侧上,和三只小猪欢快地歌舞游戏,庆祝房子建造成功）

大宝:我可不怕大野狼!

二宝:我也不怕大野狼!

　　（这时候传来了一声狼嚎,小动物停止舞蹈,惊慌状）

小动物:不会是……那只……新来的……大灰狼吧……

　　（这个时候又传来一声狼嚎,三只小猪跑回各自的房子,小动物慌张地散开下场）

第四场　误会

（忧伤的音乐响起,小灰狼背着袋子从左侧上,他低着头,脚步沉重）

大宝:（从草房子的窗口探出头）你们看,他的尖爪子一下子就能把我们撕成碎片。（缩回头）

二宝:（从木房子的窗口探出头）你们看,他的大袋子一定是用来装小动物的。（缩回头）

小宝:（从砖房子的窗口探出头）你们看,他的大嘴巴一口就能把我们吞到肚里去。（缩回头）

狼:（背着大袋子,清唱,缓慢,忧伤地）找呀找呀找朋友,找到一个好朋友,陪我玩,陪我闹,跟我一起玩游戏。

狼:黑夜给了我黑色的鼠标,我却用它游戏到天明,所以我一个朋友也没有。

　　阿……阿……嚏! 你们瞧,连感冒都没有朋友关心我……真希望今天能找到一些好朋友。

　　（走到大宝的房子前）

狼:（向前看了看门牌）猪——大——宝,他看起来憨憨的,说不定他会和我做朋友。我去试试看。阿……嚏!（正要上前敲门时,忍不住打了一个大喷嚏,身体向前倒去,草屋倒）

大宝:（从草屋里惊慌地跑出来）救命啊! 不要吃我,不要吃我,二宝,二宝!!

狼:欸,欸,别跑,别跑! 对,对……对……（跟着大宝奔向二宝的木房子）

狼:（跑了几步,停下）哎,我只是想和他说声对不起,看来他不会和我做好朋友啦。

　　（走到二宝的房子前）

狼:（向前看了看门牌）猪——二——宝! 咦,她可是出了名爱美的,大家都很喜欢她,如果能跟她成为好朋友,那一定就会有很多人愿意和我做朋友啦!（向观众）你们说她会和我做朋友吗? 我来试一试吧。（正要上前敲门时,鼻子又酸痒得不得了）

狼:阿……阿……,还好忍住了,嘿嘿。阿……嚏!（刻意忍住却还是打了一个大喷嚏,把二宝的木房子震塌了）

二宝大宝：(抱成一团)别吃我们，别吃我们！(惊慌地逃向小宝的房子)啊，小宝，救命！！！

狼：别别，别跑呀，我不是故意的，我不是故意的……(大宝、二宝跑进小宝的房子，狼追到小宝的房子前)

第五场　做朋友

狼：(落寞地，音乐起)哎……他们为什么不听我说完呢，我真的不是故意的。

小宝：(从窗口探出头)你这只可恶的大野狼，你到底想干吗？

狼：(向窗户)我，我，我只是，想和你们做朋友。

二宝：(从窗口探出头)你，你，你骗人，刚才还把我们的房子吹倒了！

狼：我真的不是故意的，请你们相信我。

大宝：(从窗口探出头)不要相信他，他可是一只大野狼。

　　(狼听后默默地离开，走到草地上跪下了)

狼：噢，天哪，我的朋友，会在哪儿呢？

　　(唱)友情不是你想买，想买就能买，现在就要用真心把它换回来。

　　(狼唱时三只小猪手拉手走出房子，蹑手蹑脚地凑上前去)

狼：站住！(狼猛然回头，三只小猪怔了一下，想逃，狼冲上去拦住了他们)

狼：(抓住小宝的手)你们别跑呀！我不会伤害你们，我只是想和你们做朋友！

　　(狼和小宝拉扯，狼手中的袋子甩落在地，袋子里的东西都洒落出来了。众人面朝袋子愣住)

大宝：棒棒糖？

二宝：漂亮的蝴蝶结发卡？

小宝：还有百科全书！

大宝二宝小宝：这个是……

狼：这是我准备的礼物，给朋友的。但是没有人和我做朋友。

大宝二宝小宝：做朋友？

狼：对，我只是想和你们交个朋友……

大宝：难道你吹坏我们的房子，不是想吃我们吗？

狼：我只是感冒了，忍不住打了个大喷嚏，结果……

二宝：难道，你追我们不是想抓住我们吗？

狼：哎哟，我只是想跟你们说声对不起。

狼：大宝，我不小心弄倒了你的房子，对不起，这个棒棒糖送给你！(捡起地上的棒棒糖递给大宝，大宝一开始畏畏缩缩往后退，然后欢喜地接过来了)

狼：二宝，这个漂亮的发卡送给你，请你原谅我好吗？(狼递上发卡，二宝欲接又怕，最后也忍不住接受了)

狼：小宝，这本百科全书送给你，我想和你们做好朋友，可以吗？

小宝:(鼓足勇气,接过百科全书)嗯,我们相信你,我们愿意和你做朋友! 哦,慢着,慢
　　着……
　　(小宝略一沉思,跑进了自己的房子里)
狼:(悲伤状)啊! 小宝不愿跟我做朋友……他后悔了……呜呜……(狼哭了)
　　(小宝抱着一大瓶感冒药出来了)
小宝:不对,不对,我们都愿意和你做好朋友!
大宝二宝小宝:(三只小猪一起把感冒药送给了小灰狼)嗯,我们愿意和你做好朋友!
小动物甲:(从舞台左侧跳出来)我也愿意!
小动物乙丙:(从舞台右侧上)还有我! 还有我!
其他小动物:(从两侧上)我们也愿意和你做好朋友!
狼:(感动,兴奋)谢谢你们,谢谢你们,我们都是好朋友!
　　(音乐响起,众人歌舞游戏)
二宝:小灰狼,我们去春游吧!
小灰狼:走嘞!
　　(众人歌舞游戏中挥手向观众道别,并依次下场)
　　(幕闭)

下 编

幼儿文学作品的学习

内容
导览

第十章　幼儿文学作品学习的方法　147

187　第十一章　幼儿文学作品学习活动的组织

第十二章　基于幼儿文学作品的表演　205

第十章　幼儿文学作品学习的方法

 学习目标

◆ 阐述幼儿文学作品学习的含义,能识别幼儿文学作品学习活动。

◆ 阐述幼儿文学作品学习的常用方法。

◆ 阐述选择幼儿文学作品学习方法的依据,并尝试运用。

 知识框架

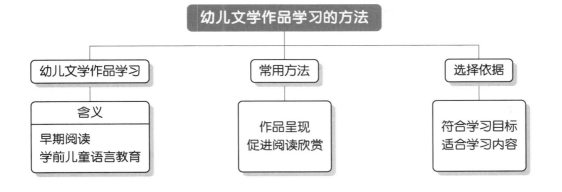

 经验与问题

◆ 温习幼儿文学各文体的特点。

◆ 关于幼儿文学作品的学习方法,你有什么问题? 请写下来。

第一节　幼儿文学作品学习概述

一、什么是"幼儿文学作品学习"

（一）"幼儿文学作品学习"的含义

幼儿文学作品学习是一种文学教育活动，它以文学作品的阅读欣赏为主要学习内容。文学作品的阅读欣赏是幼儿与作品的对话过程，幼儿在成人的引导下凭借文学语言感知理解作品所呈现的生活图景，感受体验作品所描绘的情感世界，在动情和愉悦中获得真的启迪、善的熏陶和美的享受。

这里的幼儿文学作品学习聚焦文学作品的阅读接受。围绕幼儿文学作品，在学前教育中可以开展两大类型的活动，一类是学习文学作品，即我们所谓的"幼儿文学作品学习"。另一类是凭借文学作品的学习，它是以文学作品为资源展开的活动，其主要活动目标并非对作品本身的欣赏，其学习内容可以根据作品的特点作跨领域的延伸与拓展，形成一系列的相关活动，因而学习活动的目标与内容可以非常广泛。

（二）"早期阅读"与"幼儿文学作品学习"

"早期阅读"是与"幼儿文学作品学习"关系比较密切的一个概念，二者是有差异的。

早期阅读指幼儿凭借图画、色彩、成人的语言、标记以及文字符号等来理解读物的活动过程。就幼儿而言，阅读不仅仅是视觉的，也是听觉的（听成人诵读或讲述）、触觉的（如用拇指和食指一页一页地翻书），还可以是自己以口语讲述读物的内容，任何与阅读有关的行为都可以看作是阅读。早期阅读主要是为幼儿提供图书阅读的经验，它是幼儿接触书面语言的重要途径，能够帮助幼儿获得书面语言发展的基础，同时是对幼儿思维、语言、想象、个性习惯等的综合养成。早期阅读的选材范围非常广泛，第一章中介绍过的"幼儿读物"都可以作为早期阅读的材料。幼儿文学作品是早期阅读的主要资源，凭借幼儿文学作品，可以开展多种类型的早期阅读活动，"幼儿文学作品学习"只是其中之一。

（三）"学前儿童语言教育"与"幼儿文学作品学习"

"学前儿童语言教育"也是与"幼儿文学作品学习"关系密切但又有差异的一个概念。学前儿童语言教育的目的在于学前教育阶段幼儿语言能力的全面提高。在语言教育活动中，教师引导幼儿积极主动地与他人、与周围语言环境不断地交互作用，从而获得语言能力的发展和提高。语言教育是一种有目的、有计划的多种形式的活动，文学教育、早期阅读以及谈话、讲述、听说游戏等都归属于学前儿童语言教育。

二、幼儿文学作品是学前教育的重要资源

幼儿文学是语言的艺术，具有认知、教育、审美、娱乐等多重价值，幼儿文学作品是学前各领域教育的重要资源。

在"幼儿文学作品学习"中，阅读欣赏是一个审美过程，语言是走进文学世界的桥梁，因而文学作品是艺术领域和语言领域教育的资源。在学前教育的其他领域教育活动中，幼儿文学也可以成为活动的资源。如，儿歌中的游戏歌可以是健康领域中体育游戏的资源；数数歌可以是数学活动的资源；科学文艺作品可以是科学活动的资源；幼儿生活故事可以是社会活动的资源。

另外，同一篇（部）作品，因为其内容的丰富性，也可以分别作为不同领域教育活动的资源。如图画故事《好饿的毛毛虫》（艾瑞·卡尔/文·图），故事的文字部分是这样的：

月光下，一颗小小的蛋躺在叶子上。

星期天早上，暖和的太阳升起来了。

"啵"一声，一条又小又饿的毛毛虫，从蛋里爬了出来。

它要去找一些东西来吃。

星期一，它吃了一个苹果。可是，肚子还是好饿。

星期二，它吃了两个梨。可是，肚子还是好饿。

星期三，它吃了三个李子。可是，肚子还是好饿。

星期四，它吃了四个草莓。可是，肚子还是好饿。

星期五，它吃了五个橘子。可是，肚子还是好饿。

星期六，它吃了一块巧克力蛋糕、一个冰淇淋甜筒、一条腌黄瓜、一块奶酪、一截火腿、一根棒棒糖、一块樱桃派、一条香肠、一个纸杯蛋糕和一片西瓜。

那天晚上，毛毛虫的肚子好痛！

第二天，又是星期天了。

毛毛虫吃了一片又嫩又绿的叶子，觉得舒服多了。

现在，毛毛虫不觉得肚子饿了。它不再是一条小毛毛虫了。它是一条又肥又大的毛毛虫。

它造了一间小房子，叫做"茧"，把自己包在里头。它在里头住了两个多星期，然后，把茧咬破一个洞，钻了出来……

啊！毛毛虫变成了一只漂亮的蝴蝶。

在幼儿园的教育活动中，《好饿的毛毛虫》被老师们分别作为语言、美术、数学等活动的资源。语言活动的目标，除了包含艺术教育元素的文学的阅读理解与欣赏外，也有的把重点放在数量词的学习上，这就纯粹是词与名称的认知了；作为数学活动的资源，是因为毛毛虫

六天中吃东西的有趣情节与数字联系在一起;作为美术活动的资源,是因为画面中各种物品鲜艳的色彩,以及毛毛虫变成了一只漂亮的蝴蝶后,翅膀上那斑斓的色彩。这些活动都是上文所述的"凭借文学作品的学习"。

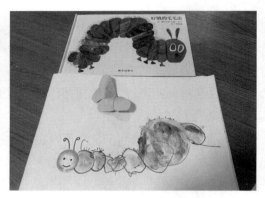

《好饿的毛毛虫》读后绘画　　　　　　　　绘画作品:毛毛虫

　　不同的教育目标,作品阅读的内容也是有所区别的,至少所凸显的重点是不一样的。本章所谓的"幼儿文学作品学习"是把文学欣赏作为首要任务的学习活动,也就是说,尽管幼儿文学作品具有多重功能,但是"幼儿文学作品学习"应重在文学性,重在审美。

第二节　幼儿文学作品学习的常用方法

一、什么是幼儿文学作品学习的方法

　　幼儿文学作品学习的方法,是指在幼儿阅读欣赏文学作品的过程中成人引导者和幼儿学习者采用的实现目标的对策。采用学习方法的主体包括成人和幼儿双方,也就是说,学习的方法,既指引导者教的方法,也包括学习者学的方法。

　　下面介绍的幼儿文学作品学习的方法包括两部分:呈现作品的方法、促进阅读欣赏的方法。幼儿接受幼儿文学作品具有特殊性。受制于识字能力,幼儿不是通过阅读文字,而是通过一定的中介物来走进作品的,因而如何把作品呈现给幼儿,是幼儿文学作品学习方法的必要构成。

　　一个幼儿文学作品的文本结构可以区分出三个层次:语音层、语象层和意味层。语音层是作品语言的声音层,语象层是语言符号所对应的形象内容,意味层是语音、语象层面所蕴含的意味。[①] 幼儿阅读欣赏幼儿文学作品,就是从感知文本语音层面开始进而把握形象内容和情味意蕴,这一学习过程一般涉及感知、理解、体验、感悟反思四个方面。幼儿文学作品学习的方法就是为促进幼儿对作品的感知、理解、体验以及感悟反思服务的。

---

① 方卫平:《儿童文学接受之维》,湖北少年儿童出版社 1995 年版,第 124—130 页。

几乎所有作品的学习都会有感知、理解和感受体验，但感悟反思并非所有的作品学习都会涉及，如大多数的儿歌学习就没有感悟反思。阅读欣赏文学作品，与阅读其他的文章一样，都需要感知、理解，但对于文学作品的学习来说，这还不是终点。要彻底走进作品，更重要的是要让幼儿体验作品中的生活图景、情感世界，能随着作品的展开产生喜悦、担忧等相应的情绪反应，体会作品所表达的情感，体验的过程就是情感生发、深化的过程。成人如何恰当地引导幼儿体验是需要讲究的。阅读很多作品时，幼儿在体验生活图景、情感世界之后还会产生一种感悟，如何引导幼儿体验之后的感悟反思也是有讲究的。这些讲究所涉及的就是幼儿文学作品学习的方法。

二、幼儿文学作品学习的常用方法

（一）幼儿文学作品呈现的方法

受制于识字能力，幼儿对文学作品的感知大多数情况下无法通过文字阅读自主完成，而是需要一定的中介来传递，因而幼儿文学作品首先需要选择合适的方式来呈现。主要的呈现方式是成人的口述以及图画等的呈示、展示等。

1. 口述

若幼儿对文学作品的感知不存在知识或经验上的障碍，引导者纯粹以口述呈现就可以了。

第一，现场诵读。诵读是成人声情并茂地把作品读出来。朗读、朗诵都是诵读的形式。诵读的内容一般忠实于原作，诵读呈现能使幼儿比较充分地感知诗文的韵律节奏，感受作品所表现的感情。诵读的响度可以根据幼儿的人数以及空间而定。儿歌、幼儿诗、幼儿散文都适合诵读呈现。现场诵读最好能够脱稿进行，这样有助于声情并茂。

第二，现场讲述。讲述是成人运用有声语言有声有色地叙述表现作品内容。讲述不是诵读，而是一种说话的形式；讲述的内容不一定忠实原文，可以依据原作作合理的加工。故事类的幼儿文学作品如童话、生活故事、寓言、笑话、图画故事等都适合讲述呈现。

图画故事的讲述内容除了文字，还应该融入讲述者所理解体验的图画表现的情感与意义。

现场讲述最好脱稿，除了有助于声情并茂地呈现作品，还能与幼儿进行比较充分的交流。

第三，播放诵读、讲述的录音录像。如果没有合适的成人进行现场口述，也可以通过播放作品诵读或讲述的录音、录像来呈现作品。

2. 呈示展示

呈示展示是借助静态（如图画、图片、模型等）或动态（如动画、表演等）的媒介来呈现内容。若由于知识或经验的不足，幼儿对文学作品的感知可能存在一定的障碍，引导者就需要为幼儿提供相关的辅助材料帮助幼儿感知。作品呈现阶段的呈示展示，其目的主要在于让幼儿感知。

第一，以图画、图片、模型等配合口述。作品的内容若存在幼儿难以理解的事物或场景，口述的同时可以提供图画、图片、模型等直观的材料帮助幼儿理解。

图画故事的呈现，一般应在讲述的同时呈示相关图画。图画的呈现可以利用图书，也可以把图画制作成 PPT 来呈现，PPT 画面可以放大，便于幼儿观察。当然也可以把整个作品制作成动画来呈现。

第二，以动作或动画等配合口述。图画、图片、模型等是静态的，动作、动画是动态的，有的文学作品中难以理解的事物或场景若以动作或动画等动态的形式来呈现，会更加直观生动。如儿歌《手指歌》："一个手指头呀，变呀变呀，变成毛毛虫呀。/两个手指头呀，变呀变呀，变成小白兔呀。/三个手指头呀，变呀变呀，变成小花猫呀。/四个手指头呀，变呀变呀，变成花蝴蝶呀。/五个手指头呀，变呀变呀，变成大老虎呀。"配合诵读，引导者以手指动作的变化来演示"毛毛虫""小白兔""小花猫""花蝴蝶""大老虎"，幼儿就能清晰地感知手指与事物之间的有趣的联系。

第三，表演。表演是将幼儿文学作品的内容全方位地直观地展示出来，表演者成人、幼儿皆可。幼儿戏剧文学作品用表演来呈现是最合适的，其他文体类型的文学作品以表演来呈现能够大大激发幼儿阅读欣赏的兴趣。

无论口述还是静态、动态的呈示展示，都可以配上音乐。文字内容不是太多的，可以同时呈现文字内容，尤其是大班的文学作品学习。

（二）促进阅读欣赏的方法

促进幼儿阅读欣赏的学习方法，就是帮助幼儿感知、理解、感受体验以及感悟反思的方法。下面介绍的方法包括三种类型，一是成人引导提示的方法；二是幼儿展开学习的方法，三是幼儿与成人共同解决问题的方法。

1. 成人引导提示的方法

第一，示范。示范的目的在于为幼儿比较自主的学习活动做出提示。示范主要包括诵读示范和动作示范。诵读示范主要用于儿歌、幼儿诗和篇幅短小的散文的学习，这些作品文辞俱美，让幼儿诵读涵泳是重要的学习方式，示范诵读既能激发幼儿的情绪情感，引领他们走进作品的世界，又能在有声表现的形式上给幼儿一种提示。与示范诵读相应的幼儿的学习行为是倾听跟读，或者独立诵读。动作示范，是指在幼儿以动作来自主理解和体验作品时教师的引导。动作示范引导的一般是部分内容，起提示作用，激发幼儿的想象，以期自主创造。

第二，口述。促进幼儿阅读欣赏的口头表述主要是描述和讲解，当幼儿的理解、体验出现困难时，引导者可以通过描述或讲解加以帮助。

描述，是形象地叙述，常常用来创设情境，恰当的描述有助于幼儿产生强烈的感受，加深对作品的体验。讲解，就是解释、解说，一般以准确、客观为目标。描述和讲解要用幼儿能理解的语言和方式。

促进阅读欣赏的口述也包括诵读和讲述,幼儿在有目的的倾听中也能加深理解和感悟。

第三,呈示展示。呈示展示,就是以图画、图片、模型、动画等来为幼儿理解内容、体验情感以及反思感悟做提示和引导。这一阶段的呈示展示,其目的主要在于让幼儿观察。观察是比感知更为高级的过程,感知是对作品印象的单纯反应,观察则有着明确的目的和方向。

音乐也是一种提示引导的方式,如在感受《母鸡萝丝去散步》的故事氛围时,可以配以与故事基调一致的诙谐幽默的音乐。

口述与呈示展示常常可以结合起来发挥作用。

2. 幼儿展开学习的方法

在成人的引导提示下,幼儿就会参与程度不同的各种自主学习活动。

第一,倾听。感知、理解、体验和反思都可以在倾听中展开。与倾听相对应的引导者的行为是诵读、讲述,或者描述、讲解。

诵读——倾听、讲述——倾听是文学作品学习中应该普遍运用的学习方式。文学作品是语言的艺术,一个成熟的读者是可以仅凭倾听语言的声音来接受作品的,幼儿尚未完全具备这一能力,因而幼儿文学作品的阅读欣赏,往往运用多种学习方法,让幼儿的视觉、听觉、动觉等都参与进来,多通道地相互作用。我们认为在幼儿学习文学作品的过程中,倾听,即纯粹的听觉接受学习是不可或缺的。在多通道相互作用的学习之后,最好还有倾听中的信息加工。

第二,诵读、复述。一般而言,诵读和复述是一种表现作品的方式,即以有声语言来表现文学作品的艺术形象。实际上,对于学习者来说,这同时是一个走进作品的过程。因为以有声语言来表现的基础是诵读者、复述者对作品的理解和感受,而获得理解与感受是要从把握语言形式开始的,把握的方式包括反复的诵读与讲述。

适合诵读学习的一般是儿歌、幼儿诗,以及篇幅短小的散文。适合复述的一般是故事。复述可以是全文的,也可以是局部的。适合全文复述的,一般篇幅短小,语言及结构具有较强的韵律感。篇幅较长的作品,若文中有精彩的片段,如角色对话、场景描述等,可以作局部内容的复述。

诵读和复述是可以广泛运用的学习方法,但要注意避免机械单调。可以适当地结合图画、音乐等,也可以让幼儿相互欣赏分享。

第三,观察。幼儿观察的对象是与作品内容相关的直观的材料,如画面、图片、图标,或者表演场景等。在图画故事的阅读欣赏中,观察是理解感受图画语言必不可少的方式。如学习《母鸡萝丝去散步》,通过观察母鸡和狐狸的神情、形体动作,就可以理解感受角色的情绪心理。

第四,游戏、表演活动。把文学作品的阅读欣赏和加入了音乐、歌舞、动作等的游戏、表演活动结合起来,让幼儿的视觉、听觉、动觉等同时与作品发生作用,帮助幼儿感受体验作品所表现的情趣、情感,或意境、氛围。游戏、表演活动涉及的内容,可以是部分内容,也可以是全文,像儿歌、幼儿诗、散文等篇幅较短的就可以全文展开。

幼儿是游戏、表演的主体,成人引导者是活动的组织者,但有时也可以同时是参与者。

第五,自主阅读。幼儿的自主阅读一般运用在图画故事的学习中。阅读是阅读者自己的知识、经验与文本信息整合的过程,自主阅读给幼儿提供了自由提取、整合信息的机会,这是幼儿作为学习者获得文学阅读经验的必要途径。

3. 幼儿与成人共同解决问题的方法

幼儿与成人共同解决问题的方法,指的是成人引导者和幼儿共同探求如何理解、感受和体验作品的学习活动。它的基本形态是讨论、分享。

讨论、分享是成人引导者和幼儿学习者共同参与的行为。讨论是理解作品时常用的方法,一般由提问引发,幼儿以回答问题的形式表达自己的看法,并分享各自的想法。引发讨论的问题一般由引导者提出,但也可以由幼儿的疑问展开。分享在理解、体验和反思中都可以运用。讨论、分享在故事类作品的阅读欣赏中运用较多。

以上介绍的是阅读欣赏幼儿文学作品的常用学习方法。在幼儿园的文学作品阅读欣赏中,由阅读欣赏常常延伸出文学创造活动,即文学作品的仿编和创编,仿编和创编有时也能进一步深化阅读欣赏,尤其是在语言形式层面上。

第三节　幼儿文学作品学习方法的选择

幼儿文学作品学习选择什么样的学习方法,主要依据的是文学作品学习的目标和内容。

一、学习方法的选择要符合幼儿文学作品学习的目标

方法与目标是统一的,目标是方法的灵魂。幼儿文学作品学习方法的选择要符合幼儿文学作品学习的目标。

(一)幼儿文学作品学习的目标

幼儿文学作品学习的目标主要在于培养幼儿的基本文学素养,具体地说就是激发幼儿对幼儿文学的兴趣,培养幼儿对文学的正确态度和一定的阅读能力。幼儿具有基本文学素养的表现主要在于两个方面:一是喜欢阅读文学作品,如喜欢听故事,念儿歌;二是能够比较敏锐地感知儿歌、童话、图画故事等幼儿文学作品的形式与意蕴,如幼儿喜欢跟读韵律感强的儿歌,韵律感强是儿歌形式的魅力。

幼儿文学作品学习的目标中蕴含着社会对幼儿发展的期待、特定的文学阅读观念以及对幼儿发展特征的认识。

(二)幼儿文学作品学习活动的任务

要实现幼儿文学作品学习的目标,使幼儿获得基本的文学素养,需要成人的引导和帮助,与此相应,幼儿文学作品学习活动要承担的任务主要是以下四个方面。

1. 让幼儿接触优秀的文学作品

幼儿文学作品的质量有高低之分，只有优秀的作品才有助于幼儿养成纯正的文学素养，所以幼儿阅读的作品必须是经过选择的。把优秀的作品带给孩子，是开展幼儿文学作品学习的首要任务。

2. 帮助幼儿关注文学作品的表现形式，感受文学语言的美

文学是语言的艺术，幼儿文学作品的语言风格是多元的，或质朴，或优美，或诙谐，幼儿文学作品的学习要引导幼儿关注作品的语言形式，感受其丰富的美感。

3. 帮助幼儿理解作品内容，感受体验作品所表现的情绪、情感，并能在体验中获得一定的感悟

理解和分析是幼儿文学作品阅读的重要方式，是必不可缺的，但是，它们只是中点，而非终点，文学作品学习的终点是体验，以及体验之后的感悟反思。

4. 帮助幼儿以合适的阅读态度与方法接受不同样式的文学作品

不同文体样式的文学作品有不同的读法，即读什么和怎么读是有差异的。如儿歌的音乐性是首要的审美因素，感受儿歌的韵律之美就是阅读欣赏儿歌的主要内容，朗声诵读是感受韵律的重要方法。又如，童话是幻想的艺术，很多时候它无需遵守现实生活的逻辑，如果以生活中的真假观念来衡量童话情节的合理性，那就不是合适的态度，体会不到童话的魅力。再如，图画故事是图文共奏的艺术，阅读欣赏图画故事就应读文、观图结合起来。幼儿文学作品学习的任务之一，就是帮助幼儿逐步获得幼儿文学作品阅读的方法，并能运用在自主阅读中。

幼儿文学作品学习的方法是为实现以上学习目标和任务服务的。

二、学习方法的选择要适合特定的学习内容

学习过程中的方法总是具体的，与特定的学习内容相关。不同文体类型的幼儿文学作品具有特定的学习内容，学习方法的选择要适合学习内容。

（一）不同文体文学作品学习的内容与方法

下面将要介绍的幼儿文学作品学习的内容，是从每一类文体特征的角度提出的，也就是某一文类作品的共性。对于一篇具体的作品来说，学习内容还应该结合该作品的特点来确定，即共性与个性要相结合。

1. 儿歌的主要学习内容与方法

儿歌具有显著的音乐性、情趣性和游戏性，感受、体验儿歌的音乐性、情趣性和游戏性是儿歌学习的主要内容。

与"音乐性"相关的共性内容是节拍和韵脚。具体作品的个性内容则各不相同，有的是词语上的，如叠音词；有的是句式上的，如问答歌、字头歌；有的是修辞上的，如顶针连锁。

与"情趣性"相关的共性内容是洋溢在儿歌中的欢乐的情调。具体作品的情趣有的是内

容上的,如有趣的情节和细节,有趣的角色形象;有的是语言形式上的,如连锁调的顶针续麻制造的声音情趣。

与"游戏性"相关的共性内容是来自语音的游戏性。除了语音的游戏,有的儿歌还表现为身体的游戏和智力的游戏。

诵读和游戏是儿歌学习的主要方法,因为幼儿学习儿歌不是要分析儿歌的音乐性、情趣性和游戏性是如何表现的,而是要去感受和体验儿歌的魅力。诵读儿歌时,幼儿的身心应该处于游戏状态,为了帮助感受儿歌的节奏,诵读时可以配以身体动作,或拍手,或跺脚。除非篇幅较长,幼儿诵读儿歌最好熟练到能够背诵,这样才能充分感受儿歌的音乐性、趣味性和游戏性。

为了充分感受儿歌的情趣与游戏性,游戏也是儿歌学习常用的方法。游戏一般有两种类型,一类是边诵读儿歌边用形体动作来表演,另一类是一边念诵一边做游戏。

2. 幼儿故事的主要学习内容与方法

这里的"幼儿故事"涉及的文体有童话、幼儿生活故事、幼儿科学文艺、图画故事,以及神话、传说、民间故事等。幼儿故事情节连贯,形象生动,是幼儿喜闻乐见的艺术形式。

幼儿故事学习内容的关键词是:情节与结构、角色形象、语言形式、情调或意味。特定作品的学习内容应根据文本的特点来确定。

第一,情节与结构。幼儿故事强调情节的完整连贯与生动有趣。从完整连贯而言,学习故事类作品要求理清情节与结构。从生动有趣而言,学习内容包括三个方面。其一,感知情节的生动性,或曲折、或奇巧、或出人意料、或温暖动情等,具体的内容须根据作品的个性特征来确定。其二,感知细节、场景的趣味。其三,关注情节的结构,即开始意识到情节的生动是与情节结构有关的,如悬念、反复、巧合、夸张、意外等,这一般是大班幼儿的学习内容。

第二,角色形象。关于角色形象,主要的学习内容是理解把握角色形象的个性。个性是通过角色的具体行为和言语表现出来的,有的还涉及与其他角色的关系,因而理解把握角色言行和角色之间的关系是把握角色个性的切入点。另外,有的故事作品中角色的情绪、情感变化也是需要关注的学习内容。

第三,语言形式。关于语言形式的学习内容包括两个方面。其一是语言的风格,如质朴、幽默、优美等;其二是韵律感,有的表现在语音上,有的表现在结构形式上,有的两个层面都有表现。

第四,情调意味。有的故事类作品蕴含着特定的情调或一定的意味,如抒情型童话。这一类作品的学习,体验故事蕴含的情调或意味也是学习内容之一。

故事类作品的学习方法相对复杂一些,这是因为学习内容涉及多个方面。

倾听讲述和自主复述是有关情节和结构的主要学习方法,成人讲述时,幼儿是在倾听中感知;复述则是幼儿的讲述,这能促使幼儿整合全篇信息梳理情节线索。感知细节、场景的趣味还可以采用表演的方法。

讨论是理解把握角色个性常用的方法,幼儿在成人的引导下,与同伴或者成人聊一聊角色的言行及相互间的关系,分享各自的感受与想法,这能够帮助幼儿准确把握角色的个性特征。表演是感受体验角色心理的有效方法。

感受语言形式的主要方法是倾听讲述、复述与表演。不管是故事语言风格还是韵律感,幼儿倾听成人讲述都是合适的学习途径。复述在这里要注意运用的细节,若是要让幼儿发现结构形式的韵律感,那就复述情节线索,鼓励幼儿用自己的语言讲述;若复述的目的是感受语言的风格、语音的韵律,那就应该按照原文来讲述体验。表演特别适用于感受诙谐幽默、富于动感的语言风格。

感受体验情调意味的主要方法是倾听,一般而言,成人的讲述能够使蕴含在字里行间的情调意味鲜明化,在声音的倾听中比较容易感知。有时候合适的音乐也能帮助幼儿感受体验。

3. 图画故事的主要学习内容与方法

上文的"幼儿故事"包含图画故事,是从故事性的视角来看学习内容和方法的。这里单列图画故事,是从故事表现媒介的特殊性来看的。

图画故事学习内容的关键词是"整本书阅读"和"图文合奏"。

第一,整本书阅读。图画故事大多是以图画书的形式呈现的,这与其他单篇的幼儿故事有很大的不同,学习图画故事得掌握"图画书"的读法才能更好地走进故事。图画书的构成形式封面、环衬、扉页、正文、封底等都是具有阅读价值的,阅读欣赏一本图画书,所有这些构成形式呈现的信息都是学习的内容。另外,幼儿自主逐页翻阅也应该是一项学习内容。

第二,图文合奏。在图画故事中图画是不可或缺的,大多数的图画故事是由图画和文字共同来讲述故事的,图画与文字呈现出一种互补的关系,具有交互作用。从这个特性而言,图画故事的学习内容是:读文字与图画共同讲述的故事;看文字和图画如何共同讲述故事。其中读图画语言色彩、线条、视角、细节等如何讲述故事是成人引导者需要特别关注的学习内容。

图画故事的学习方法应根据学习内容来选择。就整本图画书的阅读而言,讲述——倾听、自主阅读都是必需的。成人依据图画书的构成形式讲述,不仅仅是向幼儿描述故事内容,也提供了整本书阅读的方法。幼儿自主阅读,即一页页地翻阅图画书,是幼儿学会自主读整本书必要的学习方法。

关于图文共奏相关的学习内容,常用的方法是成人讲述与幼儿参与的结合。成人讲述,示范如何图文共奏,在这个过程中引导幼儿观察图画,看图画如何表情达意;幼儿在倾听和观图中,理解、体会图文关系。幼儿和成人共同解决问题后,还应该给予幼儿自主阅读的机会。

4. 幼儿散文的主要学习内容与方法

幼儿散文构思精巧,想象奇特;语言活泼自然,明净流畅;趣味盎然,洋溢着童真之美。

幼儿散文学习内容的关键词是:韵律、意境、童趣与童真,学习的主要内容就是:感受语言形式活泼流畅的韵律、富于情趣的细节和图景,以及优美的意境;感受童真,体验美好的感情。

幼儿散文的主要学习方法是倾听感受、情景表演和诵读。倾听声情并茂的诵读,这一简单的方法几乎适用于幼儿散文的每一项学习内容。感受语言形式的韵律自不待言,对于富于情趣的细节、情景交融的意境、美好的感情来说,倾听也是适用的方法,因为诵读的声音里融进了诵读者的感受,它可以引领幼儿更好地走进作品。情景表演是幼儿的行为,主要用来表现图景、意境,并体验感情。幼儿若能诵读作品,即使是与教师等一起诵读,都是具有与倾听同样功能的学习方法。

5. 幼儿诗的主要学习内容与方法

幼儿诗情味纯真,韵律明快,语言浅白,形象可感。

幼儿诗学习的主要内容是:感受诗歌的音韵、意境之美,以及纯真的情味。感受诗歌的音韵美,关注点是语言形式;感受意境之美,关注点是情景交融的画面图景;感受纯真的情味,关注点主要是诗歌中奇特的想象、天真的疑问或稚拙的言行等充满童趣的表现。

幼儿诗学习的主要方法是倾听和诵读。倾听成人的诵读,可以引领幼儿走进作品,感受诗歌形式与情感之美。幼儿自己的诵读,既是表现自己感受的方式,同时也是进一步体验作品的桥梁。幼儿诵读诗歌的声音响度不求一致,可大可小,关键是情真意切。

另外,幼儿戏剧文学的接受具有特殊性,一般很少像其他类型的作品进行阅读欣赏。幼儿戏剧文学一般是供表演的脚本,幼儿通过表演来欣赏。在比较正式的表演中,幼儿可以是表演者,也可以是纯粹的欣赏者。当然,幼儿戏剧文学也可以日常听读的方式进行欣赏,但必须结合表演、游戏,也就是成人讲述、朗读时,要让幼儿参与扮演其中的角色,共同来呈现戏剧故事的内容。

(二) 幼儿文学作品学习方法选择的案例评析

在依循学前幼儿文学作品学习目标的前提下,合理的学习方法应该能够适合特定的学习内容。下面以大班幼儿阅读欣赏散文诗《嫩芽儿》为例,来看看学习方法和学习内容的契合性。

1. 作品信息

第一,《嫩芽儿》文本内容。

嫩 芽 儿

一个嫩芽儿,躲在土地妈妈的怀里。它一点儿一点儿探出头来,看看这,瞧瞧那,又把自己藏了起来。

太阳说:"别怕,别怕! 只要我一晒,你就会露出可爱的小脸。"

春风说:"别怕,别怕! 只要我一吹,你就会伸出可爱的小手。"

雨露说:"别怕,别怕! 只要我一洒,你就会长出可爱的小脚。"

于是,嫩芽儿扭啊扭啊,越长越高,它们手拉着手,高兴地跳起了舞。

第二,《嫩芽儿》内容与形式的特点。

《嫩芽儿》是一首散文诗,兼具诗歌和散文的特征,情味纯真,情景交融,形象图景情趣盎然。太阳、春风和雨露爱抚嫩芽儿的情境温馨和美,嫩芽儿的形象活泼可爱,生机勃勃,充满童趣。

全篇语言活泼,富有动感,动词丰富,动态描摹生动形象;形式结构具有韵律之美,既有相同句式、平行结构带来的整齐的节奏,又长短句结合,错落有致。

2. 活动实录

以下实录呈现的活动是在大班开展的,活动过程大约 16 分 40 秒。

"嫩芽儿"活动实录

环节一　整体感知

(教师和小朋友一起跳舞进场)

师:小朋友都很喜欢到外面去玩,对不对?

幼:(集体)对。

师:有个小嫩芽呀,它也很想看看外面的世界。可是它怎样才能从土地妈妈的怀里钻出来呢? 一起来听一听,好吗?

(播放背景音乐)

师:(诵读)一个嫩芽儿,躲在土地妈妈的怀里。它一点儿一点儿探出头来,看看这,瞧瞧那,又把自己藏了起来。太阳说:"别怕,别怕! 只要我一晒,你就会露出可爱的小脸。"春风说:"别怕,别怕! 只要我一吹,你就会伸出可爱的小手。"雨露说:"别怕,别怕! 只要我一洒,你就会长出可爱的小脚。"于是,嫩芽儿扭啊扭啊,越长越高,它们手拉着手,高兴地跳起了舞。

师:好,刚开始的时候嫩芽躲在哪里啊?

幼:(个别)土妈妈的怀里。

师:哦,一起告诉我就可以了!

幼:(集体)土妈妈的怀里。

师:嗯,它探出头来,看看这,瞧瞧那,又把自己……

幼:(个别)藏起来了!

师:你觉得为什么会这样呢?

幼:(个别)害羞。

师:害羞,说得真不错。还有吗?(停顿)嫩芽儿啊,的确很胆小,幸好大家都来关心它了。谁在关心嫩芽儿?

幼:(个别)太阳。

师:太阳,还有吗? 不用举手,你就告诉我好啦。

幼:(个别)风。

幼:(个别)雨。

环节二　学习太阳、春风、雨露抚慰嫩芽儿部分

◆ 播放诵读录音，幼儿带着问题倾听。

师：嗯，它们是怎么样关心嫩芽儿的呢？（停顿，有一位小朋友举手）

师：哦，大部分小朋友都不太知道。没关系，我们再来仔细地听一遍，这一次请你听清楚，谁在关心嫩芽？它们是怎么样关心嫩芽的？

（播放教师自己的诵读录音；教师根据内容呈现相关的教具）

◆ 师幼问答式诵读太阳、春风、雨露的话语。

师：这次你听清楚了吗？谁在关心嫩芽儿？一起说吧。

幼：（集体）太阳、风、雨。

师：噢，说三样东西的时候，说到最后可以用一个"和"字：太阳、春风和雨露都在关心嫩芽儿。那么，太阳是怎样关心嫩芽儿的？它怎么说的？一起告诉我。

幼：（集体）别怕，别怕！只要我一晒，你就会露出可爱的小脸。（教师在幼儿复述回答的同时做相关动作）

师：哟，听得真仔细，才听了两遍就能说得这么好！了不起啊！春风是怎么关心嫩芽儿的呢？

幼：（集体）别怕，别怕！只要我一吹，你就会伸出可爱的小手。（教师在幼儿复述回答的同时做相关动作）

师：雨露……

幼：（集体）别怕，别怕！只要我一洒，你就会长出可爱的小脚。（教师在幼儿复述回答的同时做相关动作）

师：真好。现在就请小朋友，我们一起来学太阳、春风和雨露关心小嫩芽儿，看看它能不能长出来，好吗？

（播放背景音乐）

师：我们一起来学太阳、春风和雨露关心小嫩芽儿，看看它能不能长出来啊！

师：一个嫩芽儿，躲在土地妈妈的怀里。它一点儿一点儿探出头来，看看这，瞧瞧那，又把自己藏了起来。太阳说……（教具、动作辅助）

幼：（集体）别怕，别怕！只要我一晒，你就会露出可爱的小脸。（教师以教具、动作辅助）

师：春风说……

幼：（集体）别怕，别怕！只要我一吹，你就会伸出可爱的小手。（教师以教具、动作辅助）

师：雨露说……

幼：（集体）别怕，别怕！只要我一洒，你就会长出可爱的小脚。（教师以教具、动作辅助）

师：于是，嫩芽儿扭啊扭啊，越长越高，它们手拉着手，高兴地跳起了舞。

◆ 以不同的语气表现太阳、春风、雨露的话语。

师：好，小朋友说得都不错。但是啊，如果能够用不同的语气来说话，那就更好听。
　　太阳说话像爸爸，很有力量。我们来试试看啊。太阳说……

幼：（集体）别怕，别怕！只要我一晒，你就会露出可爱的小脸。

师：哦，我觉得男孩子的声音我不太听得到。男孩子学爸爸会更加像，我们再来一
　　次，好吗？太阳说……

幼：（集体）别怕，别怕！只要我一晒，你就会露出可爱的小脸。（教师以教具、动作
　　辅助）

师：啊，这回听到男孩子的声音了。嗯，真好！春风说话像谁？

幼：（个别）妈妈。

师：哦，像妈妈。很温柔，慢慢地，轻轻地。春风说……

幼：（集体）别怕，别怕！只要我一吹，你就会伸出可爱的小手。（教师以教具、动作
　　辅助）

师：嗯，真好听。雨露说话像谁？

幼：（个别）宝宝。

师：宝宝，像小孩子对吧！嗯，说话很活泼，很开心。哦，语速有点快。雨露说……

幼：（集体）别怕，别怕！只要我一洒，你就会长出可爱的小脚。（教师以教具、动作
　　辅助）

师：嗯，再来一次，更加像小孩子一点哦，很活泼的。雨露说……

幼：（集体）别怕，别怕！只要我一洒，你就会长出可爱的小脚。（教师以教具、动作
　　辅助）

师：好，这次就请小朋友用不同的语气，好听的话来关心一下小嫩芽儿。

（播放背景音乐）

师：前面会说的可以跟我一起说啊！一个嫩芽儿，躲在土地妈妈的怀里。它一点儿
　　一点儿探出头来，看看这，瞧瞧那，又把自己藏了起来。太阳说……

幼：（集体）别怕，别怕！只要我一晒，你就会露出可爱的小脸。

师：春风说……

幼：（集体）别怕，别怕！只要我一吹，你就会伸出可爱的小手。

师：雨露说……

幼：（集体）别怕，别怕！只要我一洒，你就会长出可爱的小脚。

环节三　诵读作品

师：说得真好！现在啊，我们把前面和后面的话也加进去，好不好？跟着老师来试
　　试看吧。

师幼：一个嫩芽儿，躲在土地妈妈的怀里。它一点儿一点儿探出头来，看看这，瞧瞧
　　　那，又把自己藏了起来。太阳说："别怕，别怕！只要我一晒，你就会露出可爱

的小脸。"春风说:"别怕,别怕! 只要我一吹,你就会伸出可爱的小手。"雨露说:"别怕,别怕! 只要我一洒,你就会长出可爱的小脚。"于是,嫩芽儿扭啊扭啊,越长越高,它们手拉着手,高兴地跳起了舞。(教师诵读的同时以教具、动作辅助表现,部分幼儿不由自主地加入了动作)

师:说得真好。现在我们听着音乐再来说一遍吧。

(播放音乐,幼诵读全文,教师的诵读声比第一遍轻、弱,教师继续以教具、动作辅助表现,幼儿自由加入动作)

环节四　诵读表演

◆ 诵读表演"太阳晒""春风吹""雨露洒"部分

师:嗯,学得真好! 那么接下来啊,老师又有问题了啊。如果你是太阳,你会怎样把光芒晒到小嫩芽的身上呢? 哦,来,你来教教我,是怎么晒的。

(一女孩子上台表演)

师:哦,是从上往下晒的。有没有从不同方向晒到小嫩芽身上? 好,你来说说看。

(一男孩子表演)

师:哦,更大一点。好,每个小朋友可以做自己喜欢的动作,我们一起来说说看。只要我一晒,你就会露出可爱的小脸。(幼儿自由表演)

师:哦,有的小朋友是这样露出来的,这个动作真好看。

师:那么,如果你是春风,你会怎样把风吹到小嫩芽儿的身上呢?

(幼儿自由表演)

师:噢,有的小朋友这样直的吹下来,有的是很快的,我们来试试看。只要我一吹,你就会伸出可爱的小手。怎么伸?(幼儿自由表演)

师:真棒! 那么如果你是雨露,你会怎样把雨水洒到小嫩芽儿的身上?

(幼儿自由表演)

师:噢,男孩子这样抖抖的;嗯,你是很慢的,也很好;噢,还有曲线的,真不错! 还有这样,很好!(教师指着幼儿不同的动作评价)

师:这次呢就请小朋友用好听的话,然后用各种各样的动作,我们一起来关心小嫩芽儿。

(播放背景音乐)

师:好,跟着我一块说吧。

师幼:一个嫩芽儿,躲在土地妈妈的怀里。它一点儿一点儿探出头来,看看这,瞧瞧那,又把自己藏了起来。太阳说……

幼:(集体)别怕,别怕! 只要我一晒,你就会露出可爱的小脸。(幼儿边说边以动作表演)

师幼:春风说……

幼:(集体)别怕,别怕! 只要我一吹,你就会伸出可爱的小手。(幼儿边说边以动作

表演）

师幼：雨露说……

幼：（集体）别怕，别怕！只要我一洒，你就会长出可爱的小脚。（幼儿边说边以动作
　　表演）

师幼：于是，嫩芽儿扭啊扭啊……

师：怎么扭？（幼儿以动作自由表演）

师：哦，很好。

师幼：于是，嫩芽儿扭啊扭，越长越高，它们手拉着手，高兴地跳起了舞。（幼儿自由
表演）

◆　全篇诵读表演

◇　想象小嫩芽长大后变成了什么。

师：嗯，说得很棒，表演得也很好！接下来，老师要请你们猜一猜这个小嫩芽儿长大
　　了之后会长成什么呢？

幼：花。

幼：苹果树。

师：哦，有长成花，有长成树。还有？这位孩子，你说。

幼：丝瓜。

师：哦，丝瓜，等一下你就变成一根丝瓜让我看看是怎么样的。还有什么？

幼：大蒜。

（小朋友纷纷抢着说出自己想到的东西，教师倾听）

师：好的，我知道小朋友有各种各样的想法，没关系，不着急。这一次就请小嫩芽们
　　自己想好，你想长成一种什么植物，等到音乐结束的时候，停一下，让我来猜一
　　猜你长成了什么，好吗？

◇　全文诵读表演

师：好，请小嫩芽儿自己想一个动作，躲到土地妈妈的怀抱里。

师：嗯，有的小朋友是这样躲的；噢，两条腿跪在地上；有的小朋友是把脚翘起来的，
　　小脸是怎么样躲起来的啊？躲的动作都不一样，哇，这里的小嫩芽是悄悄地躲
　　的，闭上了眼睛；哟，这个小嫩芽儿很特别，他是侧着身子躲的，躲得真好！

（播放音乐）

师：好，准备。

师：你可以跟我一起说。

师幼：一个嫩芽儿，躲在土地妈妈的怀里。它一点儿一点儿探出头来，看看这，瞧瞧
　　　那，又把自己藏了起来。太阳说：“别怕，别怕！只要我一晒，你就会露出可爱
　　　的小脸。”（教师、幼儿边诵读边表演）

师：我看看。哟，小嫩芽的脸都露出来了，真好！

师幼:春风说:"别怕,别怕! 只要我一吹,你就会伸出可爱的小手。"(教师、幼儿边诵读边表演)

师:啊,这个女孩子刚才是斜着长的,真好看。

师幼:雨露说:"别怕,别怕! 只要我一洒,你就会长出可爱的小脚。"于是,嫩芽儿扭啊扭啊,越长越高……(教师、幼儿边诵读边表演)

师:长成了各种各样的植物。好,我要来猜了啊!

(幼儿摆好最后的造型)

师:哦,这棵高高的是不是松树呀?

(一女孩子点头)

师:哦,这里有一棵低低的是什么呀?

幼:小草。

师:我看看,那边有一个长得很怪的是什么? 是什么?

幼:仙人掌。

幼:土豆。

(小朋友争先恐后地请老师猜自己表演的动作)

◆　分角色诵读表演

师:接下来呢,你可以选择来当太阳、春风和雨露来关心小嫩芽儿。你也可以选择来当小嫩芽儿。

幼:我当小嫩芽儿!

师:谁愿意来关心小嫩芽儿。好,这样,愿意关心小嫩芽儿的小朋友先请你到这边。

师:好,请小嫩芽儿赶紧想个动作躲到土地妈妈的怀抱里。嗯,聪明的孩子会找一个碰不到别人的地方。

师:准备好了吗?

幼:准备好了。

师:好,关心小嫩芽儿的小朋友等一下说话的口气,还有用什么动作自己想一想。

(播放背景音乐)

师:一个嫩芽儿,躲在土地妈妈的怀里。它一点儿一点儿探出头来,看看这,瞧瞧那,又把自己藏了起来。太阳说……

幼:别怕,别怕! 只要我一晒,你就会露出可爱的小脸。

师:春风说……

幼:别怕,别怕! 只要我一吹,你就会伸出可爱的小手。

师:那么请春风,请春姑娘把风吹到小嫩芽儿身上去好吗?

(幼儿表演)

师:哇,真好! 雨露说……

幼:别怕,别怕! 只要我一洒,你就会长出可爱的小脚。

师:哦,长出可爱的小脚。我看看小嫩芽儿长出来了没有。于是,嫩芽儿扭啊扭啊。
　　我看看,哟,扭得真好看,越长越高,长成了各种各样的植物。嗯,你们可以相互
　　猜一猜。长成了什么?
(小朋友互相猜)
师:小嫩芽儿们手拉着手,高兴地跳起了舞。它们跳起了什么舞呢?
师:嗯,你可以找一个朋友一起跳。
(播放开场舞蹈的音乐,教师和幼儿一起跳舞退场)

3. 学习方法与学习内容

(1)学习内容。散文诗阅读欣赏的主要目标是帮助幼儿获得内容、形式之美的体验和感受。《嫩芽儿》阅读欣赏的具体内容是:感受嫩芽儿生长过程中美好而有趣的图景;体验嫩芽儿、太阳、春风和雨露的情态和情感;感受、体验语言形式之美。

(2)各活动环节的主要学习内容与学习方法。整个活动分为四个主要环节,主要学习内容和学习方法具有一致性。

第一环节,整体感知。这一环节的重心是感知作品。教师以声情并茂的配乐诵读来呈现作品,幼儿则以倾听来全面感知。随后,教师以提问引导幼儿关注作品的内容,帮助幼儿理清、理解内容。

第二环节,学习重点部分,理解感受太阳、春风、雨露抚慰嫩芽儿的图景,体验温馨和美的情感。这一环节分为三个步骤。

其一,播放诵读录音,聚焦形象,幼儿带着问题倾听:谁在关心小嫩芽儿,它们怎么关心嫩芽儿的?

其二,师幼问答式诵读太阳、春风、雨露的话语,诵读时教师以教具、动作等辅助表现,帮助幼儿理解、记忆作品内容。

其三,幼儿以不同的语气诵读表现太阳、春风、雨露的话语,教师以描述提示幼儿,并操作教具或配合动作辅助表现。这一步的学习是帮助幼儿感受、体验温馨和美的情感。

第三环节,诵读作品。幼儿在教师的示范引领下,诵读整篇作品两遍。其中第二遍配以音乐,教师引导的诵读声音减弱。诵读时,教师操作教具、配合动作辅助表现,部分幼儿自由加入动作进行表演。

第四环节,诵读表演。幼儿在教师的引领下,创编动作,以形体语言和有声语言共同表现作品。这一环节分为三个步骤。

其一,创编动作,诵读表演"太阳晒""春风吹""雨露洒"部分。配以音乐,师幼共同表现。

其二,全篇诵读表演。这里包括两个流程,首先幼儿在教师的提问引导下,想象小嫩芽儿长大后变成了什么植物。这是为表演做准备,因为最后要求每个人以自己想象的植物造型。接着就是教师与幼儿共同诵读表演作品。

其三,分角色诵读表演。幼儿按嫩芽儿和太阳、春风、雨露分成两组,边诵读边分角色表

演，游戏气氛浓郁。教师参与诵读引导。

在有声感受中以形体表现所感受到的情境与情感，既是表现，也是体验，幼儿在表现中一定是有画面感的。

（3）主要学习方法的意义。

其一，倾听与诵读。

幼儿的倾听与诵读都是通过声音形式走进作品。语言和形式结构上的韵律感由声音可以直接感知体会，情景交融的诗意图景则在由声音刺激引发的想象中呈现。

四个环节的学习活动中，教师声情并茂的诵读声一直在持续。第一环节，幼儿是在倾听中初步感知整个作品；第二环节，幼儿一开始带着问题倾听，重心在理解，而随后与教师互动中的倾听则是感知理解、感受体验俱在；第三环节，幼儿边倾听边诵读，倾听是一种感受与引导，幼儿在教师的示范诵读声里获得情感体验和声音表现的启示；第四环节，要达到的是一种游戏状态，幼儿倾听教师的诵读声还具有调动情绪的作用。本次活动中的倾听感受做得相当充分，整体感知比较到位，这其中教师比较完美的诵读是一个重要因素。

声情并茂的诵读是以理解感受为基础的创造性的表现，幼儿必须先获得形象感受和情感体验才能以有声语言创造作品所表现的艺术形象。教师采用的方法是：让幼儿在诵读中学习诵读，教师以教具操作、动作表演等呈示展示以及口述来提示引导幼儿理解想象图景、感受体验情绪情感。教具和动作给幼儿带来了视觉形象和动感，对嫩芽儿、太阳、春风、雨露这些形象以及相关图景的想象就具体起来了。在要求以不同语气表现太阳、春风和雨露的话语时，教师用提问、描述来提示幼儿迁移经验：太阳说话像爸爸，很有力量；春风说话像妈妈，很温柔、慢慢地、轻轻地；雨露说话像小孩子，很活泼，很开心，语速有点快。在这样的引导下，幼儿的经验被调动起来了，诵读声里就有了真切的感受。

其二，形体表演。

本次活动中幼儿的形体表演其实是一种角色扮演，它可以激活三个方面。一是想象情境，眼前出现了作品中有情有趣的图景，形体表演才能真切地展开；二是感受体验情绪、情感和情趣，如用形体表现嫩芽儿的生长状态，生长的欢乐就在其中，若没有欢乐和生气，形体就会是机械僵硬的；三是进入游戏状态。

形体表演在学习活动中是与诵读结合在一起的，二者相互促进，感受体验都会更加深入。

形体语言应该是有感觉的。教师要求的幼儿形体表演是在第四环节才进行的，也就是说，形体表演建立在理解感受的基础上，这样的形体语言是发自内心的，就是有感觉的。在第三环节的诵读中，已经有部分幼儿不由自主地开始了形体表现，这种不由自主是形体表演最理想的状态。

需要注意的是，第四环节的第一步是学习用动作表现"太阳晒""春风吹""雨露洒"，这里教师的评价语大多是关于动作的形态的，如"哦，是从上往下晒的""有没有从不同方向晒到小嫩芽身上"，若能对形体感觉的提示有所侧重，引导的方向会更符合感受体验文学作品这一学习内容。

探讨

◆ 2012 年 9 月教育部颁布的《3—6 岁儿童学习与发展指南》从健康、语言、社会、科学、艺术五个领域描述了幼儿的学习与发展。请阅读本章附录中有关语言领域的阐述,并思考与讨论:哪些发展目标和教育建议与幼儿文学作品学习有关? 幼儿文学作品学习在促进其他语言领域发展目标中可以起到什么样的作用?

◆ 学习本章之前写下的"问题"都解决了吗? 和老师、同学合作探讨尚未解决的问题。

 思考与实践

一、"幼儿文学作品学习"的含义是什么? 请判断分析下面的案例。

1. 在学习《数蛤蟆》的活动中,哪一项活动目标是属于文学作品的学习? 为什么?

数　蛤　蟆

一个蛤蟆一张嘴,

两只眼睛四条腿,

扑通一声跳下水。

两个蛤蟆两张嘴,

四只眼睛八条腿,

扑通、扑通跳下水。

活动目标:

(1) 诵读儿歌,练习计数。

(2) 诵读儿歌,了解蛤蟆的形态特征。

(3) 诵读儿歌,做蛤蟆跳水的游戏。

(4) 诵读儿歌,在游戏状态中读出回环往复的节奏感。

2. 下面是中班学习问答歌《什么东西弯又弯》的活动,请判断分析是否属于文学作品学习。如果以这一活动设计为基础展开文学作品的学习,你有什么建议?

◆ 活动目标

(1) 学念儿歌,感受儿歌一问一答的句式及节奏感。

(2) 大胆尝试将"弯"的物体编入儿歌。

◆ 活动准备

(1) 教师熟悉《什么东西弯又弯》的内容,能富有情趣地朗诵。

什么弯弯在天上? 月亮弯弯在天上。

什么弯弯在两边? 牛角弯弯在两边。

什么弯弯在脸上? 眉眼弯弯在脸上。

什么弯弯在河边? 杨柳弯弯在河边。

(2) 挂图一张;弯弯的东西以及卡片若干。

◆ 活动过程

(1) 欣赏儿歌《什么东西弯又弯》

① 教师朗诵儿歌一遍。

师:像这样一问一答的儿歌就叫做问答歌。

② 出示挂图,教师再朗诵儿歌一遍。

(2) 幼儿学念儿歌

① 集体跟着教师学念儿歌两遍。

师:怎么样才能念得更好听些呢?

② 师幼合作以问答形式念诵儿歌两遍。

③ 幼儿合作念诵儿歌一遍。

(3) 尝试创编儿歌

① 出示各种弯弯的东西,幼儿尝试把它们编入儿歌。

② 教师小结,并做示范。

③ 四人一小组创编问答歌。

师:生活中除了这些东西是弯弯的,还有很多别的东西也是弯弯的,它们不仅可以在天上,也可以在树上……

3. 下面是大班幼儿学习图画故事《母鸡萝丝去散步》的三个案例,根据主要活动环节,请判断分析是否属于文学作品学习。

◆ 活动一

环节一　运用 PPT 展示图画书封面导入。

环节二　播放和图画书风格一致、声情并茂地讲述故事内容的动画。

环节三　引导幼儿回忆母鸡散步的路线以及狐狸跟踪母鸡的路线,熟悉地点名词和动词。具体内容:PPT 出示母鸡散步经过的每一个地点,请幼儿看图说出地点名称,并学一学母鸡的样子,教师贴出写着动词的卡片;接着提问:在这里发生了什么事? 请幼儿回忆、讲述,并出示图片帮助幼儿扩充。

环节四　根据图画书内容,完成动名词连线练习。

环节五　播放动画,讨论外出的注意事项。

◆ 活动二

环节一　运用 PPT 展示图画书封面导入,引导幼儿观察人物神态及背景。

环节二　在教师的个别辅导下,幼儿自主阅读图书。

环节三　引导幼儿说说看到的事。

环节四　说说母鸡散步的路线,播放部分动画;说说狐狸跟在母鸡身后发生的事。

环节五　根据 PPT 显示的内容,学习动词;根据动词连贯地讲述故事。

环节六　播放动画,讨论外出的注意事项。

◆ 活动三

环节一　运用 PPT 展示图画书封面导入,观察图片细节。

环节二　逐页以 PPT 出示图画故事内容,请幼儿观察图画,讲述看到的事情。

环节三　讨论分析狐狸跟踪母鸡失败的原因。

环节四　结合 PPT,教师与幼儿合作讲述故事。

二、在阅读欣赏幼儿文学作品中,常用的学习方法有哪些? 选择学习方法的依据是什么?

三、阅读下面的活动实录,梳理并讨论:学习内容是什么,符合作品的文体特征吗? 学习方法适合学习内容吗?

1. 小班儿歌《手指歌》的学习活动

◆ 作品

手指歌

一个手指头呀,变呀变呀,变成毛毛虫呀。

两个手指头呀,变呀变呀,变成小白兔呀。

三个手指头呀,变呀变呀,变成小花猫呀。

四个手指头呀,变呀变呀,变成花蝴蝶呀。

五个手指头呀,变呀变呀,变成大老虎呀。

◆ 活动实录

师:今天,老师要请小朋友猜个谜语。小朋友可要仔细听了,好不好?

幼:好!

师:"一样东西人人有,一只左来一只右,吃饭穿衣全靠它,它是我的好朋友。"猜猜看是什么?

幼:筷子。

师:哦,一听到吃饭就认为是筷子,老师觉得有道理。 不过我们穿衣服也靠它啊,再仔细想想是什么?

幼:不知道,不知道。

师:一样东西人人有,一只左来一只右,吃饭穿衣全靠它,它是我的好朋友。是什么呀?

　　(教师边念诵边举起了自己的手,马上有幼儿反应过来了)

幼:小手。

师:对了,是我们的小手,它是不是我们的好朋友呀?

幼:是。

师:那我们一起来数数看,我们的左手和右手一共有几个手指头。来,我们先数右手。

　　(老师举起右手用左手一个个点着数,幼儿学着老师的样子)

师幼:一、二、三、四、五。

师:有几个手指头呀?

幼:五个。

师:嗯,那我们接下来数数左手。(师幼换成右手数左手)

师幼:一、二、三、四、五。

师:呀,我们左手也有……(等幼儿回答)

师幼:五个手指头。

师:对了,我们的左手和右手呀都有五个手指头。那老师又要考考小朋友们了,我们的小手都可以做什么呢?(幼儿相互讨论,回答)

幼:画画。

幼:折手帕。

幼:我会穿衣服。

师:把话说完整好吗? 我的小手会穿衣服。

幼:我的小手会穿衣服。

师:嗯,你的小手真能干。

幼:我的小手会搭积木。

师:小朋友们的小手真能干,可以做这么多的事情。我们的手除了会做小朋友说的这些,还可以变魔术呢。你们想不想看?

幼:想。

师:好,那我们就来看一看,小手是怎么变魔术的。

　　(出示手影 DVD,师幼一同欣赏手影魔术表演,当出现手变出的事物时,定格画面)

师:看看手变出了什么?

幼:(集体,笑声)变出了嘴,嘴!

　　(继续播放,定格画面)

师:这回,又变出了什么呀?

幼:(兴奋)是小兔子! 是小兔子!

师:好看吗?

幼:好看!

师:那你们想用自己的小手表演魔术吗?

幼:想。

师:今天老师就来教你们用手变魔术,你们愿意学吗?

幼:愿意。

师:那你们可要看仔细啦。

（教师伸出一个手指头）

师：看好了，老师伸出了几个手指头？

幼：一个手指头。

（教师用一个手指头表演毛毛虫蠕动的样子）

师：嗯，看看老师用一个手指头变出了什么？

幼：变成了毛毛虫。（教师呈现毛毛虫图片的幻灯片）

师：对，变的是毛毛虫。老师把这个小魔术编成了一句好听的话：一个手指头呀，变呀变
呀，变成毛毛虫呀。一起说说看。

幼：（集体）一个手指头呀，变呀变呀，变成毛毛虫呀。

师：那一个手指头除了可以变毛毛虫，还可以变什么？

幼：还可以变成铅笔。

师：说得真好，那再看老师变出了什么？（做成小兔子的耳朵）

幼：变成了小兔。（教师出示相关图片）

师：嗯，是小兔子，老师是用几个手指头变的？

幼：两个。

师：那我们也编一句好听的话送给小兔子吧。

师幼：（教师大声念诵，幼儿跟着说）两个手指头呀，变呀变呀，变成小白兔呀。

师：小兔子听了可真喜欢呀。两个手指头除了可以变小白兔外，还可以变什么？

幼：还可以变剪刀。

师：再看老师变，变出了什么？

师：老师用三个手指头变出了……（出示小花猫幻灯片）

幼：小花猫。

师：变成一句话是……

师幼：三个手指头呀，变呀变呀，变成小花猫呀。

师：接下来要用几个手指头变了呀？

幼：四个，四个。

师：四个手指头呀，变呀变呀，变成……（做成蝴蝶的样子）

幼：蝴蝶。

幼：小鸟。

（出示蝴蝶幻灯片）

师：原来是变出了蝴蝶。跟老师说说看。

师幼：四个手指头呀，变呀变呀，变成花蝴蝶呀。

师：最后我们来看看五个手指头能变什么？（做出大老虎的样子）

幼：是大老虎。

师：对了！小朋友跟着老师说：五个手指头呀，变呀变呀，变成大老虎呀。

幼:五个手指头呀,变呀变呀,变成大老虎呀。

师:小朋友们真棒,现在我们来把这首儿歌一起说一遍,好吗?

师幼:一个手指头呀,变呀变呀,变成毛毛虫呀。两个手指头呀,变呀变呀,变成小白兔
　　　呀。三个手指头呀,变呀变呀,变成小花猫呀。四个手指头呀,变呀变呀,变成花
　　　蝴蝶呀。五个手指头呀,变呀变呀,变成大老虎呀。

师:嗯,这些小动物觉得小朋友们念得可好听了,不过它们说如果你们能边念儿歌边加
　　动作变魔术,它们就更喜欢啦。跟着老师一边做动作一边再念一遍好吗?

幼:好。

　　(幼儿跟着教师边念诵儿歌边做动作两遍)

师:刚才我们的手指头除了变儿歌里的小动物外,还能变好多东西呢。小朋友们想一想
　　还能变什么?

幼:剪刀。

师:呀,变成剪刀。剪刀变出来是什么样的?

　　(幼儿做剪刀的样子)

师:用了几个手指头呀?

幼:(集体)两个。

师:嗯。你的小手能变出剪刀。我们能不能也用一句话来说?

师幼:(边做动作边念诵)两个手指头呀,变呀变呀,变成大剪刀呀。

师:还能变出别的东西来吗?

幼:小螃蟹。

师:他变出了小螃蟹能给大家变一下吗?

师:哦,原来也是用两个手指变的。我们一起来做一做,说一说,好吗?

师幼:(边做动作边念诵)两个手指头呀,变呀变呀,变成小螃蟹呀。

师:小朋友们呀都很能干,变出了那么多东西。我们再边念儿歌边把魔术变一遍好吗?

幼:好。

师:准备好了吗? 伸出小手,变魔术喽!

师幼:(边做动作边念诵)一个手指头呀,变呀变呀,变成毛毛虫呀。两个手指头呀,变呀
　　　变呀,变成小白兔呀。三个手指头呀,变呀变呀,变成小花猫呀。四个手指头呀,
　　　变呀变呀,变成花蝴蝶呀。五个手指头呀,变呀变呀,变成大老虎呀。

师:嗯,表演得真好。回家后你们可以变给爸爸妈妈看,让他们知道你学会变魔术了。
　　你也可以跟爸爸妈妈一起再变出更多的东西,明天和我们分享你的好听的儿歌,
　　好吗?

幼:(集体)好!

2. 大班图画故事《小青虫的梦》学习活动

◆ 作品　图画故事《小青虫的梦》

◆ 活动实录

师:小朋友认识图画书吗?

幼:(集体)认识。

师:这么有自信啊? 好,让我来考考你们啊。(出示图书)图书的最前面一页叫什么呢?

幼:(集体)封面。(教师竖大拇指)

师:最后一页呢?(出示图书)

幼:(集体)底面。

师:嗯,底面也叫封底。好,这都考不倒你们啊,让我想一个更难的。(出示图书)故事开始的前面一页叫什么?

幼:目录。

师:哦? 这个有目录吗? 谁有不同的想法?(停顿)说得出来吗? 哦,需要思考一会儿,老师直接告诉你们答案吧,这一页叫做扉页。

幼:(集体)扉页。

师:扉页是故事开始的前面一页。下面啊请你们从扉页上仔细地观察一下你读懂了什么?(停顿)这个女孩子第一名,你读懂了什么?

幼:小青虫的梦。

师:哦,你发现了小青虫的梦,从哪里发现的? 说说看。

幼:从书上发现的。

师:哦,她肯定是从扉页的最上面发现了这几个文字。这几个文字就是……

师幼:小青虫的梦。

师:原来啊,这本图书的扉页上就告诉了我们这个故事的题目是……

幼:(集体)小青虫的梦。

师:你还读懂了什么? 嗯,男孩子。

幼:我读懂了小青虫的梦的下面一点点,蝴蝶。

师:哦,蝴蝶。你读懂了小青虫变成了蝴蝶是吗?

幼:嗯。

师:是的,这一页里面啊小青虫长出了一对翅膀,原来小青虫就是这个故事的主人公。

幼:主人公。

师:是的,孩子们有没有发现在题目的下面呀有几个小小的文字,发现了吗?

幼:(集体)发现了。

师:这几个字啊,是写这个故事的作者的名字。从这本图书的扉页上,我们就知道了这个故事的题目是……

师幼:小青虫的梦。

师:扉页上的小青虫呀就是这个故事的主人公,那么这本图书里的故事究竟是怎样的呢?(停顿)老师想请小朋友自己打开书来看,所以啊我在两旁的小椅子上已经放好了书,请两旁第一个小朋友拿起书一本一本往里传,每人一本,听清楚了吗?

幼:(集体)听清楚啦。

师:好,开始行动。

(幼儿传书)

师:好,拿好图书的孩子我们来变个魔术。大腿并拢变书桌,谁能跟我一样变,好快啊。在看书之前呢,老师先把要求来讲一讲:大腿并拢变书桌,图书稳稳放上面,从前往后一页一页翻,从上到下慢慢看,看书时间不说话,话儿先藏心里面。嗯,好像听得很明白啊,我们的看书时间开始了。

(幼儿在舒缓的音乐声中看书,约三分半钟)

师:看完的小朋友可以再仔细去看一看你最喜欢的那一幅,可以认真仔细看,也可以轻轻地来讲一讲,好吗?

师:好,小朋友们看得可真认真,老师发现刚才在看书的时候有些孩子是把图书放在膝盖上一页一页翻着看的。现在小图书们说它们都累了,请你们把书轻轻合起来好吗?

幼:(集体)好。

师:哦,我听见小图书在悄悄地说我可喜欢那个孩子了。好,小图书轻轻放好以后啊,老师要问一问了,看了书以后,你最喜欢的是书里的哪一页呢?(停顿)嗯,这个孩子你先来说。

幼:第五页。

师:你最喜欢第五页是吗?好的,请小朋友把书轻轻地放在膝盖上,我们小眼睛一起来看第五页,好吗?

幼:好。

师:那个男孩子来说一说你在第五页里读懂了小青虫在干什么呀?

幼:小青虫它听到美妙的声音,感动死了。

师:哦,他用了一个感动,老师可喜欢了。哦,你还读懂了什么?

幼:我最喜欢的是第十页。

师:哦,我们先来说一说这一页你还有不同想法吗?男孩子。

幼:嗯,没有了。

师:没有了,是吗?好的,其他孩子还有不同想法吗?

幼:哦,我还有。

师:说吧。

幼:就是,小青虫看着这个蟋蟀在弹,弹那种小提琴,听到了美妙的音乐,下面有很多蚂蚁在那看着它听音乐,小青虫觉得很好听,就躺在那儿欣赏。

师:你们看看他呀很会思考问题,能够啊想到前面,又想到后面发生的事情,非常棒。好,你来说。

幼:它就看见蟋蟀它有翅膀,它想它长大了以后以为自己没有翅膀。

师:你想到了这些是吗? 好的,后面的女孩子在这一页还有问题吗?

幼:没有。

师:哦,没有啦。小青虫呀它在远远地、静静地听着优美的音乐。好,其他孩子还喜欢图书的哪一页呢? 我觉得呀,我们看着大屏幕就可以了,小图书呀需要休息。好,休息了吗?

幼:休息了。

师:你来说你喜欢书里的哪一页?

幼:我喜欢书里的第三页。

师:第三页是吗? 在这一页里你读懂了小青虫在干什么呀?

幼:小青虫在求蟋蟀能不能再给它听一会儿。

师:你觉得在求是吗? 观察非常仔细,它为什么要求蟋蟀呢?

(幼儿没有回应)

师:还没有想好,那谁来帮助他解决问题?

幼:因为蟋蟀不喜欢小青虫。

师:你发现了因为蟋蟀不喜欢小青虫,所以小青虫只好怎么样? 我们来看一看后面发生的事情。因为蟋蟀不喜欢小青虫,小青虫只好伤心地爬开了。好,其他孩子还喜欢图书的哪一页? 这个女孩子很积极,你来说吧。

幼:我喜欢第八页。

师:哦,你喜欢第八页。

幼:我也喜欢第八页。

师:哦,看来是我们共同的心声,老师也喜欢第八页呢,这幅图画太漂亮了。你来说说,你在这一页你读懂了小青虫在干什么呀?

幼:小青虫在……(停顿)

师:小青虫在干什么呀? 哦,没想清楚,谁来帮助她?

幼:小青虫做了一个梦,它长得和蝴蝶一样美丽。

师:嗯,她想到了这一些呀。做了一个梦,长出了一对翅膀。还有吗? 你还有补充。

幼:我最喜欢第十页。

师:哦,孩子,我们先把这一页讲完。

幼:小青虫做了一个梦,梦见自己长出了翅膀,它自己看了一下,觉得自己很漂亮。

师:你想到的事情还真多呀。是呀,小青虫它做了一个梦,梦见自己怎么样? (教师做张开翅膀的动作)长出了翅膀,谁能用好听的话加进去,来说一说这一幅美丽的图画。这个女孩子想试一下。

幼:小青虫睡觉的时候做了一个美梦。

幼:梦见了它长了一对翅膀,跟蝴蝶一样美丽。

师:它跟蝴蝶一样,长得就像蝴蝶了啊。说得真好听。后面的孩子还想试吗? 我们来说

　　一说你喜欢的是哪一页。后面的女孩子,一个一个来好吗?

幼:我喜欢十一页。

师:哦,看看,她喜欢十一页,有不同的想法了啊。好,在这一页你读懂了小青虫在干什么呀?

幼:蟑螂喜欢小青虫。

师:蟑螂? 你们觉得这是什么?

幼:(集体)蟋蟀。

师:大家都告诉你这是蟋蟀。那就重新说一遍吧。

幼:蟋蟀喜欢小青虫,然后小青虫给它伴舞。

师:你们看,她都说到伴舞了。说得也很清楚,真棒! 小青虫变成蝴蝶了,在翩翩起舞。好,谁还喜欢哪一页呢? 男孩子说吧。

幼:我喜欢第十页。

师:你喜欢第十页是吗?

幼:我也喜欢第十页。

师:哦,又有不同的心声。你来说说看,你在这页读懂了小青虫什么?

幼:小青虫一觉睡醒看见自己变成蝴蝶了。

师:这幅图的什么地方告诉你它真的变成蝴蝶了,你来说一说。

幼:它长了两个翅膀。

师:你是从什么地方看出来的?

幼:它的翅膀。

师:它的翅膀吗? 那前面一幅图画也有翅膀呀,要仔仔细细看一下,有人帮他。

幼:我看出了小青虫它就是看见自己的影子,它就想起它身上长了一对翅膀。

师:哦,他说啊它看到了自己的影子,在水里面的叫做倒影。它发现了自己的倒影啊,咦,我真的长出了一对翅膀了。哦,在这幅图里你还发现了什么? 男孩子,那个男孩子。

幼:小青虫本来以为自己不会飞,后来长出了一对翅膀,会飞了。

师:那长出翅膀以后,它的心情怎么样啊?

幼:很好,开心。

师:很好,谁能用更好听的词来说。

幼:它的心情特别特别好。

师:特别好,嗯,还有不同的词吗?

幼:它的心情比原来的心情好。

师:也是比原来的好,就是很高兴的意思,很快乐的意思,是吗? 男孩子还想补充什么?

幼:小青虫兴高采烈。

师:哦,你们看看,这个小朋友太有本事了,他说"兴高采烈"。

幼:这个教过嘛。

师:是的呀,他用进去了,本领真棒。一起来学一学。

幼:(集体)兴高采烈。

师:看,它变成蝴蝶了,都兴高采烈了。你在这幅图的什么地方还发现不同的问题了吗?嗯,好像还有发现,女孩子你来说。

幼:蟋蟀靠近了小青虫。

师:然后呢?

幼:它后来想了一件事。

师:想了什么事啊?

幼:让小青虫听它的音乐。

师:它说小青虫长得真漂亮,你留下来吧。这是你在想的哦。她想象得真棒。

师:哦,你还有想法。

幼:蟋蟀很惊讶,它不知道小青虫会变成蝴蝶。

师:你们看他都用到了"惊讶"这个词了,说明太吃惊了。哦,好,你还想补充什么?

幼:小蟋蟀和小蚂蚁都看着小青虫和两对翅膀。

师:嗯,是的。好,这幅图我们说了好多,谁能用好听的话再一起说说看。好,你来试吧。

幼:小青虫变成了蝴蝶,看到自己能飞这么美,蟋蟀看到它很惊讶,小蝴蝶兴高采烈地向它飞去。

师:说得真好,非常完整。我很喜欢。哦,你也想试试。

幼:它看到自己的倒影,觉得很惊讶,蟋蟀刚才还在弹琴,看见了小青虫在那飞过来,小蚂蚁跟蟋蟀一样,也看得很惊讶。

师:他讲得多好呀。在这里呀,小青虫变成了一只蝴蝶了。看看,前面一页的时候,在干些什么事情啊? 这个你们认识吗?

幼:茧。

师:好,大家一起说说。

幼:(集体)茧。

师:像蚕宝宝一样的,外面这个白白的叫做茧。是的,见识非常广。它是在做一个什么动作呀?

幼:伸出头。

师:是的,它在用力地钻。来,我们也像小青虫一样用力地钻一下。

师:钻出来了啊。哦,后面的孩子都钻出来了。它在用力地从茧里面钻出来。好,你还喜欢图书的哪一页?

幼:我喜欢第五页。

师:哦,她喜欢第五页。第五页你还有想法吗? 说过了,你说吧!

幼:它很高兴它以后长大会变漂亮的翅膀。

师:你想到了这些是吗? 其他孩子还读懂了哪一页? 我觉得啊还有几页没读过,但是它们也很好。好,你来说。

幼:第四页。

师:哦,他喜欢的是第四页。你在第四页里面还有新的问题呀?小青虫怎么啦?

幼:小青虫……(停顿)

师:有新的问题吗?它伤心地爬开以后还有新的问题吗?

幼:爬到叶子上。

师:哦,爬到叶子上,可能是想到了后面发生的事情。看看,在第六页里面它爬到了叶子的下面,悄悄地做了一个茧。然后呢?谁来说一说,女孩子你来说。

幼:小青虫……(停顿)

师:小青虫这里怎么了呀?仔细观察就能发现。

　　(幼儿没有回应)

师:哦,你还没观察好是吗?再给你时间观察一下。你来说。

幼:小青虫在茧里听到美妙的声音睡着了。

师:是美妙的声音啊。哦,前面蟋蟀在拉琴,是什么呀?(停顿)是音乐。小青虫呀听着优美的音乐慢慢地睡着了。

师:刚才我们把喜欢的页码都读过了,老师看见很多孩子啊很想自己试着来讲一讲了。现在请你们把小图书打开来,自己试着来讲一讲,遇到不会讲的地方,你可以举起小手,老师会过来帮助你。

　　(播放背景音乐,幼儿看图书三分钟左右)

师:读完了吗?

幼:读完了。

师:有的孩子读得快,有的孩子读得慢,没读完的孩子啊,我们可以在休息的时候继续慢慢地品读这个优美的故事。好,现在小图书累坏了,请你们轻轻地放在膝盖上。放好了吗?

幼:(集体)放好了。

师:刚才小朋友们讲这个故事讲得可好听了,我也想来讲一讲了。现在请你们一边看着大屏幕上的画面,一边来静静地、完整地欣赏一遍这个优美的故事。

　　(教师讲述故事)

师:听了这个优美的故事以后啊,我相信很多孩子都有自己的想法,那你想到了什么呢?(停顿)这是一个怎样的小青虫?哦,你来说。

幼:可爱的小青虫。

师:哦,可爱的小青虫,它挺可爱的。你来说。

幼:美丽的小青虫。

师:是呀,小青虫长出了一对翅膀,变成了一只美丽的蝴蝶。你还想到了什么?

幼:可怜的小青虫。

师:可怜,为什么说它可怜?

幼:因为它想听音乐,只能躲在一边听,不能让蟋蟀发现。

师:嗯,因为蟋蟀不喜欢小青虫,它的心情就怎么样啊?

幼:很伤心。

师:是的,很伤心。它在里面最喜欢干一件什么事情? 你来说。

幼:听音乐,它的翅膀很漂亮。

师:哦,是的,听音乐。它一直爱听音乐,是一条快乐的,对音乐很痴迷的小青虫。最后变得很漂亮了。好,今天我们的看书时间就要结束了,我们的小图书今天可帮了很大的忙,它们可累坏了,现在请你把小图书轻轻合起来,一本一本传回去。

　　(幼儿传图书)

师:今天我们讲的这个图画故事的题目是什么呀?

幼:(集体)小青虫的梦。

师:小青虫的梦,希望你们今天晚上也能做一个很美妙的梦,最后也能实现你们的梦想。希望下一次能够有机会我们一起再来阅读这本好看的图书,好吗?

幼:好。

四、 活动观察与分析

◆ 活动一　小班儿歌阅读:《小蚂蚁》

《小蚂蚁》这首儿歌有什么特点? 阅读学习的主要内容是什么? 在学习活动中,教师运用了哪些方法帮助幼儿理解儿歌内容,感受体验儿歌的韵律与情趣? 关于《小蚂蚁》的学习,你有什么建议?

小班儿歌
阅读《小蚂蚁》

小蚂蚁

一群小蚂蚁,	一群小蚂蚁,	一群小蚂蚁,
搬块大骨头,	运块大骨头,	吃块大骨头,
推呀,拉呀,	抬呀,扛呀,	咬呀,啃呀,
一个一个	一个一个	一个一个
笑盈盈。	汗淋淋。	乐津津!

◆ 活动二　中班童话故事阅读:《天蓝色的种子》

《天蓝色的种子》是一个童话故事,围绕文学作品的学习,这个故事的主要学习内容是什么? 在学习活动中,教师如何引导幼儿通过肢体和语言的想象来感受幻想情境及其趣味? 关于《天蓝色的种子》的学习,你有什么建议?

中班童话
阅读《天蓝
色的种子》

五、 活动观摩

◆ 中班儿童诗创编:《海底音乐会第二乐章》(片段)

这是中班《海底音乐会第二乐章》系列创编活动中的一个场景。孩子们学习儿童诗歌创编,从体验诗歌节奏起步,经过词句创编,逐步走到了诗篇创编。他们借助"海底音乐会"的情境模型合作创编,教师适时介入进行指导,最终的成果如下:

中班儿童诗创编《海底音乐会第二乐章》(片段)

> 咚咚咚咚咚咚咚咚,
> 彩虹灯亮了,
> 海底音乐会开始了。
> 海星姐姐吹喇叭,嘟嘟嘟嘟。
> 章鱼哥哥打鼓,咚咚咚咚咚。
> 螃蟹爸爸张大嘴巴,唱"啪嗒,啪嗒"。
> 小丑鱼妈妈弹琴,滴呖呖,滴呖呖。
> 灯笼鱼弟弟甩碰铃,叮铃,叮铃,叮铃。
> 水母妹妹跳舞,摇摇摆摆。
> 海龟叔叔跳球操咚咚啪,咚咚啪,咚咚啪。
> Do re mi fa so la si do,
> 彩虹灯熄灭了,
> 啪嗒,啪嗒,
> 海底音乐会结束了。

附录:《3—6 岁儿童学习与发展指南》节录

语言

语言是交流和思维的工具。幼儿期是语言发展,特别是口语发展的重要时期。幼儿语言的发展贯穿于各个领域,也对其他领域的学习与发展有着重要的影响:幼儿在运用语言进行交流的同时,也在发展着人际交往能力、理解他人和判断交往情境的能力、组织自己思想的能力。通过语言获取信息,幼儿的学习逐步超越个体的直接感知。

幼儿的语言能力是在交流和运用的过程中发展起来的。应为幼儿创设自由、宽松的语言交往环境,鼓励和支持幼儿与成人、同伴交流,让幼儿想说、敢说、喜欢说并能得到积极回应。为幼儿提供丰富、适宜的低幼读物,经常和幼儿一起看图书、讲故事,丰富其语言表达能力,培养阅读兴趣和良好的阅读习惯,进一步拓展学习经验。

幼儿的语言学习需要相应的社会经验支持,应通过多种活动扩展幼儿的生活经验,丰富语言的内容,增强理解和表达能力。应在生活情境和阅读活动中引导幼儿自然而然地产生对文字的兴趣,用机械记忆和强化训练的方式让幼儿过早识字不符合其学习特点和接受能力。

(一) 倾听与表达

目标 1　认真听并能听懂常用语言

3—4 岁	4—5 岁	5—6 岁
1. 别人对自己说话时能注意听并做出回应。 2. 能听懂日常会话。	1. 在群体中能有意识地听与自己有关的信息。 2. 能结合情境感受到不同语气、语调所表达的不同意思。 3. 方言地区和少数民族幼儿能基本听懂普通话。	1. 在集体中能注意听老师或其他人讲话。 2. 听不懂或有疑问时能主动提问。 3. 能结合情境理解一些表示因果、假设等相对复杂的句子。

教育建议:

1. 多给幼儿提供倾听和交谈的机会。如:经常和幼儿一起谈论他感兴趣的话题,或一起看图书、讲故事。

2. 引导幼儿学会认真倾听。如:

- 成人要耐心倾听别人（包括幼儿）的讲话，等别人讲完再表达自己的观点。
- 与幼儿交谈时，要用幼儿能听得懂的语言。
- 对幼儿提要求和布置任务时要求他注意听，鼓励他主动提问。

3. 对幼儿讲话时，注意结合情境使用丰富的语言，以便于幼儿理解。如：

- 说话时注意语气、语调，让幼儿感受语气、语调的作用。如对幼儿的不合理要求以比较坚定的语气表示不同意；讲故事时，尽量把故事人物高兴、悲伤的心情用不同的语气、语调表现出来。
- 根据幼儿的理解水平有意识地使用一些反映因果、假设、条件等关系的句子。

目标2　愿意讲话并能清楚地表达

3—4岁	4—5岁	5—6岁
1. 愿意在熟悉的人面前说话，能大方地与人打招呼。 2. 基本会说本民族或本地区的语言。 3. 愿意表达自己的需要和想法，必要时能配以手势动作。 4. 能口齿清楚地说儿歌、童谣或复述简短的故事。	1. 愿意与他人交谈，喜欢谈论自己感兴趣的话题。 2. 会说本民族或本地区的语言，基本会说普通话。少数民族聚居地区幼儿会用普通话进行日常会话。 3. 能基本完整地讲述自己的所见所闻和经历的事情。 4. 讲述比较连贯。	1. 愿意与他人讨论问题，敢在众人面前说话。 2. 会说本民族或本地区的语言和普通话，发音正确清晰。少数民族聚居地区幼儿基本会说普通话。 3. 能有序、连贯、清楚地讲述一件事情。 4. 讲述时能使用常见的形容词、同义词等，语言比较生动。

教育建议：

1. 为幼儿创造说话的机会并体验语言交往的乐趣。

- 每天有足够的时间与幼儿交谈。如谈论他感兴趣的话题，询问和听取他对自己事情的意见等。
- 尊重和接纳幼儿的说话方式，无论幼儿的表达水平如何，都应认真地倾听并给予积极的回应。
- 鼓励和支持幼儿与同伴一起玩耍、交谈，相互讲述见闻、趣事或看过的图书、动画片等。
- 方言和少数民族地区应积极为幼儿创设用普通话交流的语言环境。

2. 引导幼儿清楚地表达。如：

- 和幼儿讲话时，成人自身的语言要清楚、简洁。
- 当幼儿因为急于表达而说不清楚的时候，提醒他不要着急，慢慢说；同时要耐心倾听，给予必要的补充，帮助他理清思路并清晰地说出来。

目标 3　具有文明的语言习惯

3—4 岁	4—5 岁	5—6 岁
1. 与别人讲话时知道眼睛要看着对方。 2. 说话自然,声音大小适中。 3. 能在成人的提醒下使用恰当的礼貌用语。	1. 别人对自己讲话时能回应。 2. 能根据场合调节自己说话声音的大小。 3. 能主动使用礼貌用语,不说脏话、粗话。	1. 别人讲话时能积极主动地回应。 2. 能根据谈话对象和需要,调整说话的语气。 3. 懂得按次序轮流讲话,不随意打断别人。 4. 能依据所处情境使用恰当的语言。如在别人难过时会用恰当的语言表示安慰。

教育建议:

1. 成人注意语言文明,为幼儿做出表率。如:

   ■ 与他人交谈时,认真倾听,使用礼貌用语。

   ■ 在公共场合不大声说话,不说脏话、粗话。

   ■ 幼儿表达意见时,成人可蹲下来,眼睛平视幼儿,耐心听他把话说完。

2. 帮助幼儿养成良好的语言行为习惯。如:

   ■ 结合情境提醒幼儿一些必要的交流礼节。如对长辈说话要有礼貌,客人来访时要打招呼,得到帮助时要说谢谢等。

   ■ 提醒幼儿遵守集体生活的语言规则,如轮流发言,不随意打断别人讲话等。

   ■ 提醒幼儿注意公共场所的语言文明,如不大声喧哗。

(二) 阅读与书写准备

目标 1　喜欢听故事,看图书

3—4 岁	4—5 岁	5—6 岁
1. 主动要求成人讲故事、读图书。 2. 喜欢跟读韵律感强的儿歌、童谣。 3. 爱护图书,不乱撕、乱扔。	1. 反复看自己喜欢的图书。 2. 喜欢把听过的故事或看过的图书讲给别人听。 3. 对生活中常见的标识、符号感兴趣,知道它们表示一定的意义。	1. 专注地阅读图书。 2. 喜欢与他人一起谈论图书和故事的有关内容。 3. 对图书和生活情境中的文字符号感兴趣,知道文字表示一定的意义。

教育建议:

1. 为幼儿提供良好的阅读环境和条件。如:

   ■ 提供一定数量、符合幼儿年龄特点、富有童趣的图画书。

    ■ 提供相对安静的地方，尽量减少干扰，保证幼儿自主阅读。

  2. 激发幼儿的阅读兴趣，培养阅读习惯。如：

    ■ 经常抽时间与幼儿一起看图书、讲故事。

    ■ 提供童谣、故事和诗歌等不同体裁的儿童文学作品，让幼儿自主选择和阅读。

    ■ 当幼儿遇到感兴趣的事物或问题时，和他一起查阅图书资料，让他感受图书的作用，体会通过阅读获取信息的乐趣。

  3. 引导幼儿体会标识、文字符号的用途。如：

    ■ 向幼儿介绍医院、公用电话等生活中的常见标识，让他知道标识可以代表具体事物。

    ■ 结合生活实际，帮助幼儿体会文字的用途。如买来新玩具时，把说明书上的文字念给幼儿听，了解玩具的玩法。

目标2　具有初步的阅读理解能力

3—4岁	4—5岁	5—6岁
1. 能听懂短小的儿歌或故事。 2. 会看画面，能根据画面说出图中有什么，发生了什么事等。 3. 能理解图书上的文字是和画面对应的，是用来表达画面意义的。	1. 能大体讲出所听故事的主要内容。 2. 能根据连续画面提供的信息，大致说出故事的情节。 3. 能随着作品的展开产生喜悦、担忧等相应的情绪反应，体会作品所表达的情绪情感。	1. 能说出所阅读的幼儿文学作品的主要内容。 2. 能根据故事的部分情节或图书画面的线索猜想故事情节的发展，或续编、创编故事。 3. 对看过的图书、听过的故事能说出自己的看法。 4. 能初步感受文学语言的美。

教育建议：

  1. 经常和幼儿一起阅读，引导他以自己的经验为基础理解图书的内容。如：

    ■ 引导幼儿仔细观察画面，结合画面讨论故事内容，学习建立画面与故事内容的联系。

    ■ 和幼儿一起讨论或回忆书中的故事情节，引导他有条理地说出故事的大致内容。

    ■ 在给幼儿读书或讲故事时，可先不告诉名字，让幼儿听完后自己命名，并说出这样命名的理由。

    ■ 鼓励幼儿自主阅读，并与他人讨论自己在阅读中的发现、体会和想法。

  2. 在阅读中发展幼儿的想象和创造能力。如：

    ■ 鼓励幼儿依据画面线索讲述故事，大胆推测、想象故事情节的发展，改编故事部分情节或续编故事结尾。

    ■ 鼓励幼儿用故事表演、绘画等不同的方式表达自己对图书和故事的理解。

    ■ 鼓励和支持幼儿自编故事，并为自编的故事配上图画，制成图画书。

  3. 引导幼儿感受文学作品的美。如：

- 有意识地引导幼儿欣赏或模仿文学作品的语言节奏和韵律。
- 给幼儿读书时,通过表情、动作和抑扬顿挫的声音传达书中的情绪情感,让幼儿体会作品的感染力和表现力。

目标 3　具有书面表达的愿望和初步技能

3—4 岁	4—5 岁	5—6 岁
1. 喜欢用涂涂画画表达一定的意思。	1. 愿意用图画和符号表达自己的愿望和想法。 2. 在成人提醒下,写写画画时姿势正确。	1. 愿意用图画和符号表现事物或故事。 2. 会正确书写自己的名字。 3. 写画时姿势正确。

教育建议:

1. 让幼儿在写写画画的过程中体验文字符号的功能,培养书写兴趣。如:
   - 准备供幼儿随时取放的纸、笔等材料,也可利用沙地、树枝等自然材料,满足幼儿自由涂画的需要。
   - 鼓励幼儿将自己感兴趣的事情或故事画下来并讲给别人听,让幼儿体会写写画画的方式可以表达自己的想法和情感。
   - 把幼儿讲过的事情用文字记录下来,并念给他听,使幼儿知道说的话可以用文字记录下来,从中体会文字的用途。
2. 在绘画和游戏中做必要的书写准备,如:
   - 通过把虚线画出的图形轮廓连成实线等游戏,促进手眼协调,同时帮助幼儿学习由上至下、由左至右的运笔技能。
   - 鼓励幼儿学习书写自己的名字。
   - 提醒幼儿写画时保持正确姿势。

第十一章　幼儿文学作品学习活动的组织

学习目标

- ◆ 阐述幼儿园中幼儿文学作品学习活动的类型及其特点。
- ◆ 阐述幼儿园图书角创设的基本要求。
- ◆ 阐述教师为促进亲子共读所需开展的工作。
- ◆ 尝试设计面向集体的幼儿文学作品学习活动方案。

知识框架

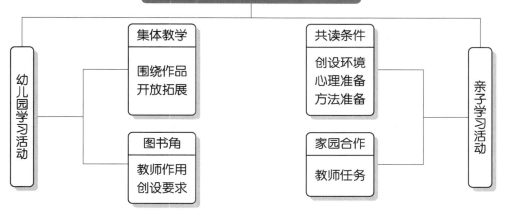

经验与问题

- ◆ 关于幼儿文学作品的学习活动组织,你有什么问题? 请写下来。

第一节　幼儿园学习活动的组织

幼儿文学作品学习以文学作品的阅读欣赏为主要内容,因而本章的幼儿文学作品学习活动范围比文学教育活动略小,主要是围绕作品的阅读欣赏而展开的活动,不包括幼儿完全凭借想象和联想进行的独立创编活动。

幼儿园中的幼儿文学作品学习,除了在日常生活、游戏中的渗透外,主要有两种形态,一是在专门组织的活动中进行文学作品学习,一是在区域活动中进行文学作品学习。

一、集体教学活动中的文学作品学习活动

在幼儿园,专门组织的文学作品学习活动一般是以班级集体为单位展开的。教师是文学作品集体学习活动的组织者,一般而言,活动的设计与实施包括以下步骤:确定学习目标、选择活动内容、策划活动流程、拟定活动方案、实施活动方案。

专门组织的幼儿文学作品学习活动可以分为两种类型:围绕作品学习的活动、开放的作品学习活动。

(一)围绕作品学习的活动

围绕文学作品的学习,首先要以合适的方式向幼儿呈现作品,然后运用各种方法帮助幼儿感知、理解和体验作品。

1. 单纯的作品阅读活动

单纯的作品学习活动只是通过感知、理解、体验文本来进行阅读欣赏。篇幅短小的作品一次活动就能完成学习任务,篇幅较长的可以分成多次活动进行阅读欣赏。下面呈现的图画故事《好饿的毛毛虫》的阅读活动就属于这一类型。

小班阅读活动:好饿的毛毛虫

(吴梦嘉　设计)

活动目标

(1)初步学习自主阅读的技能,理解故事内容。

(2)学会观察毛毛虫的动作表情变化,体会毛毛虫的心理变化。

活动准备

图画书里的各种(包括水果、毛毛虫、蛹和蝴蝶等)图片各一张;一人一本图画书。

活动过程

(1)激趣导入。

出示图画书,引出活动。

师:今天老师带来了一本图画书,里面藏了一个有趣的故事。这是一条怎样的毛毛

虫呢?(带领幼儿阅读至毛毛虫找食物的页面)

(2)自主阅读。

幼儿自主阅读,能基本找出毛毛虫吃的食物。

师:毛毛虫吃了什么东西?(根据幼儿回答出示相应图片,并阅读相应页面)

(3)集体阅读。

① 教师持书集体阅读,引导幼儿观察画面细节,理解故事内容。

a. 星期一到星期六,毛毛虫分别吃了什么? 它是怎么吃的?

(实物图片呈递增顺序摆放,学学毛毛虫吃东西的样子)

b. 星期六,毛毛虫吃完食物后怎么了? 它的表情是怎样的?

c. 毛毛虫吃饱后变成什么样子了? 它的房子叫什么名字?

d. 蝴蝶是什么变成的?(利用图片演示毛毛虫演变为蝴蝶的自然生长过程)

② 师幼共同持书集体阅读,完整阅读图画书内容。

(4)游戏互动。

这条毛毛虫可真可爱,你们喜欢吗? 我们来学学毛毛虫的样子吧。

2. 围绕文学作品学习的系列活动

围绕文学作品学习的系列活动,除了通过文本来进行阅读欣赏外,还借助其他的形式来理解、体验作品所表现的内容。如中班散文欣赏《秋天》就可以组织系列活动。

"秋天"系列活动

作品:《秋天》

秋天来了,树叶黄了,风儿轻轻吹,叶儿撒满了一地。

我们走在上面,松松的,软软的。

树林里,好像铺上了彩色的地毯。

活动一:感知文学语言,理解作品的主要内容,了解秋天的季节特征。活动在室内进行,以倾听、诵读为主要学习方法。

活动二:感受秋风落叶,走在落叶上体验松松的、软软的感觉。这一活动在户外进行,不一定是大自然中,有落叶的地方就可以。教师带领幼儿看看落叶飘飞,观察落叶的色彩,在撒满一地的落叶上走一走。感受自然景色的同时,教师应适时朗诵,让幼儿在情境中倾听。

活动三:用粘贴、绘画等形式表现作品所呈现的秋叶图景。活动开始时先朗诵,让作品呈现的图景出现在孩子的脑海中,然后或用落叶粘贴,或用画笔描绘加以展现。

活动二的目的在于建构幼儿的生活经验,为理解感受作品表现的秋叶秋景,体验文学语言的形象性提供条件。其中很重要的是要让幼儿在撒满一地的落叶上走一走,体验"松松的""软软的"感觉,这样声音形式中的文学语言就有了真切感,与自身经验相联系的语言才是活生生的。活动三则是以表现作品描绘的图景来加深对作品的理解和感受,这一活动的重心是要用美术形式展现作品内容,当然在这一过程中,幼儿完全可以同时表现作品没有描述的内容。

围绕作品学习的系列活动尽管借助了非语言非文本的形式,但它们都是为促进作品的阅读欣赏服务的。

(二) 开放的文学作品学习活动

1. 开放的文学作品学习活动的特点

开放的文学作品学习一般是系列活动,由两个阶段的学习构成。第一阶段是围绕作品的学习活动,即作品的阅读欣赏;第二阶段是由作品延伸拓展的学习活动。如上文呈现的"好饿的毛毛虫"学习活动,最后是以"我们来学学毛毛虫的样子吧"结束的,但这只是一个增加趣味性的小环节。若最后的游戏是以戏剧表演的形式来展现整个故事的内容,那么就是一个独立的拓展活动了。

在延伸拓展活动中,文学作品已经成为实现其他学习目标的一个资源。还是以《好饿的毛毛虫》为例。在完成第一阶段的阅读欣赏后,设计一个基于原作语义和结构的仿编活动,要求幼儿讲一个自己的《好饿的毛毛虫》的故事。在这个故事里,毛毛虫不吃苹果、梨子、草莓这些水果了,换上幼儿自己喜欢的系列,比如糖果、蔬菜等;当然,原作中的日期名称、颜色概念也可以换掉。这样一个仿编活动,就是幼儿基于作品阅读经验的创造性的语言运用活动。

2. 延伸拓展的形式

由作品延伸拓展的活动可以有多种方向,应根据学习情境的实际情况进行设计。

看完《逃家小兔》后创作

第一,文学延伸。文学延伸可以是继续阅读。如,阅读同一主题的相关作品,读了《猜猜我有多爱你》,拓展阅读《逃家小兔》《爱心树》等;阅读同一种形式类型的作品,读了问答歌《什么东西弯又弯》,拓展阅读一组问答歌;阅读同一作家的其他作品,读了郑春华的《两个人的小屋》,拓展阅读《大头儿子和小头爸爸》系列的其他作品,或者读了《大头儿子和小头爸爸》系列,延伸阅读《紫罗兰幼儿园》。

文学延伸还可以做仿编、扩编或续编。仿编是根据原作品的语言和形式结构这些阅读经验来创造性地运用语言;扩编是对原作品的某些部分进行扩充,续编则是把原作的结束内容作为一个新的作品的开始,常见的是故事类作品的续编。比较充分地理解感受原作内容,把握

幼儿创作的作品《爱》

原作语言和形式构成是组织仿编、扩编和续编活动的基础。

第二，艺术延伸。艺术延伸包括音乐、美术、戏剧等各个方向，既可以是欣赏，也可以是表现创造。如阅读欣赏了童话《雪孩子》(嵇鸿)后，延伸欣赏动画片《雪孩子》，也可以让孩子们自己创编表演童话剧。与围绕文学作品的系列学习活动不同的是，这些艺术延伸已经不局限于表现原作内容。延伸拓展的艺术活动是由原作引发的创造，如中班幼儿阅读欣赏散文《秋天》后，用美术形式自由地表现自己眼中、心中的秋天景致。

第三，生活延伸。生活延伸旨在把文学作品所表现的内容与幼儿的生活联结起来，以文学经验来促进幼儿的发展。如阅读欣赏了安东尼·布朗的图画故事《我爸爸》《我妈妈》，让孩子们回家"访问"爸爸、妈妈，然后在班级组织"说说我的爸爸(妈妈)"的活动。

第四，自然延伸。自然延伸，可以是由作品引发走进大自然，或者以实验等来验证作品中涉及的自然现象。如，阅读了幼儿诗《谁见过风》(克里斯蒂娜·罗塞蒂)，带领幼儿到自然中去寻找"风的影子"；阅读了科学童话《小蝌蚪找妈妈》(方惠珍、盛璐德)，可以组织系列活动，跟踪观察小蝌蚪的生长过程。

以上延伸活动是可以整合运用的，如艺术延伸很多时候结合了扩编或创编。

二、图书角中的文学作品学习活动

(一) 图书角中文学作品学习的形态

幼儿园的各个班级一般会设有图书角,图书角是幼儿真正能够进行自主阅读的地方。在专门组织的文学作品学习活动中,读什么作品,读什么内容,按什么方式读,一般都是由教师设定的,幼儿是跟着教师指引的路径进行阅读的。而在图书角里,幼儿就有机会自由选择文学作品,以自己喜欢或习惯的方式进行阅读。

当然图书角中的阅读形式,除了幼儿的自主阅读,还有分小组阅读、教师一对一指导阅读等。

为了促进幼儿在图书角中自主阅读欣赏文学作品,教师要发挥引导者的作用,做好以下几方面的工作。

第一,要及时向幼儿介绍新书,激发幼儿的阅读兴趣。

第二,要适时组织集体阅读活动,帮助幼儿学习文学作品图书阅读的方法,提高自主阅读的技能。

第三,要调动幼儿同伴之间学习分享的热情,让幼儿相互推荐作品,分享阅读体验。

第四,要经常性地展开一对一的指导,帮助不同阅读能力和需求的幼儿都能读有所得。

第五,要积极创造条件,鼓励幼儿讲述在图书角中阅读的作品。

教师在图书角文学作品学习中的引导作用,不仅仅表现在以上这些有组织的活动中,很多时候,教师一个亲昵的动作、一副赞赏的表情、一句积极的鼓励,都可以唤醒孩子积极的情感,激发和强化孩子阅读的愿望。

(二) 图书角的环境要求

图书角的环境创设要为幼儿自主选择和阅读图书提供条件,自由、舒适、有趣的阅读环境能给幼儿带来愉悦感。

图书角在教室中的位置应满足两个基本条件:光线充足柔和;相对安静。在光线太强或光线太弱的环境下长时间阅读不仅影响阅读效率,更会损害幼儿的视力,因而在利用自然采光和人工照明时,应充分考虑这一点,可以通过栽种绿色植物、安装合适的窗帘等措施消除阅读环境中的光污染。光污染是由电视光线的辐射、太阳光线的耀眼等造成的,这些存在于阅读活动的光污染会影响幼儿的视觉功能。

阅读需要安静的环境,因而图书角应与大型活动场所隔离开;阅读时间要与户外活动时间分开;另外,尽量减少噪声的产生也是非常必要的,如可以铺设地毯、在桌椅脚上包上布条等。

阅读环境要舒适,可以提供靠背椅、小书桌,或者铺地毯提供坐垫,这样幼儿就能坐在地上阅读。桌椅、书架等高度、大小应符合幼儿的生理特点,摆放合理。桌椅、地面要注意安全,桌椅的边缘要光滑,地面要防滑。桌椅、地面、墙壁色彩应有利于营造安静的阅读环境,有利于消除视觉疲劳。墙上可以张贴阅读规则等。

阅读环境要卫生。阅读环境和图书都是公共性的,保证其卫生状况很重要。可以灵活使用自然通风消毒(适用于阅览室空气的消毒)、化学消毒(适用于书架、桌、凳以及塑封、木制类易于擦拭图书的消毒)、紫外线消毒(适用于纸张卡片类、香花类、布艺丝绸类不易擦拭图书的消毒)以及清洗等方式,做好图书和设施的清洁工作。

(三)图书角中文学作品图书置放的要求

第一,图书要摆放在方便幼儿取放的地方,以便幼儿自由挑选。

第二,图书应新旧书兼有,及时添置或更换。幼儿园内各个教室之间可以进行"图书漂流"。

第三,一般一部作品放置一本。但在小年龄班级,同一部作品可以多放置几本,因为幼儿喜欢同读一本书。

第四,图书以教师投放为主体,但应鼓励幼儿自主投放自己喜欢的图书。这可以让幼儿参与到阅读环境的建设中,增强环境对幼儿阅读的吸引力,让幼儿感受到自己是图书角的主人,激发阅读的兴趣。

第五,图书应适合幼儿的需要与兴趣。幼儿的阅读需求与兴趣很大程度上建立在认知经验的基础上,从小班到大班,文学作品类图书的选择可以做一个大致的阶梯性安排,即从认知类的图片发展至图文并茂的图画书,再到以文字为主的图书。小班幼儿知识经验少,主要是以图画语言为主的图书,作品内容大多与幼儿的日常生活经验相关;中班幼儿随着认知水平的提高,求知欲旺盛,语言和智力也迅速发展,可投放图文并茂的图画书,其中文字和情节更加丰富,内容更加广泛,涉及自然知识和社会知识的作品可以增加投放量;大班幼儿的知识经验和能力较中小班幼儿明显增强,对新奇事物充满了探究的欲望,可投放多种题材和形式的作品,适当增加以文字为主的图书。

图书角的书

第六,图书应多样化。题材应多样化,阅读题材的丰富,可以使幼儿获得较为全面的知识与情感体验。文体应多样化,图书角相当于一个微型图书室,投放的文学作品不应仅限于故事类图书,只要适合幼儿自主阅读,儿歌、诗歌、散文以及侧重知识性的各类幼儿文学作品都应该投放。多样化还应考虑性别因素,能够满足男孩和女孩的不同阅读需求。

第二节　亲子学习活动的组织

亲子学习活动，即一般所谓的亲子共读活动，是指父母亲或家中其他的长辈和孩子一起就文学作品展开讨论、交流的一种分享性、个别化的阅读活动。与幼儿园的集体学习活动相比，亲子学习活动的阅读内容与方式具有更强的随意性和灵活性，幼儿阅读的自主性也更大。亲子共读文学作品，获得的不仅是对作品的阅读欣赏，还能促进亲子的情感交流。

一、家庭促进亲子共读的条件

（一）创设有效的家庭阅读环境

创设有效的家庭阅读环境是有效开展亲子共读的基础。一般而言，在有效的家庭阅读环境中阅读文学作品是一种生活的方式。有效的家庭阅读环境最主要的特征有以下两个方面。

幼儿家里的书

1. 幼儿拥有自己的各种各样的图书

家庭中的图书种类丰富，幼儿拥有自己的各种各样的图书，适合幼儿的图书放在触手可及的地方，阅读是幼儿生活中的一个组成部分。

2. 拥有良好的人际互动

关于作品、图书和阅读，拥有良好的人际互动。当幼儿对某一作品感兴趣时，家长会和幼儿一起阅读欣赏，并通过主动提问、暗示或建议，鼓励幼儿继续阅读；当幼儿就某一作品提问时，家长会很乐意予以说明、解释或者鼓励、肯定。

（二）做好阅读的准备

亲子阅读要准备好共读的图书，除此，家长还要做好两方面的准备，分别是心理的准备、经验和知识的准备。

1. 心理的准备

家长要把共读认定为一个快乐、享受的过程，是亲子之间交流和学习的过程，并且要把这种情绪传达给孩子，让他感到和爸爸或妈妈共读一个文学作品不是要完成一项枯燥的任务，而是一个充满趣味和想象的类似于游戏的活动。

2. 经验和知识的准备

经验准备指的是家长要事先读过作品，已经了解了作品表达的内容以及艺术表现形式。

只有当自己对作品的内容产生了兴趣和共鸣，才能在与孩子共读时成为一个出色的引导者。

知识的准备主要指的是有关阅读指导的知识与方法。如跟孩子共读一本图画书，那么家长最好掌握了图画书的形式构成知识，因为对于图画书来说，封面、扉页等各构成部分都具有阅读的价值。另外，家长掌握一些阅读指导的方法也大有裨益，如提问的技巧、引导幼儿讨论的技巧等。

（三）掌握基本的阅读方法

对于大多数家长来说，如何与孩子共读是需要学习的。根据对图画书亲子阅读的研究，发现亲子合作式的阅读可以展开有效的交流。这种类型的亲子阅读行为表现为：家长会鼓励幼儿对作品做出积极反应；会根据幼儿的表情和其他体态语言来判断幼儿对故事的理解，并及时调整讲述的语气语调，或是改变讲述的方式；会让幼儿预测即将发生的事情；会偶尔问一问幼儿对故事的理解情况；在讲述结束后会提问，帮助幼儿回忆故事内容，鼓励幼儿表达自己对故事的感受和想法，帮助幼儿将故事中的事件和生活联系起来。合作式亲子阅读中家长的表现完全是一位成熟的阅读指导教师，深谙帮助孩子阅读的技巧。与幼儿园的集体学习活动相比，亲子共读因其个别化和分享性，使其学习方法具有了一定的优势，下面是亲子共读文学作品的一些基本方法。

1. 诵读法

诵读法就是父母读、幼儿听。诵读法是最简单的阅读方法，不管是诵读开始前，还是诵读过程中以及诵读结束后，父母一般都不主动提问，只是以有声语言把作品传递给孩子，这一阅读方式不会对幼儿造成压力。诵读法传递的作品具有整体感，使用诵读法的作品一般应是生动有趣的，语言形式富有韵律感；当然，父母声情并茂的诵读也是一个条件。

爸爸诵读给孩子听

2. 讨论法

讨论法，就是在阅读过程中父母和孩子就作品提出自己的问题并展开讨论、交流。上文提到的合作式亲子阅读就运用了讨论法，当幼儿具有一定的阅读能力后，讨论法是十分有效的阅读方法，它既可以帮助幼儿深入阅读理解感受作品，也能够帮助幼儿将生活经验与故事内容联结起来。如何让幼儿有话可说是运用讨论法需要特别关注的。

3. 重复法

喜欢不断地阅读一本书、再三地倾听一个故事在幼儿中很常见，亲子阅读可以最大限度地满足幼儿的这种需要。反复阅读、倾听，幼儿会对故事熟悉到能够背诵的程度。待幼儿熟悉故事后，父母就可以让幼儿跟自己一起讲述，或者以幼儿讲述为主表现作品。

4. 表演法

幼儿通过各种方式反复阅读一个作品就会熟悉故事中角色的对话、行动，如果达到了这个程度，父母就可以和孩子一起来表演这个故事。家就是一个舞台，孩子和父母扮演着不同的角色，如果人手不够，有时一个人可以扮演几个角色，大家说着台词，在想象的情境里自由行动演绎作品，体验故事中角色的情感，深度走进作品，表现自己。

二、家园合作促进亲子共读

幼儿要获得基本的文学素养需要家园合作，幼儿园文学作品学习与亲子学习接轨，家园一致性和一体化是一种理想的状态。因此，教师除了要指导幼儿学习文学作品外，还承担着指导家长如何开展亲子学习活动的任务。

（一）教师促进亲子共读的基本工作

一般而言，为促进亲子共读，教师需要采取一些措施，做一些基本工作。

第一，了解班级中幼儿亲子学习的基本状况。了解的途径可以是观察分析幼儿在幼儿园的阅读状态，给家长发放调查问卷进行统计分析，或者访谈家长等。

第二，根据亲子学习的基本状况举办相应的专题讲座，向家长介绍亲子共读的理念、方法，推介适合幼儿的作品；还可以请有经验的家长来介绍如何开展亲子共读。

第三，邀请家长观摩幼儿园的教学活动，让家长更好地了解幼儿的阅读兴趣和阅读状态，了解、学习教师指导幼儿学习文学作品的方法。

第四，通过网络平台建立亲子共读 QQ 群、微信群等，开展各方交流互动。这种交流方式，方便快速，能及时关注家长和幼儿的具体情况，同时还可以做个案跟踪，记录幼儿长期的学习状况。

第五，选择合适的幼儿文学作品拟定家园合作学习活动方案，并组织实施。另外，教师还可以为家长提供参与教学的机会，让家长与教师合作选择文学作品、设计学习活动的方案，相互学习，共同提高对幼儿的阅读指导能力。

（二）家园合作学习活动案例

下面呈现的是在大班开展的家园共同学习的案例，共读的作品是《小绿狼》（勒内·葛舒/文、爱瑞克·盖斯德/图）。活动由教师发起组织。这个案例中的活动由两部分构成，活动一、活动二是在幼儿园开展的集体学习活动，活动三是在家中展开的亲子学习活动。其中有两个方面需要关注。

第一是阅读《小绿狼》的目的。教师在给家长的作品选择缘由中有明确的表达："借助小绿狼哈瓦尔的故事，帮助孩子们认识自我、发现自己的特点，并学习悦纳自我、建立自信。"也就是说，教师设定的阅读学习《小绿狼》的终极目标是促进幼儿的自我发展。这一终极目标是一种感悟，一种启迪。对于幼儿来说，感悟和启迪不是教师直接告知的，而是在理解感受故事内容、与小绿狼同悲同喜中自然获得的。因而,帮助幼儿阅读欣赏故事,让孩子在理解的基础上体验小绿狼的心理变化是活动一的学习重点。活动二是由阅读欣赏延伸拓展的,其重心是帮助幼儿认识自己、悦纳自己。如果从文学阅读的角度来说,就是在帮助幼儿建立作品阅读经验和自我生活经验的联系。

　　第二是关于亲子学习活动的建议。亲子共读具有个别性,这不仅体现在一对一上,更表现在每一位家长与孩子分享作品的形态差异上,如何具体实施亲子共读应该是家长与孩子来选择的。在这个案例中,教师的工作是提供建议。建议包括三个部分:第一是告知作品选择的缘由,让家长明确家园共读《小绿狼》的目的,同时也是为家长提供作品解读的方向;第二是提出共读方法的建议;第三是推荐延伸活动和拓展阅读的故事。这样的建议既有明确的方向性,又具有灵活性,家长可以根据自己和孩子的实际情况选择适合的活动。

大班家园共同学习活动:图画故事《小绿狼》
(沈路遥　设计)

活动一　阅读《小绿狼》

活动目标

(1) 熟悉故事情节,理解小绿狼的行为,体验小绿狼的心理。

(2) 通过理解体验小绿狼心理变化的过程,感悟"是的,我就是一只绿色的狼"中洋溢的自信。

活动准备　《小绿狼》PPT;灰狼图片一张;教师能够熟练讲述《小绿狼》。

活动过程

一、图片导入

师:今天,老师给小朋友们请来了一个动物朋友(出示灰狼的图片)。这只狼的毛是
　　什么颜色的?(出示小绿狼)今天老师介绍给大家认识的这只小狼是——绿
　　色的。

师:你们猜猜,当一只绿色的狼出现在一群灰狼中间,会发生什么情况呢?让我们
　　一起来听听这个故事。

二、师幼共同阅读理解故事

看 PPT 共读故事,模拟故事中角色的表情、动作。

◆　穿上灰色衣服

师:从前,有只全身长着青苹果绿色皮毛的小狼,他叫哈瓦尔。"多帅气的哈瓦尔
　　呀!"我们来和哈瓦尔打个招呼吧。

灰狼们看见小绿狼来了,他们会怎么样呢?

可是,怎么变成灰色呢? 如果你是小绿狼,你会怎么做?

小绿狼来到了哪里?

你们觉得小绿狼他会成功吗? 为什么?

灰狼们看见小绿狼,怎么样啊? 他们怎么和刚才一样还是笑呢?

小绿狼还会想出其他的办法吗?

◆ 抹上柴灰

师:哈瓦尔绝对不是一只灰心的狼! 这一次,他点燃了好大一堆柴火,火熄灭后,留下了许多灰色的粉末。

你们觉得小绿狼准备这么多灰色粉末要干吗呢?(师幼共同表演抹柴灰)这次可不会忘记尾巴了。

可是,天空怎么啦? 下雨后,会发生什么事情呢?

哈瓦尔的绝招会是什么呢?

◆ 涂上油漆

哈瓦尔手里拿了什么? 什么颜色的?(模仿小绿狼涂抹油漆)

哈瓦尔怎么了,看起来怎么样?

可怜的哈瓦尔看起来好难受,张大了嘴巴,他可能在说些什么呢?

◆ 遇到仙女

仙女有没有实现小绿狼的愿望呢?

哈瓦尔愿意做一条金鱼吗?

哈瓦尔他为什么一定要变成灰色呢?

变成一只这么漂亮的小鸟,哈瓦尔开心吗?

小绿狼他刚开始时那么想变成灰色,现在仙女再问他,他为什么又说就保持这个样子呢?

可是那些灰狼同伴能接受他吗? 他还愿意再找他们吗?

◆ 找同伴。

师:哈瓦尔正全速奔向灰狼们住的那片森林。森林里,灰狼们正在玩捉迷藏的游戏,真是太巧了,捉迷藏也是哈瓦尔最喜欢的呢! 猜一猜,这次的结果会怎么样呢?

师:灰狼们还没有来得及开口,哈瓦尔又加了一句:"是的,我就是一只绿色的狼,不过,那又怎么样呢?"幼儿学说小绿狼的这句话以及动作。(读出自信,读出快乐、神气的小绿狼)

你们喜欢这只小绿狼吗? 为什么?

三、感悟总结

故事中的小绿狼因为自己和灰狼们长得不一样,所以很难过,想了很多种办法想变成灰色,可是都没有成功。你们觉得自己和别人长得不一样,这有关系吗?

你们都长得不一样,那你们喜欢自己吗? 为什么?

活动二　认识自己,悦纳自己

活动目标

(1) 认识自我、发现自己的特点,获得积极的情绪体验。

（2）知道每个人都是独一无二的，建立自信心。

活动准备

（1）已经阅读欣赏了图画故事《小绿狼》。

（2）装有若干书本的纸箱、玩具搭成的城堡、呼啦圈、"梅花桩"若干。

（3）《小绿狼》PPT、音乐《我真的很不错》。

活动过程

一、结合 PPT，回顾《小绿狼》的内容

小绿狼为什么不开心？你有没有和小绿狼一样因为不满意自己而觉得不开心的时候？

小绿狼想了哪些办法把自己变成了灰色？

小仙女把小绿狼变成了什么？小绿狼喜欢吗？

小仙女失败了，为什么小绿狼还说她是称职的小仙女？

小仙女说小绿狼很可爱，那你们喜欢小绿狼吗？为什么？

最后小绿狼心情怎么样了？

二、认识自己，发现自己和别人的不一样

你们有没有自己很喜欢、很骄傲的地方？

若幼儿说不出，就引导其他孩子夸奖他。

三、游戏：我能！

（1）老师准备了许多挑战游戏，你能完成吗？

（2）让我们像小绿狼一样神气地出发，勇敢地完成挑战！

（3）幼儿参加各种游戏，播放音乐《我真的很不错》。

（4）说一说，你完成了什么挑战游戏？

四、总结延伸

刚才我们听到的音乐叫《我真的很不错》。我们小朋友都很棒！下一次，老师和大家一起学习这首歌曲——《我真的很不错》。

活动三　《小绿狼》亲子共读

以下是教师提供给爸爸、妈妈们的材料。

◆ 选择《小绿狼》的缘由

大班幼儿的自我意识发展十分迅速，自我评价也从依从性评价向独立性评价发展。同时，他们也开始在意社会尤其是同伴和师长对自己的看法。然而，人无完人，当他们意识到自己的缺点或不足时，感受到来自他人的异样目光或排斥时，就容易产生一系列的负面情绪，就如图画故事《小绿狼》中的小绿狼一样。

小绿狼哈瓦尔因为一身与众不同的绿色皮毛遭到了同伴的嘲笑和排斥，在经过一系列变装、变形后终于意识到自己是独一无二的，最终变得自信自爱。本次学习活动希望借助小绿狼哈瓦尔的故事,帮助孩子们认识自我、发现自己的特点,并学习悦纳自我、建立自信。

"大灰狼,大灰狼",人们都习惯这样叫,可见狼一般都是灰色的,当一只绿色的狼出现在一群大灰狼中时,你猜会发生什么情况?

被嘲笑?被驱逐?被排挤?小绿狼遭遇了嘲笑。

嘲笑虽无关性命,却涉及自信。在伙伴们的起哄声中,小绿狼发誓要改变自己:他先是穿上灰色的衣服,却不小心露出了绿色的尾巴;再是抹上灰色的柴灰,却被大雨浇回了原形;然后又涂上灰色的油漆,却被太阳晒得够呛。懂得魔法的小仙女也不能帮助小绿狼。在接连把他变成金鱼和小鸟后,小绿狼还是决定做本来的自己——就像他最后宣称的一样,"是的,我就是一只绿色的狼,不过,那又怎么样呢?"

这是多么重要的宣称!表明小绿狼已经认同自己、接纳自己、肯定自己。

这本图画书是一个关于认识自我的寓言。每个人都是独特的个体,不管是在身体上还是思想上。他要遵守一定的社会行为准则,但这并不妨碍他拥有独立的思想和行为。

◆ 亲子共读建议

(1) 孩子们已经在幼儿园集体活动中读过《小绿狼》了,第一次阅读时,可以采用孩子给爸爸、妈妈讲故事的形式,在孩子讲述有障碍时再通过提问形式加以引导。

(2) 和孩子演一演小绿狼的故事,可以选择一个或几个片段来表演。

(3) 关注生活中孩子的表现,有意识地适时肯定孩子。

◆ 延伸活动推荐

(1) 仿编故事:有什么办法可以帮哈瓦尔"变成"灰色的狼?变完之后会发生什么故事?

(2) 创编故事:故事的最后哈瓦尔和其他的灰狼捉迷藏,会发生什么事呢?谁最后会赢得比赛?

(3) 涂色创编故事:让孩子给狼的形象图填色——狼除了绿色,还可以是什么颜色的?不同颜色的狼会发生什么故事?绘画能力强的孩子可以自由描画狼的形象。

◆ 拓展阅读图书推荐

《有个性的羊》(达尼拉·楚德芬思克/文·图)、《小猪变形记》(本·科特/文·图)、《笨拙的螃蟹》(露丝·盖乐薇/文·图)。

 探讨

◆ 学习本章之前写下的"问题"都解决了吗?和老师、同学合作探讨尚未解决的问题。

思考与实践 ●

一、 幼儿园教师组织的幼儿文学作品学习有哪些途径和类型？

二、 创设图书角有哪些要求？

三、 教师为促进亲子共读需要做哪些工作？

四、 自选一篇幼儿文学作品（文体不限），设计一个"围绕作品的学习活动"。

五、 自选一个幼儿故事，以讲述、讨论为主要方法，设计一个与个别幼儿共读作品的方案。 在日常生活圈中找一名孩子实践这一方案。 有条件的话把与幼儿共读的过程录音或录像，以备反思。

六、 下面是两份有关图画故事《喷嚏狗和唱歌猫》（张秋生/文、刘勇/图）的亲子共读实录，请讨论分析：两位妈妈各运用了哪些引导孩子阅读的方法？ 这些方法合适吗？

案例一　妈妈和儿子(小班)共读

妈妈:《喷嚏狗和唱歌猫》。爱打喷嚏的喷嚏狗和爱唱歌的唱歌猫是一对好朋友,看,这里有只小狗,这里有只小猫,是不是啊?

妈妈:这是不是小狗啊? 这是不是小猫?

孩子:是。(点头)

妈妈:有一天,他们在一起玩捉迷藏的游戏。看他们要玩捉迷藏咯。

（孩子盯着画面看）

妈妈:唱歌猫先躲起来,她躲在一棵小树的树权上,小树的树叶遮盖了她,你看,唱歌猫躲起来了,躲在哪里啊? 躲在小树里面哦。

孩子:嗯。

妈妈:然后喷嚏狗怎么抓也抓不到唱歌猫。

妈妈:后来,喷嚏狗想出了一个好办法,躲在草丛里,大声地唱起一首唱歌猫最爱唱的歌。唱歌猫最爱唱的歌哦。(跳过歌的内容)

（翻一页,孩子始终盯着画面）

妈妈:刚才喷嚏狗唱了什么歌?（没回应）

妈妈:唱歌猫听了这歌,她忍不住地也跟着轻轻地哼了起来,小狗狗唱歌,小猫猫也跟着一起唱起来了对不对啊?

（还没等孩子回应,妈妈继续念）

妈妈:喷嚏狗竖起耳朵仔细听着,他一抬头,他把头抬起哦,就把躲在树权上的猫抓住了（随之是一个抓住的动作）是不是啊?（孩子依然看着书本,没有回应）

妈妈:然后小猫怎么说,哼,喷嚏狗,你没什么了不起,是我的歌声帮助了你。对不对啊?

孩子:对。

妈妈:然后小狗说"不,是我用聪明的办法抓住了你。"(随之一个抓住的动作)

（翻页）对不对？

妈妈:轮到喷嚏狗躲起来了哦。喷嚏狗躲到哪里去啦,你找找？（孩子皱眉找喷嚏狗）

妈妈:喷嚏狗躲进一个小树洞里,密密的狗尾巴草遮住了洞口,唱歌猫怎么也抓不到喷嚏狗。你看,躲在哪里啊？

（孩子在找,妈妈就指着画面:"躲在这里!"）

妈妈:后来,唱歌猫也想出了好办法,她唱起了歌。（跳过歌的部分,翻页）

妈妈:然后呢,听见这个,喷嚏狗的鼻子马上痒起来了,他再也忍不住,阿嚏……（随之跟着孩子一起晃动）一连打了八个喷嚏（随之用手表示八这个数字）。唱歌猫拨开狗尾巴草,一把抓住了喷嚏狗。

妈妈:狗狗打喷嚏了,所以小猫把他抓住了,对不对啊？对不对？

孩子:对。

妈妈:唱歌猫,你这算什么本领,是我的八个喷嚏帮助了你。这是小狗狗说的哦。

妈妈:那小猫说什么呢？不,是我用智慧抓住了你。对不对啊？

妈妈:有没有抓住？

孩子:抓住了。

妈妈:哦,都抓住了,小狗有没有抓住小猫？

孩子:有。

妈妈:小猫有没有抓住小狗？

孩子:有。

妈妈:嗯,真棒!（竖起大拇指）

孩子:（也露出微笑,竖起大拇指）真棒!

案例二   妈妈和儿子(大班)共读

妈妈:今天我要给你讲个很好听的故事,你看这是谁啊？

孩子:小猫和小狗。

妈妈:这是一只爱打喷嚏的喷嚏狗,这是一只爱唱歌的唱歌猫。他们是一对好朋友。打喷嚏是怎么打的啊？

孩子:阿嚏（做出打喷嚏的动作）。

妈妈:他们是一对好朋友,有一天,他们在一起玩捉迷藏的游戏。

妈妈:唱歌猫先躲起来,她躲在哪里啊？

（孩子盯着画面努力地找,指出了在树上,但是说不出"树杈"）

妈妈:在树杈上,为什么找不到她啊？因为小树的树叶遮盖了她,喷嚏狗怎么也抓不到唱歌猫。

妈妈:后来喷嚏狗想出了什么好办法啊？

孩子:唱歌(看到了音符)。

妈妈:哦,后来喷嚏狗想出了一个好办法,他躲在草丛里,大声地唱起了一首唱歌猫最爱唱的歌,你真聪明!

(妈妈为歌词加上了旋律,唱了起来)

我有一颗蒲公英

她有五把小伞

两把小伞飞得高

三把小伞飞得低

五把小伞真呀真有趣……

妈妈:唱歌猫听了这歌,她忍不住也跟着轻轻地哼了起来。喷嚏狗竖起耳朵仔细听着,他一抬头,就把躲在树杈上的唱歌猫给逮住了。

妈妈:喷嚏狗找到唱歌猫了么?

孩子:找到了。

妈妈:唱歌猫说,哼,喷嚏狗,你没什么了不起,是我的歌声帮助了你。喷嚏狗说不,是我用聪明的办法抓住了你。

妈妈:轮到喷嚏狗躲起来了。喷嚏狗躲在哪里啊?

(孩子用手指着喷嚏狗)

妈妈:躲在这里啊,我们看看唱歌猫有没有找到他哦? 喷嚏狗躲进一个小树洞里,密密的狗尾巴草遮住了洞口,唱歌猫怎么也抓不到喷嚏狗。

妈妈:你猜唱歌猫想了什么好办法?

孩子:(看着画面)唱歌。

妈妈:真聪明,唱歌猫啊唱起了一首歌。

啊呀啊呀

谁打翻了胡椒瓶

辣辣的胡椒粉

飞进了我——痒痒的

痒痒的鼻子里!

阿嚏阿嚏……

妈妈:喷嚏狗听了这首歌会怎么样啊?

孩子:阿嚏……

妈妈:那你知道这两个是什么字么?

(孩子指着图片的"阿嚏"的文字说:阿嚏)

妈妈:真聪明! 听见这个,喷嚏狗的鼻子马上痒起来了,他再也忍不住了,"阿嚏……"一连打了八个喷嚏。唱歌猫拨开狗尾巴草,一把抓住了喷嚏狗。

妈妈:唱歌猫抓住了喷嚏狗么?

孩子：有。

妈妈：唱歌猫，你这算什么本领，是我的八个喷嚏帮助了你。不，是我用智慧抓住了你。

妈妈：你喜欢唱歌猫还是喷嚏狗啊？

孩子：喷嚏狗。

妈妈：为什么啊？

孩子：因为很搞笑！

七、活动观摩

下面是亲子共读图画书的活动，请关注亲子共读的内容、方法以及氛围。

◆ **活动一**　**亲子共读**《噗～噗～噗》(谷川俊太郎/文，元永定正/图)

◆ **活动二**　**亲子共读**《我们发现了一顶帽子》(乔恩·克拉森/文·图)

亲子共读
图画书
《噗～噗～噗》

亲子共读
图画书
《我们发现了
一顶帽子》

第十二章　基于幼儿文学作品的表演

 学习目标

- ◆ 阐述把文学作品改编成幼儿戏剧剧本的基本要求和方法。
- ◆ 阐述戏剧表演游戏的含义与特点。
- ◆ 阐述戏剧表演游戏活动组织的要求。
- ◆ 合作创编基于幼儿文学作品的戏剧，并组织公开表演活动。
- ◆ 基于幼儿文学作品设计戏剧表演游戏方案，并尝试在幼儿园组织相应的活动。

 知识框架

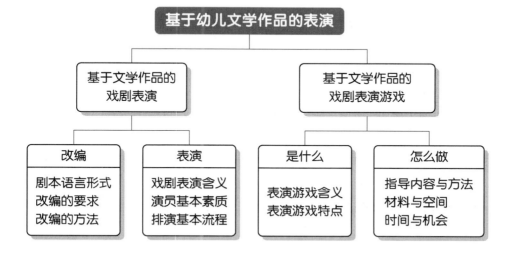

 经验与问题

- ◆ 温习第九章幼儿戏剧文学的特点。
- ◆ 关于幼儿文学作品的戏剧表演和戏剧表演游戏，你有什么问题？请写下来。

第一节　基于幼儿文学作品的戏剧表演

本节中的戏剧表演，指的是供观众欣赏的、在舞台上的公开演出。这个舞台，可以是正式的剧场，也可以是幼儿园内的演出场地。

幼儿文学作品的戏剧表演有两种类型，一是依据幼儿戏剧文学作品——剧本来组织排演以及公开表演；二是非幼儿戏剧文学作品的表演，首先要把幼儿故事、幼儿诗歌等非戏剧文学作品改编成可供表演的剧本，然后再组织排演与表演。在学前教育情境中，基于非戏剧文学作品的戏剧表演更为普遍一些，下面我们将从剧本创编和排演两个方面介绍相关知识和要求。

一、从非戏剧文学作品到剧本

（一）剧本的功能定位与语言形式

1. 剧本的功能定位

剧本有着文学剧本和舞台台本之分，舞台台本的舞台提示比文学剧本详尽，包括演员的形体动作、舞美设计、灯光音效等都有具体呈现。请阅读童话剧《狼大叔的红焖鸡》的两份剧本节选。

剧本一

（房间内，餐桌，桌上有食物）

狼大叔：（挑出一根青菜，有气无力地念叨）天天豆腐青菜豆腐青菜豆腐青菜的……真想吃肉啊……

狼大婶：除了吃，你也没其他爱好了！（望天叹气）不过，清蒸的、红烧的、酱爆的、油焖的，我们都好久没吃了。

狼大叔：唉，真是越说肚子越饿啊。（幻想状）清蒸的，红烧的，酱爆的，油焖的……

狼大婶：说到油焖，后山那只鸡……（叔婶相视而笑）

（狼大叔快步往沙发走，并从其后拎起一只笼子）

狼大婶：走，咱们现在就出发！

剧本二

（客厅：沙发；餐厅：餐桌，若干盘菜。客厅、餐厅两者界限为衣帽架）

（幕启：狼大叔向右侧对观众，坐在沙发上架着腿，读报纸；狼大婶向左侧对观众，端盘子）

（前台灯光暗，中后方微亮；轻快柔和音乐起，太阳出场；前台灯光渐亮，树枝、花草

轻轻摇晃,太阳、树、花、草定位后音乐渐停,狼叔狼婶动起来亮相)

　　狼大婶:(边端着盘子边喊)老头子,吃饭了!(放下菜盘子,掸一掸袖子围裙,解下
　　　　挂到衣帽架上)

　　狼大叔:(放下报纸,走向桌子,坐下探头扫一眼餐桌,挑一块豆腐,戳一戳青菜,举
　　　　到眼前,有气无力念叨)天天豆腐青菜豆腐青菜豆腐青菜的……真想吃肉
　　　　啊……

　　狼大婶:(走向餐桌,叉腰,一指头戳上狼大叔的脑门)除了吃,你也没其他爱好了!
　　　　(后半句边说边坐下,端起碗筷,准备吃饭,用筷子夹起一块豆腐,快送入口
　　　　时,也觉得没有胃口,叹一口气)说到肉哇,(站起,用手指在空中点,数一个
　　　　菜名停一下)清蒸的(在桌子前方,手指向右上方,想象那里有一只清蒸
　　　　鸡)、红烧的(小碎步向左方跑开几步,手指向左下方,想象那里有一盘红烧
　　　　猪排)、酱爆的(继续用小碎步左移,手指向左上方,提一口气,似乎要发出
　　　　"耶"的声音,仿佛自己看到了一只酱爆鸭)、油焖的(小碎步向舞台中移动,
　　　　手指向正下方,瞪大眼睛,就像看到了那儿有只油焖鸡),我们也确实好久
　　　　没吃了(像泄了气的气球一样)。

　　狼大叔:(唉,真是越说肚子越饿啊,(双手在肚子前,沿着顺时针方向摸,眼神在空中
　　　　瞟来瞟去,往舞台一侧走去)清蒸的、红烧的、酱爆的、油焖的,(折回往舞台
　　　　中央踱步并痴想)清蒸的、红烧的、酱爆的、油焖的,(又往一侧走去,更急迫
　　　　地幻想)清蒸的、红烧的、酱爆的、油焖的,(开心地、兴奋地念叨着)油焖的、
　　　　油焖的、油焖的……(语速由慢到快,语气由弱到强)

　　狼大婶:(在狼大叔念前两遍时不耐烦地看着他,第三遍时开始若有所思,第四遍时
　　　　突然想到了什么,顿时大叫)啊哈!(狼大叔被吓了一大跳,身子往后一倾,
　　　　张大嘴巴盯着狼大婶)说到油焖的,后山那只鸡……

(狼大叔作恍然大悟状,疾步往沙发走并从其后拎起一只笼子,朝着狼大婶使眼色)

　　狼大婶:(伸出手指着笼子与狼大叔相视而笑,随后作出发的手势)走,咱们现在就出发!

(舞台左边灯光稍暗,狼叔狼婶下场)

　　剧本一是根据图画故事《狼大叔的红焖鸡》创编的文学剧本中的一场,舞台提示比较简
单。剧本二是依据案例一在排演过程中加工的舞台演出台本,舞台提示就非常具体,特别是
对演员的形体动作、台词表现等进行了细致的设计。

　　我们最后加工成的剧本是供舞台演出的台本,而不是供阅读欣赏的戏剧文学作品。从
非戏剧文学作品到剧本,基本的工作流程是:选择适合幼儿戏剧表演的诗文,先创编成文学
剧本,然后加工成供演出的台本。这一过程中,文学剧本创编得好是表演顺利、成功的基础。

　　2. 剧本的语言形式

　　剧本文字呈现的一般包括以下内容:分幕;分场(一幕之中人、事有少许变动可分场,分

场时可"暗转"处理);剧情简介;角色简介;时间介绍;地点介绍;场景介绍;舞台设计;"幕启"情况说明;明场与暗场;台词、唱词、解说;表情动作描述;灯光说明;音效说明等。以上内容的剧本语言分为两大类:一是台词、唱词和解说,一是提示说明。

(1)台词、唱词和解说。台词、唱词和解说是观众能够听到的。

台词和唱词是剧中角色说的或唱的,主要用来展现剧情、刻画角色形象等。台词包括三种形式:对白(对话)、独白和旁白。独白与旁白的区别是:独白是角色独自在场中抒发情感和愿望的话,旁白则是角色在与同场其他角色对话或交流时插入的自语,是背着台上其他剧中人对观众说的话。在反映角色的心理上,二者的功能相当。

解说,又称为场外解说或画外音。解说不是剧中角色说的话,而是以第三人称的口吻向观众解释说明剧中角色不宜说、却又需要说的话。如第九章介绍的《小灰狼的春天》中,开场先是四位主角的歌唱,紧接着就是画外音即解说:"咦,今天,三只小猪和小灰狼之间会发生什么故事呢? 嘘,他们来了!"

(2)提示说明。提示说明不是说给观众听的,是供表演者等剧组人员参考的。这些有关舞台表演的提示说明主要包括三方面的内容:一是对人物的形象特征、心理活动、情感变化和场景、气氛的描写或说明;二是对时间、地点、动作的说明;三是对灯光、布景、音响效果等艺术处理的要求等。

3. 剧本阅读

请阅读本章附录:从非戏剧文学作品到剧本。这些材料呈现的是从非戏剧文学作品到剧本的加工过程,可以先阅读"原作"和"剧本",在接下来学习"作品改编的基本要求"和"具体方法"时,再来思考这些案例的可取之处。

(二)作品改编的基本要求

把非戏剧文学作品改编成可供演出的剧本,要考虑到表演形态、幼儿特点和演出条件三个方面的因素,使最后形成的剧本具有戏剧性、儿童性和表演的可行性。

1. 明确表演形态,改编作品时要有舞台感

剧本是为了演出而创编的,创编每一个戏剧场面的时候都应该想到它作为舞台场面时的具体情景,也就是说在创编时要有一种特有的舞台敏感性,即"舞台感"或"舞台思维"。关于表演形态应明确两个要点,一是戏剧是一种综合艺术,二是戏剧是"行动的艺术"。

其一,戏剧是一种综合艺术,它融汇了多种艺术手段,如文学(剧本)、音乐(戏剧演出中的插曲、配乐等)、舞蹈(戏剧演出中的舞蹈、形体造型等)、造型艺术(布景、灯光、道具、服装、化妆等),还有多媒体技术等。原作品的艺术媒介是语言文字,创编剧本时就要综合多种艺术媒介去表现原来单纯运用语言文字表现的内容。如文字描述是"春天到了",到了舞台上就可以由花、草的布景,蝴蝶、蜜蜂的舞蹈,鸟儿的啼鸣、优美的音乐等共同来呈现,观众通过视觉、听觉来感受春天。

其二,戏剧是"行动的艺术"。戏剧艺术是由演员扮演角色,在舞台上当众表演情节、显

示情境的一种艺术，"情节"是通过人的行为活动来展现的，行动是戏剧表演的基础。

行动（action），是指戏剧舞台上有目的的行为活动。任何行动，都具有心理和形体两个方面，是心理与形体结合的活动。形体行动，为达到目的依赖的主要是形体的力量，如挑担、打球、跑步、扫地、洗脸、梳头，以及握手、拥抱等。心理行动的目的主要是为了改变人的意识，可以是改变别人的，也可以是改变自己的，如安慰、说服、请求、解释、拒绝等。心理行动和形体行动是密切相连的。形体行动可以作为完成心理行动的方式，如果你想安慰一位孩子，可以蹲下来，轻轻地拍拍他的肩头，然后拥抱他一下。这样，你就是用一系列的形体行动来完成安慰这个心理行动。

心理行动必须通过外在的表现形式，所依赖的手段便是运用形体性动作（又称为表情性动作）与言语动作。当你责备一个人时，可以用谴责的目光去注视他，同时摇摇头来表示你的不满；也可以说："你不该这样做！"前者就是形体性动作，后者则是言语动作。非戏剧文学作品单纯运用语言文字来塑造角色、推进情节，剧本创编时就要设计相关的戏剧"行动"来呈现，让言语动作与形体性动作共同来表现剧情。

2. 把握幼儿特点，改编作品时要有观众意识

作品改编时还要把握好幼儿观众的认知特点与审美心理。首先在作品选择时就应充分考虑幼儿的接受特点。其次在创编加工过程中要时时抱有观众意识，如增设的情节、角色是否适合幼儿的理解力，语言是否适合幼儿的经验与需要，是否可以加入歌舞、游戏，是否可以与观众互动等。如何把握幼儿特点将在下面的"作品改编的具体方法"部分做进一步讨论。

3. 关注演出条件，改编作品时要考虑表演的可行性

剧本的创编还要考虑表演的可行性，因为演出效果是受演出条件制约的，如演员是否具有相应的表演能力，演出场地是否能够呈现相应的效果，技术设备是否能够支撑表演等。之所以要关注演出条件，主要是因为我们的表演大多是在教育情境中展开的，很多时候演出就在教室中进行，即便在校园的舞台上，也可能没有齐全的演出设备可以提供理想的音响、灯光等效果。另外，太复杂的布景制作也是不太现实的。

（三）作品改编的具体方法

1. 关于非戏剧文学作品的选择

什么样的作品适合戏剧表演？从理论上说，所有作品都可以经过改编加工而供表演，但从操作的可行性来说，应尽可能选择故事性强，情节线索清晰集中的作品。也就是说，原作应该是有故事情节的，同时这一情节的线索要明晰集中，有利于形成戏剧冲突。

如《三脚猫》（冰子）这个故事就很容易形成戏剧冲突。"三脚猫"只会几个医学名词，却敢于以"城里来的医生"的身份给大家看病，它的不懂与装懂可以构成一个基本的戏剧冲突，具体的又可以表现在"三脚猫"与被它当做病人的小白兔、骆驼、蜂鸟和大象的冲突上。又如寓言《狐狸和葡萄》也是比较容易形成戏剧冲突的，狐狸想吃葡萄与吃不到葡萄构成了冲突，如何让冲突升级，就可以创设诙谐、充满情趣的细节性场面。相反，像图画故事《我爸爸》《我

妈妈》就不太容易形成戏剧冲突,因为这是一个叙事性较弱的故事,是散点式的结构,情节线索不集中,若要改编成适合幼儿欣赏的戏剧难度就很大。

2. 关于情节、角色

原作的情节可以改编吗? 原作情节改编与否由戏剧表演的目的决定。如果戏剧表演是原作欣赏的一种途径,那么最好忠于原作品的情节。如果戏剧表演不拘泥于欣赏原作,而是基于文学的艺术欣赏与教育,那么就可以有较大的再创作的空间。

一般而言,由非戏剧文学作品改编的剧本,在情节上有以下几种情况:一是忠于原作品的情节与角色设置;二是主要情节、角色不变,但细节以及次要角色有所增删,如本章附录中的《小青虫的梦》;三是情节主线索不变,但情节内容较大幅度地扩充、丰富,有的还增加配角,使戏剧冲突更鲜明,如本章最后所附材料中的《字典公公家里的争吵》和《胆小先生》;四是情节变化大,甚至主题也变了,即所谓新编,如第九章呈现的《小灰狼的春天》,这其实是一个新编的三只小猪的故事。

3. 关于台词、唱词与解说

(1) 台词、唱词与解说由何而来。剧本中的台词、唱词和解说除了根据新编的戏剧场面来创作外,大量的可以根据原作的相关语言来转化创编。

如《胆小先生》原作中有这样一段情节:

胆小先生(原作)

……后来,大老鼠生了一窝小老鼠,小老鼠又长成了大老鼠……很快,地下室里住满了老鼠。

"不行! 不行!"大老鼠冲着胆小先生嚷嚷,"这么多老鼠住在这么一个小小的地下室,而你一个人住这么多的房子,太不合理了,得换房子。"

"换房子?"胆小先生大吃一惊。

"对,换房子!"老鼠们齐声说。

胆小先生又害怕了。房子换了,胆小先生住进了地下室,老鼠们住进各个房间。……

这一情节在剧本中是这样呈现的:

胆小先生(剧本)

解说:胖老鼠生了一窝小老鼠,小老鼠又长成了大老鼠……很快,地下室住满了老鼠。(小老鼠群舞,表现地下室拥挤)

胖老鼠:老公,你看看,这里又挤又脏,咱们得换个大地方。

小老鼠们:对啊对啊! 我们要住楼上的大房子! 我们要住楼上的大房子!

瘦老鼠:看来我们又得跟胆小先生谈谈了。

小老鼠们:胆小先生,快出来,出来!(兴奋状)

胆小先生:(哆嗦走出)【唱词】这群老鼠,真真可怕,生完一窝,又生一窝。食物吃完
　　　　了,地方住不下。又来叫我了,叫我心发慌。心呀心发慌,心发慌!(白)
　　　　哎,哎,来了来了。

胆小先生:你,你们叫我有什么事吗?

胖老鼠:胆小先生,好久不见! 你看我们家孩子越来越多,这么小小一个地下室怎
　　　　么住得下! 你一个人住这么大的房子,太不公平了! 咱们换房子吧!

胆小先生:(大吃一惊)什,什么,换房子?

小老鼠们:对,换房子! 换房子!

胆小先生:(吓得一屁股坐在地上)换房子? 不不不,这可不行,这可是我的房
　　　　子……(声音越来越小)

胖老鼠:(掏掏耳朵,抬起脚,眼睛瞪着胆小先生)先生? 你说什么,我没听清楚。

胆小先生:(连忙站直身体,摇手)没没,没说什么!(思考状)

胖老鼠:【唱词】我是胖老鼠,威风人人怕。吼一声,跺一脚,房子抖三抖。要是赶我
　　　　走,我就要发怒,那我就来跺跺脚,轰,轰,轰! 房子就要崩塌了!(瘦老鼠
　　　　附和状)

胆小先生:太可怕了! 这两只老鼠好可怕! 就和他们换房子吧,不然房子就要塌
　　　　了。(转向老鼠)那,那我们就换房子吧。

解说:胆小先生住进了地下室,老鼠们住进了各个房间。

老鼠们:(欢喜地搬进大房子,歌舞)【唱词】高高兴兴住呀住进大房子,胆小先生果
　　　　然是个胆小鬼。吼出一声,跺上两脚,把他吓到了,哈哈把他吓到了。

胆小先生:【唱词】这群老鼠,真真厉害,让我害怕,让我害怕。用力一吼,房子抖三
　　　　抖;用力一跺,房子就崩塌。多呀多么可怕,怎么办!

　　剧本中台词、唱词和解说三者合力推进情节、刻画角色性格。老鼠要求换房子,胆小先生没办法只好答应了,原作中老鼠们、胆小先生的语言以及叙述文字,在剧本中被台词、唱词展开了。以胖老鼠的台词、唱词为核心(剧中的胖老鼠原型就是"大老鼠"),不断对胆小先生施压,瘦老鼠和小老鼠附和,尤其是小老鼠们一次次重复的台词所起的推波助澜的效果非常鲜明。而胆小先生"没有办法"的心理也通过台词和唱词来反复表现。

　　如果是忠于原作或情节、角色变化不大的改编,剧中台词可以是把原作的角色语言直接搬过来,而原作的角色心理描述可以转化为独白。

　　唱词,除了创编,也可以根据原作的角色语言来改编。如《胆小先生》里,胖老鼠第一次与胆小先生交锋时这样唱道:

　　"我是胖老鼠,威风人人怕。吼一声,跺一脚,房子抖三抖。要是赶我走,我就要发怒,那我就来跺跺脚,轰,轰,轰! 房子就要崩塌了!"

这段唱词的源头就是原作中大老鼠对胆小先生说的话：

    "你放了我"，"我要是一跺脚，整个房子就塌了。"

解说，其依据首先也是原作的叙事。上面例文中的两段解说就基本来自原作的叙述文字。

（2）创编幼儿戏剧的台词、唱词和解说词需要注意什么。其一，台词。台词应注意三个方面。第一个方面是应口语化，上口、好听。这在第九章"幼儿戏剧文学的特点"中有过介绍，这里不再赘述。第二个方面是应符合角色身份、性格。如《小灰狼的春天》里三只小猪的台词、唱词内容，都反映了他们各自的性格。《胆小先生》里胆小先生经常出现因害怕而结巴的台词，这就非常符合他的性格与心理，如："你你你你……你们是谁？在我家里做做做……做什么？""我我……我干净又漂亮的房子里是决……决不允许有老鼠的，快，快离开我漂，漂亮的房子！"创编的台词，尤其要注意与角色身份、性格的吻合。第三方面，台词可适当重复。台词适当重复关乎多方面的因素。一是跟戏剧艺术具有空间传播的特性有关。台词由演员在舞台上说出来，经过一定的空间距离传送到观众席上，在学前教育情境中的表演，有时候是没有扩音设备的，所以台词适当的重复可以在一定程度上减少损耗。二是幼儿观众的接受需要。幼儿的注意力很容易分散，重复增加了接受的机会；对于理解能力有限的幼儿来说，适当重复还可以帮助理解；另外，适度的重复还会带来一种稳定的节奏感。三是可以制造一定的戏剧效果，某一种事物数量的累积有时会产生一种或幽默或快乐或轻松的感觉。

台词的重复可以由一个角色完成，如上面例文中小老鼠的重复性台词；也可以由几个角色配合完成，如《小灰狼的春天》里的三只小猪设计构想房子的一段：

  大宝：哇，我要造一间能打开房顶的草房子，白天日光浴，晚上看星星，做猪嘛，舒服最重要！大灰狼，哼，我才不怕呢！
  二宝：噢，我要造一间香香的木头房子，用美丽的小花做装饰，肯定是最漂亮的房子！大灰狼，我才不怕呢！
  小宝：造房子真的有点儿难，我可得好好想想！嗯，我要造一间很坚固的砖头房子，盖得高高的，大大的！大灰狼，我才不怕呢！

"大灰狼，我才不怕呢！"重复三次，由三只小猪分别说出，加固的是后来与小灰狼冲突的心理防线，富于幽默感。

重复并不意味着词句非要一模一样，同一句式中特定成分替换的重复，同一意义的相似句式的重复，都会有特定的戏剧效果。还是看《小灰狼的春天》：

大宝:自己造房子?

二宝:我们自己造?

大宝:……我的稻草房子造好了!

二宝:……我的木头房子也造好了!

小宝:……我的砖头房子也造好了!

大宝:我可不怕大野狼!

二宝:我也不怕大野狼!

其二,唱词。唱词同台词一样,应上口、悦耳,符合角色身份与性格,可以适当重复。除此以外,创编唱词时应有音乐视角。有的在创作唱词时还没有音乐,只是根据戏剧场面和角色的身份、性格像写台词一样编写,在排演阶段才会去配上旋律。比较理想的状态是唱词编写时就有音乐在参与,或者是先有音乐,合着旋律填词。

其三,解说。故事情节的推进或人物关系的说明若无法在舞台上表演,或者从戏剧节奏而言不宜展开,那么可以用解说呈现。要注意的是,解说不宜过多。

4. 关于歌舞

何时可用歌舞?戏剧是综合艺术,歌唱、舞蹈是幼儿戏剧中普遍采用的艺术手法。不管是从欣赏还是从参与的角度来说,幼儿戏剧都应该是充满歌舞的,充满歌舞的幼儿戏剧具有更为浓郁的游戏性。

歌舞在幼儿戏剧中具有多种功能。

其一,歌舞可以用来呈现情节。如《狼大叔的红焖鸡》中,原作的情节描述是:

狼大叔的红焖鸡(原作)

于是……狼大叔跑回家,冲进厨房,开始准备……

他先做了一百个香喷喷的煎饼。然后,在那天深夜,他把煎饼悄悄地放在母鸡家的走廊上。

"快吃吧,快吃吧,我可爱的母鸡,长得肥肥又胖胖,让我痛痛快快吃一场!"他小声念叨着。

剧本中的相关情节是由台词与歌舞共同呈现、推进的:

狼大叔的红焖鸡(剧本)

狼大婶:(一边系围裙一边从舞台左侧上场,脚步略快,兴奋吆喝)老头子,快点儿,我们要开工了!

狼大叔:(一边戴袖套一边追着狼大婶上场)来啦!

狼大叔、狼大婶:(唱)我是一个好厨师,煎饼做得香。嗯,我要把那老母鸡,养得肥又胖。哇喔，撒点芝麻加点葱，煎饼做好了。啊，哎呀我的老母鸡，吃得肥又胖，哦也。

狼大叔、狼大婶：（双手圈成喇叭状，分别从一侧喊着退场）煎饼集合喽！

（煎饼出场舞蹈）

（鸡窝；月亮出场）

（狼大叔、狼大婶在舞台左边候场，煎饼放在离他们不远的地上）

狼大婶：这一百个煎饼做得我腰酸背痛。（向左扭头看见月亮，惊讶）你瞧，天都黑了！

狼大叔：（冲观众点头，憨厚一笑）正是送煎饼的好时候。

狼大婶：（挑眉赞许，微笑）这会儿倒机灵，走！（抬起煎饼准备出发）

（送煎饼音乐起，狼大叔狼大婶抬着煎饼脚步微沉，随节奏摇摆身体）

狼大叔、狼大婶：快吃吧，快吃吧，我可爱的母鸡，长得肥肥又胖胖，让我痛痛快快吃一场！

歌舞还可以表现舞台上无法以写实方式呈现的情节场景。如《小灰狼的春天》里，三只小猪造房子的场景就是用三段歌舞来表现的，舞蹈演员身着与稻草、木头和砖头材质感、图案一致的服饰，分别与三只小猪一起歌舞，表现造房子的情节，欢快而富有诗意。

其二，歌舞可以塑造角色形象。如在《小灰狼的春天》中，三只小猪亮相时的歌舞表现的就是三只小猪的性格。音乐的选取、舞蹈的编排都应与唱词所呈现的小猪的性格相吻合。

其三，歌舞可以营造气氛，表现情趣。很多幼儿戏剧最后都以歌舞结束，这些歌舞大部分是营造欢乐、美好的气氛。歌舞在剧中还可以表现情趣，具有游戏的功能。如《胆小先生》中，老鼠们开开心心搬到地下室和搬到大房子时都会有一段歌舞，诙谐的唱词，配上相应的舞蹈，很有喜剧效果。

其四，歌舞还可以表达观点。如《字典公公家里的争吵》最后的歌舞，唱词是："笑一个吧，笑一个吧，我们大家都重要，你来停顿，我来感叹，我们谁都不能少，你的笑脸像朵花，她的笑脸像苹果，哈哈哈哈，哈哈哈哈，团结一心力量大！"这表达的就是原作中字典公公最后要告诉孩子们的道理："滴水汇成了大江，碎石堆成了海岛。"

其五，歌舞当然还可以抒情。抒情是歌舞的天然功能，如《胆小先生》里的"胆小先生"的好几次歌唱都主要是抒情，《小灰狼的春天》里的小灰狼出场后的两次歌唱都有重要的抒情功能。

关于歌舞的运用，需要特别注意的是：第一，音乐应简单些，这样孩子易于学唱；若是孩子熟悉的旋律就更好；第二，歌舞时间不宜过长；第三，歌舞运用不宜过密，应与角色台词的表现张弛有度。

5. 关于戏剧的长度

在幼儿园，幼儿戏剧的表演时间多长比较合适？幼儿戏剧不宜过长。一般控制在 15 分钟以内，若是幼儿的表演，以不超过 10 分钟为宜。

二、从剧本到表演

下面简要地介绍一下戏剧表演的基本知识和戏剧排演的基本程序。

（一）什么是表演

戏剧是由演员扮演角色，在舞台上用行动来展现情节、显示情境的一种艺术。任何一个舞台行动中都含有一个"为什么"，即所谓"情动于衷而形于外"，外在的声音、动作总是源于内在的思想与感情，表演是内心历程的外在显现。

作为演员，需要具有两个基本素质，一是放松，外在身体、声音的放松；一是专注，内心的专注，把注意力集中于跟戏剧相关的因素。因而，演员在舞台行动的过程中就要像在真实的生活中一样去体验，去把握住行动过程的主要环节。在完成一个行动时要真正地去感觉，一定要真听、真看、真闻、真摸……在真正感知的基础上，展开进一步的动作或行动，这样的表演才是有生命力的。

（二）排演的基本流程

学前教育专业学生的幼儿戏剧排演是一个学习的过程。很多时候，尽管也会设置导演，但实际上是一个集体自编自导自演的过程。已经编写好的文学剧本可能还处于未完全定稿状态，排演又是一个集体创作修改的过程。从学习戏剧创编的角度来说，这是一个增强舞台感的必要的学习环节。剧本创编需要有舞台感，增强舞台感的有效途径便是实践。另外，尽管会有分工，但演员同时扮演着导演的角色，最后呈现在舞台上的会是集体智慧的成果。

下面介绍戏剧排演的大致程序。

1. 熟悉剧本

导演召集全体演职员理解剧情。不仅是上台表演的演员，幕后负责道具、音乐等各项工作的人员都应该熟悉整个剧情。熟悉剧情后，各组分头工作。

2. 熟悉台词、唱词

其一，演员继续熟悉剧本，每一位演员都应了解整个剧情，知晓自己所演的角色行为的前因后果。

其二，背诵台词、唱词。要让台词、唱词烂熟于心，变成自己想说的话。

其三，大声地说出台词，或者朗读台词。

其四，歌舞排练开始。

3. 根据布景配置定位排演

导演让演员熟悉剧本布景配置，并讨论演员之间的互动表演的形式。

其一，了解演出的环境，包括舞台的样式，舞台上的布景配置。

其二，按照演出的环境进行排练，每个演员记下自己的定位。

其三，讨论演员之间的配合，明确身体动作的大致模式。

4. 细部排演

这是实践"表演是内心历程的外在显现"的环节,需要全身心投入表演。

演员要主动积极地把注意力集中于现场的因素:脚本、同伴、戏剧的物质环境;每个演员都要检视自己饰演的角色要表现的每一个行动细节。

其一,身心准备:你的声音、你的身体、你的心理是放松的;你的注意力是集中的。

其二,要明确舞台行动的动机,即为什么,决定该如何处理声音和身体的表现。每一个角色都应该问自己以下问题:

我的角色为什么要说这句台词? 我用什么方式说这句台词,才能表达出其中的意思?

角色为什么要做那些特别的行为? 我要如何把它们表演出来,才能表达其特有的意义?

当其他角色说话或者歌舞的时候,我的角色在想些什么? 如果有的话,我的角色为了反映想法,会做出什么样的行为?

5. 贯通排演

整部戏的贯通排演,是指各项舞台呈现因素都综合运作起来进行排练。道具、布景等可以使用与正式演出相似的替代物。

幼儿戏剧中的布景道具,很多时候均可由人来扮演。如《拔苗助长》中的稻子,可由演员扮演,全身穿上绿色的衣裤、戴上绿色的帽子,刚插下时,可用蹲或坐的方式,拔起来时可用长跪方式。

正式的舞台演出,灯光的配置很重要,现在能运用在舞台声光效果上的工具日新月异,幼儿戏剧的表现手法是多姿多彩的。但是在教育情境中的演出,一般无需考虑灯光效果,道具、布景也不宜复杂,只要具有戏剧味、儿童性就足矣。

第二节　基于幼儿文学作品的戏剧表演游戏

请阅读下面两个案例。

案例一

中班教室。

教师:"春天来了,青蛙妈妈在池塘的水草上生下了很多黑黑的圆圆的卵。春风轻轻地吹过,太阳光照着,池塘里的水越来越暖和了。青蛙妈妈下的卵慢慢地都活动起来了(一部分幼儿开始在座位上摇头晃脑,笑眯眯的),变成一群大脑袋长尾巴的蝌蚪,他们在水里游来游去,非常快乐。"

大部分幼儿陆陆续续地离开座位,开心地摆动着双手,扮演小蝌蚪游来游去。

音乐起,教师播放歌曲《小蝌蚪找妈妈》:小蝌蚪水里划/划呀划呀划呀划/摇着一根小尾巴/哎呀/摇着一根小尾巴/。

《小蝌蚪找妈妈》表演 1　　　　　　　　　《小蝌蚪找妈妈》表演 2

扮演小蝌蚪的幼儿边跟唱边自由地舞蹈、嬉戏。

歌曲结束,扮演小蝌蚪的幼儿继续自由地舞蹈、嬉戏。

教师扮演的鸭妈妈上场:"宝贝们,快来跟妈妈学游泳吧!"

五位幼儿学着小鸭子走路的样子摇摇摆摆地跟上来了,然后摆动双臂,跟着鸭妈妈学游泳。

扮演小蝌蚪的幼儿七嘴八舌,有的同伴互问,有的自言自语:"我们的妈妈在哪里啊? 我们的妈妈在哪里啊?"

有的小蝌蚪跑到了鸭妈妈身边问:"鸭妈妈,鸭妈妈,您看见过我们的妈妈吗?"

鸭妈妈回答:"小蝌蚪啊,我看见过你们的妈妈。你们的妈妈头顶上有两只大眼睛,嘴巴又阔又大。你们自己去找吧。"

小蝌蚪们高高兴兴地喊起来:"谢谢您,鸭妈妈! 我们去找妈妈吧,我们去找妈妈吧!"

双方各自下场。

教师继续播放歌曲《小蝌蚪找妈妈》:摇呀摇/划呀划/划呀划呀划呀划/一心要去找妈妈/哎呀/一心要去找妈妈/。

扮演小蝌蚪的幼儿又上场,自由地唱跳着。

......

案例二

中班表演区。

十位幼儿进了表演区,里面有各种类型的道具、服饰和音乐器材等。五位小朋友分别背上了红色、黄色、白色的蝴蝶翅膀,扮演"三只蝴蝶";另四位小朋友分别将红花纸片、黄花纸片和白花纸片贴在了头上和脸上,扮演"红花""黄花"和"白花",他们拉开一定的距离站着,其中两位"红花"站在一起。另一位小朋友未参与这一主题的装扮,在试着其他的服饰。

　　"三只蝴蝶"扬起翅膀小跑着来到"红花"面前:"红花姐姐,红花姐姐,大雨把我们的翅膀淋湿了,让我们避避雨吧。"

　　这时,原来在试着其他服饰的小朋友戴着小狗头饰跑了过来,他冲着"红花"喊道:"汪汪,汪汪,红花姐姐,红花姐姐,大雨把我淋湿了,让我避避雨吧。"

　　"红花"们指着"红蝴蝶"说:"红蝴蝶的颜色像我,请进来! 黄蝴蝶、白蝴蝶,别进来!"

　　一只"红蝴蝶"抢着说:"我们三个好朋友,要来一起来,要走一起走。"其他的蝴蝶跟着说:"我们三个好朋友,要来一起来,要走一起走。"

　　说完,蝴蝶们扬起翅膀向"黄花"跑过去了。

　　"红花"和蝴蝶们都没有理睬"小狗"。"小狗"也跟着蝴蝶们向"黄花"跑去。

　　……

　　以上两个案例所呈现的分别是基于童话《小蝌蚪找妈妈》和《三只蝴蝶》的戏剧表演游戏场景(片段)。

一、戏剧表演游戏的概念与特点

(一) 戏剧表演游戏的概念

　　表演游戏,指的是在幼儿园开展的一种戏剧游戏。本章中基于幼儿文学作品的戏剧表演游戏,以文学作品的内容为线索展开,儿童通过想象进入作品的情境,借助身体语言、台词,以及道具、音乐等各种艺术手段,来假扮其中的角色,呈现情节的发展,表达对作品的理解和情感体验。

　　与"娃娃家"等角色游戏不同,戏剧表演游戏的内容具有结构性,它以文学作品为脚本,文学作品的内容给出了游戏的主题方向和基本结构。

　　各种戏剧类型都可以用来组织表演游戏,如真人表演的话剧、歌舞剧、哑剧,以及各类偶戏等。

　　戏剧表演游戏的内容可以是完整的故事,也可以是其中的某个情节场景。

　　游戏的发起者,在集体教学活动中,一般是教师,如案例一所示;在区域活动中,戏剧表演游戏往往是幼儿的自主游戏,所以发起者一般是幼儿,如案例二所示。

　　幼儿积极参与戏剧表演游戏能够促进其想象力、创造力,以及语言表达能力、情绪情感体验能力和社会性的发展。

(二) 戏剧表演游戏的特点

1. 戏剧表演游戏是一种创造性游戏活动

　　戏剧表演游戏不同于一般的戏剧表演。一方面,二者的表演情境不同,戏剧表演游戏在幼儿园的教室或区域展开,是非正式、非公开、非舞台上的表演;另一方面,戏剧表演游戏很多时候并没有观众,是幼儿自主创编的、自娱自乐的表演,游戏性是其本质属性,所以戏剧表演游戏注重的是游戏性,而非表演的技巧。

戏剧表演游戏是一种创造性的游戏活动。我们看到的舞台上的戏剧表演,一般都是根据剧本,遵照导演的要求反复排练的结果;而基于文学作品的戏剧表演游戏,尽管作品的内容已经给出了表演游戏的方向,但每一个场景如何戏剧化幼儿是有自主权的,每一次的游戏过程都可以有创造和生成。在戏剧表演游戏中,教师鼓励幼儿运用身体和声音来阐释、扮演作品的部分或者全部内容,将作者的言语变为幼儿自己的行动和语言。如案例一所示的表演游戏,是教师引领的,戏剧情节的结构化程度相对较高,但在具体的场景中,每一位幼儿可以自主选择角色,甚至变换角色,由小蝌蚪临时变成小鸭子、小乌龟,并以自己喜欢的身体语言和台词加以表现。

正因为如此,幼儿在参与游戏的过程中,固然能不同程度地提高运用声音、肢体、表情、情绪情感等来进行表达的能力,但幼儿戏剧表演游戏的重点不在于表演,而在于启发幼儿创造性的思考与表现。开展戏剧表演游戏活动的目标除了促进幼儿发展语言和沟通表达的能力,更在于帮助幼儿学习理解和解决问题的方法,持续专注地关注事物,培养美感经验,在团队活动中获得自信心、同理心和合作精神等。

2. 戏剧表演游戏注重过程探索

戏剧表演游戏注重的是过程探索,不是结果的展示。如上所述,开展戏剧表演游戏的目的是让幼儿在游戏活动中激发创造力、自信心、同理心,以美感涵养身心。游戏活动的重点不在于演戏,不在于表演的技巧,而在于创造性思考、创造性表达。表演的结果是判断游戏组织是否有效的一个重要指标,但绝不是唯一指标。在游戏活动中,幼儿的动作、语言或许简单,甚至与角色特征有一定的偏差,但若出于幼儿自主的理解和体验,满足了其表演需求,就是有意义的。幼儿通过游戏过程中的学习、讨论,一次次地给自己加戏,由此发展各方面的能力。戏剧表演游戏并不追求表演结果的完美,其意义在于通过游戏促进幼儿身心的综合发展。

二、戏剧表演游戏活动组织的建议

(一)教师的指导内容与方法

组织基于文学作品的戏剧表演游戏活动一般有以下几个环节:①选择适合表演的文学作品,教师组织集体教学活动阅读作品;②教师组织集体教学活动,创编戏剧表演游戏的脚本;③教师组织由阅读或创编延伸的集体教学活动和区域活动,制作游戏材料;④教师组织集体教学活动,指导幼儿学习如何开展戏剧表演游戏;⑤幼儿自主组织戏剧表演游戏的区域活动。下面我们阐述的就是教师如何在这些环节中帮助幼儿开展戏剧表演游戏活动,提高游戏质量。

1. 集体教学活动中教师的指导要点

相对于幼儿自主的区域表演游戏,先期的集体教学活动完全由教师计划、组织,包括上文所述的两个环节："创编戏剧表演游戏的脚本"；"指导幼儿学习如何开展戏剧表演游戏"。这两个环节教师指导的重点是两项内容。

一是引导幼儿把握表演的内容。第一步是明确表演的内容，即确定故事中哪些场景要进行表演，可以做怎样的增删，其结果就是创编出游戏的脚本。第二步是学习如何表演游戏，即怎么把文字或图文讲述的故事内容转化成用身体语言和台词共同表现的戏剧场景。如果幼儿关于戏剧表演游戏的经验不足，在初始阶段，如何运用身体语言和台词塑造角色、推进情节，教师可以给出一些直接的指导，甚至是示范。但随着幼儿经验的积累，教师应逐渐后退，由教师主导，到师幼讨论，直至教师启发、幼儿自主表演。中、大班的幼儿可以学习用故事地图等自主记录戏剧表演游戏的主要内容，即游戏的脚本由幼儿书写，游戏脚本中除了情节内容，还可以标注表演的要点。

二是引导幼儿制定活动计划。这一项是为幼儿自主开展区域中的游戏活动做准备。在教师的指导下，幼儿通过协商制定好开展某一项戏剧表演游戏活动的计划。活动计划的内容包括：游戏规则、游戏时间、游戏材料等各方面。中、大班的游戏活动计划建议由幼儿自主绘制、书写，然后张贴于戏剧表演区域内。开展区域活动时以此为向导，有助于幼儿有序地进入表演游戏状态。

2. 区域游戏活动中教师的指导要点

如果说集体教学活动中幼儿更多地是在学习怎么玩戏剧表演游戏，那么在区域活动中，幼儿则是在玩表演游戏中学习。幼儿在区域的表演游戏中会出现各种问题：无序、内容不清、难以进入戏剧情境，或者简单重复、同伴冲突等，由此可能会影响游戏质量，甚至中断游戏。在幼儿自主的区域表演游戏中，教师指导的目的就是帮助幼儿完成游戏，提高游戏质量。

区域游戏活动中教师的角色主要是观察者，适时介入、退出。发现问题，先要给幼儿留出自主解决的时间和空间，如果幼儿无法自主解决，教师再行介入。介入后的引导原则依然是首先启发幼儿自主解决。如果问题得到解决，教师则退出，退出时尽量不破坏游戏情境。

教师的观察一般需涉及游戏内容、组织形式以及材料使用等三个方面。

其一，幼儿表演游戏的内容。观察点之一是幼儿表演的情节内容是否有问题，是否需要帮助。有时幼儿的表演脱离了原作品的情节线索，但是游戏合作者能够适应脱离，并不破坏游戏情境，那就不是问题。观察点之二是角色的表现，幼儿的表演是否符合角色个性特征，身体语言和台词的使用是否恰当等。观察点之三是幼儿的表演是否有创新之处。

其二，幼儿组织游戏的方式和遵守游戏规则的情况。戏剧表演游戏大多数情况下是团体游戏，是社会性交往活动，幼儿需要合作完成，活动是否有序，合作是否顺畅，直接影响游戏的质量。教师应关注参与游戏活动幼儿的人数、各人所选的角色、活动中的协作关系等。

其三，材料使用和空间利用的情况。教师要观察活动过程中幼儿使用服饰、道具、音乐等游戏材料的适当程度，关注同伴间对空间利用的合理性。另外，也要关注游戏结束后幼儿是否及时整理材料，有序摆放材料。

教师可准备观察记录表，及时记录观察到的活动情况，以备后续反思与改进。

3. 区域游戏活动后教师的指导要点

幼儿在结束一场戏剧表演游戏后,教师应引导幼儿及时反思,帮助幼儿回顾活动过程,发现并分析问题,讨论解决问题的方法。回顾反思的内容即游戏活动展开过程中观察的事项:表演内容的情节结构、角色的表现、创新之处,以及游戏的组织形式、材料使用和空间利用的情况等。

在引导反思的过程中,师幼是平等的,教师的主要任务不是评价游戏活动中每一位幼儿的得失,直接给出解决方案,这样或许省时省力,幼儿很快就达到了教师想要的游戏场面,但是却限制了幼儿的思维与想象。在表演内容的反思中,尤其要给予幼儿创造的空间,有些提问要慎用。如"你是按照故事来表演的吗?"这样的问题,教师若只拘泥于文学作品的原有内容评价其表演的逻辑性,就可能抹杀了幼儿在游戏中的创造。游戏中出现的一些即兴事件,可以引导幼儿关注分析,如在案例二中,闯进来的"小狗"并不是故事原有的角色,"小狗"加入游戏的本义似乎也不是有意捣乱,教师可以追问:"三只蝴蝶看到一只小狗跟着她们,可能会发生什么事情呢? 他们之间会怎么说,怎么做呢?"幼儿若据此展开充分合理的想象,或许一个新编三只蝴蝶的故事就诞生了。

教师引导幼儿自主反思,一般先由幼儿自由发言,教师则随机补充,发现问题后幼儿围绕问题讨论解决方案,最后师幼共同归纳、总结,以此促进幼儿戏剧表演经验的系统化。

总之,在表演游戏活动中,教师的主要任务是为幼儿的自由创造提供帮助,而非给予示范、下达指令,让幼儿一味模仿。首要的是鼓励幼儿的自主表现,让幼儿具有表演的自信。由于表演经验不足,幼儿一开始可能会依赖于教师的示范,教师在引导过程中,要把握好自己的角色位置,引导的目的是唤起幼儿的已有经验,激发起探索的兴趣,让幼儿在自主的创编和表演中树立信心。另外,对于幼儿在表演游戏中的创造性表现,教师应及时回应,有针对性地指出幼儿的进步,鼓励幼儿继续学习发展。幼儿自信了,就会在表演游戏中创造性地表现自己。

(二) 表演区域中的材料投放与空间创设

游戏材料和表演空间是开展戏剧表演游戏的物质基础。造型各异的帽子、假发、鼻子,各色布料或款式各异的成衣,铃鼓、三角铁等打击乐器,或能够制造音效的其他乐器、非乐器物件,与表演内容相关的服饰、道具等游戏材料,能够激发幼儿参与戏剧表演游戏的兴趣和创生的灵感。

表演游戏的材料可以是简单的,如一顶帽子,一块围巾,就可以解决角色的造型,基本的要求是安全、合适。材料的质地、结构是安全的,与表演内容是匹配的;数量是合理的,幼儿无需争抢。

戏剧表演游戏材料可以由师幼共同来选择和制作。教师当然需要为幼儿提供游戏材料,但不要成为包办代替者,应创造机会引导幼儿自主选择,自己收集、制作表演游戏的材料。戏剧表演游戏是基于文学作品的游戏,作品阅读是起点,从起点到表演游戏这一终点,其间教师可以通过美术活动等,指导幼儿制作表演游戏需要的材料。

1. 区域中表演游戏材料投放的建议

其一,部分游戏材料具有表演内容的特征。尽管表演的起点是作品的阅读,教师一般也会在集体教学活动中指导如何表演游戏,如案例一所示,但幼儿初次在区域进行自主游戏,往往会对表演的故事情节、角色形象记忆不清。具有特征的游戏材料会对幼儿起到暗示、提醒作用。如萝卜、红帽、魔镜分别是《拔萝卜》《小红帽》《白雪公主》中的标志性物品,一个大萝卜、一顶小红帽和一面魔镜道具就会让幼儿想起《拔萝卜》《小红帽》《白雪公主》的故事;又如《小蝌蚪找妈妈》的演唱录音,幼儿一按播放键,歌声响起,就会跟着唱起来,由此进入角色。标志性的道具、音乐结合其他材料,如大萝卜与老公公的胡子、老婆婆的发髻、小姑娘的发饰以及小狗、小猫、小老鼠的头饰,就可以帮助幼儿理清故事情节、角色关系,把握角色类型,展开相应的表演游戏。

除了标志性物品道具,具有特征性的材料也包括特定的戏剧情境。如一片草地,可能就让幼儿快速地从现实世界进入到了《小青虫的梦》的情境中;一条从宫殿到森林的小路,就让幼儿想到了《白雪公主》的故事情节。

其二,部分游戏材料可以让幼儿自由改造。开展戏剧表演游戏的主要目的在于启发幼儿的想象,激发幼儿的创造力,基于此,有一些游戏材料最好具有生成空间,也就是结构低一些,幼儿可以自行组装、改造。如有关《三只小猪》表演游戏的材料,有的教师可能准备了成型的草房子、木房子和砖头房子道具,而有的教师投放的则是造房子的材料,幼儿可以根据自己的设想架构、装饰。甚至每一次游戏,都可以有新的创意。

尽管一个戏剧表演游戏需要特定的服饰、道具,但若游戏材料是可以转化的,改造后就可用于其他游戏。如一顶帽子,是可以翻转的,且里外颜色不同,如果再加上不同的饰品,一物就可以满足不同角色造型的需求。又如一些大大小小、形状各异的纸板,可以任由幼儿根据戏剧游戏场景进行描画或粘贴,创设成小屋、树木,或者花丛、草丛等。

2. 戏剧表演游戏空间的选择和运用建议

有关戏剧表演游戏空间的第一个要求是安全的,大小合适无障碍。幼儿在游戏中经常会有追逐、奔跑等比较剧烈的行为,一个无障碍的、充足的表演空间是保证游戏安全必需的。无障碍也意味着戏剧表演游戏的空间是有序的,游戏材料的摆放要方便幼儿拿取与整理,材料摆放空间与表演空间没有冲突。

第二个要求是有专门的戏剧表演的游戏空间。在专门的游戏空间中幼儿不容易受打扰,表演游戏的质量相对较高。一方面,戏剧表演游戏中游戏者要体会角色的情绪情感,体会情绪情感需要专注的状态,如果是一个开放的空间,幼儿很容易被其他事物所吸引。反过来也是,如果表演游戏的空间是开放的,如跟建构区、阅读区相连,也会影响其他区域的活动开展。另一方面,也要考虑空间的私密性,幼儿在戏剧游戏中,所扮演的角色是各种各样的,或善良,或自私,或勇敢,或胆小,或快乐,或气恼,当他沉浸于戏剧世界时,会表现出真切的情绪情感,如果是一个内向的孩子,或者是对自己的表演不太自信的孩子,一个开放的空间可能会让他担心受到外界的评判,产生一种不安全感。

（三）表演游戏的时间与机会

游戏的时间会影响戏剧表演游戏的质量。戏剧表演游戏的内容一般是有情节的故事,如果因时间不足,游戏被中断,游戏者心中的情节结构被破坏,就会影响到幼儿的游戏体验。幼儿若是创造性地改编了故事,需要的游戏时间通常更多。从组织过程看,戏剧表演游戏一般涉及到角色的分配与造型、场景的布置、表演的展开等环节,这也需要充足的时间来保证游戏的顺利开展。

另外,游戏的机会也影响戏剧表演游戏的质量。有效参与戏剧表演游戏需要幼儿具有一定的相关经验,如在游戏中,幼儿要从现实的情境进入到想象的情境,以人代人,以物代物;沿着情节线索,把握内容结构,理解、体验角色并以相应的身体语言和台词来表达;同时,游戏者之间还需要进行合作,才能把游戏进行到底。诸如此类的综合能力需要不断的实践方能获得,教师应有计划地为幼儿提供充足的游戏机会与时间,以此积累游戏经验,提高游戏质量,发挥戏剧表演游戏应有的价值。

探讨

◆　学习本章之前写下的"问题"都解决了吗？和同学合作探讨尚未解决的问题。

思考与实践

一、　阐述戏剧表演游戏的含义、特点,以及戏剧表演游戏活动组织的要求。

二、　案例分析。

根据童话《三脚猫》(冰子)改编的剧本《三脚猫》有问题吗？请小组合作分析,若有问题请提出改进方案。

三　脚　猫
第一场

人物:波斯猫、医生主人

时间:早上

场景:私人诊所。诊所里有一个长长的沙发,沙发旁边的桌子上放着一缸金鱼。

幕启时,医生正在给一个病人看病,波斯猫躺在沙发上,眯着眼睛看医生主人给病人看病。

猫:(撇撇嘴)喵呜喵呜,原来看病这么简单,我也会,喵呜喵呜,以后叫我猫医生。好饿啊,哪里有吃的？

(东找西找,突然发现桌上摆放的金鱼缸)

猫:抓老鼠,活太累,怎么能让我猫医生做。喵呜,咦,有鱼! 呀! 这些金鱼怎么红彤彤,肯定得了皮肤病,来来来,猫医生给你们治一治。

(哐当! 金鱼缸碎了)

猫:啊呜,喵呜,真好吃,到猫医生肚子里好好养病吧。

医生:你这只懒惰的猫,不会抓老鼠只会偷懒,竟然把我名贵的金鱼吃掉了! 你给我出去,我不要你这只懒惰的猫。

(医生边说边拿起木棍,打断了猫的一条后腿)

猫:喵呜,喵呜,好疼啊,主人,主人,你听我说,我是为了帮助金鱼治好病……喵呜,喵呜,主人不要我了。

(波斯猫边叫边连蹦带跳地逃出了窗户,成了一只流浪的三脚猫)

第二场

人物:波斯猫、乌鸦、兔子、猴子、蜂鸟、大象

时间:午后

场景:太阳透过树叶,照着绿油油的草地,各种颜色的小野花,开得可好看了。

幕启时,正在树上练嗓子的乌鸦看到了森林里来的这样一位"不速之客"——从家里逃出流浪到此的波斯猫。

猫:我是一只可怜的猫,打翻鱼缸吃光鱼,主人气得直跳脚,打断我的一条腿,把我赶出家门外,叫我以后怎么办? 唉,怎么办?

(波斯猫一瘸一拐地向前走,迎面过来一只乌鸦)

乌鸦:(对观众)我是一只小乌鸦,嘴上功夫顶呱呱。看那走来的小猫咪,瞧我过去逗逗它。嘻嘻!(对猫)喂,流浪汉,你从哪儿来的呀?

猫:(生气地)滚开,你这个小黑炭!(神气地)我可是城里来的医生,我是……

乌鸦:(打断猫)哇,哇,城里来医生啦,哇,哇,城里来了医生啦……

(乌鸦边喊边飞来飞去)

(动物们听到消息从四面八方跑出来,窃窃私语)

兔子:(对猴子)你听说了吗? 城里来医生啦。

猴子:咦,城里来医生啦,在哪儿呢在哪儿呢?(跳来跳去)

(大家闹哄哄地挤来挤去,都想看一看医生的真面目)

乌鸦:(嚷嚷)喂喂喂,排队排队,看病的都要先排队。

兔子:(蹦蹦跳跳地走了过来)请问,我怎么老是红眼睛?

猫:(学着主人的模样,翻了翻兔子的眼皮)啊,这是结膜炎。你一定常用脏手揉眼睛吧! 手上有……有细菌。

兔子:(不服气)可我生下来就红眼睛啊!

猫:那……那你一定在娘肚子里就揉眼睛了。(尴尬地抓了抓胡子,大家哈哈大笑)

乌鸦:(扑着翅膀飞来飞去)二号! 二号!

骆驼:来了! 哎呦,来了来了……这两个大包袱拖得我……猫大夫!

猫:(趾高气昂)快点,本大夫哪有那么多青春岁月来等你。

骆驼:(谦卑地)大夫,别急别急,我来了我来了!

猫:(不耐烦地)快! 说说,什么毛病啊?

骆驼:(无奈又焦急)我这个背啊,别人驼也就驼一个,我还中间有个坎儿,一驼驼俩! 苦
　　　死我了,害得我对象都找不着,相亲节目又嫌我丑……我……

猫:(走近,戳了戳驼峰)你这个……明白了! 太明显了,谁叫你小时候读书坐相不好?
　　　一拳一尺三公分知道不?

众动物:(哈哈哈……)是一拳一尺一寸,再说他这样子哪上过学啊!

猴子:这么大的两个驼子,挡着后面的同学哩! 哈哈哈……

众动物:是啊是啊,两驼子从小就背好了!

猫:(露出尴尬的脸色,故作镇定)你怎么早不说清楚,有没有看病经验的啊?

猴子:(跳到猫面前,搔首)大夫,大夫,我怎么长不胖,大家都叫我瘦猴呢?

众动物:(歪七扭八)哈哈哈哈,瘦猴儿,瘦猴儿,吃肉不愁!

乌鸦:(飞扑过来,绕圈插嘴)那是因为你嘴馋,爱吃零食,不好好吃饭。

猴子:(一个箭步上前去抓乌鸦,只抓到了一根羽毛)呸! 你这小黑炭! 看我不拔光你
的毛!

乌鸦:别叫了,别叫了,谁在讲话呀,怎么找也找不到?

(这时一只蜂鸟从树上飞了下来)

解说:蜂鸟来了,它的个子跟黄蜂差不多大小,称一称,只有一粒花生米那么重,可它的
　　　羽毛比孔雀还要美丽呐!

蜂鸟:猫大夫,请你告诉我,我为什么长不大?

猫:这,这叫呆小病,是甲状腺有病了(学着医生的腔调)。

蜂鸟:什么,什么?

大象:那我是什么病呢?

猫:你,你是巨人病,脑子里长了瘤子啦。

大象:哈哈哈,你这个骗子,三脚猫大夫,我们什么病也没有。

众动物:哈哈!

(大伙儿一起嘲笑这个不懂装懂的三脚猫。可怜的三脚猫,只好一瘸一拐地离开了这座
大森林)

**三、创编一个剧本,排演出来,并公开表演。 可以全班合作,也可以小组合作,小组
成员不宜太少,否则工作量太大。**

1. 选择一个适合幼儿欣赏的非戏剧文学作品,改编成剧本。

2. 根据剧本排演。

3. 在校内或者到幼儿园、社区公开演出。

四、 选择一个适合表演的故事，确定合适的年龄段，尝试在幼儿园实践中组织幼儿开展戏剧表演游戏活动。 录制活动的过程，并进行反思。

五、 活动观摩

◆ 活动一　戏剧表演排练：狐狸给小猪按摩

说明："狐狸给小猪按摩"是图画故事《我的幸运一天》(庆子·凯萨兹/文·图)中的情节。通过一系列的阅读欣赏活动，这群中班的孩子理解了小猪与狐狸之间的冲突，在教师的引导下开始创编表演，并自己动手制作道具，装扮和布置场景。这是孩子们排练"狐狸给小猪按摩"的场景。

▶ 戏剧表演
排练:狐狸
给小猪按摩

◆ 活动二　戏剧表演游戏：情绪

说明:这是一组扮演森林猛兽的孩子们,他们随着音乐的变化,演绎着动物从快乐、悲伤、愤怒、害怕到平静的情绪变化。请关注每一种情绪中,孩子们的情绪事件和情绪表现。

▶ 戏剧表演
游戏:情绪

附录：从非戏剧文学作品到剧本

案例一　《字典公公家里的争吵》
原作

字典公公家里的争吵

（金逸铭）

字典公公家里吵吵闹闹，
吵个不停的是标点符号。

看，它们的眼睛瞪得多大，
听，它们的嗓门提得多高。
感叹号拄着拐杖，小问号竖起耳朵，
调皮的小逗号急得蹦蹦跳。

首先发言的是感叹号，
它的嗓门就像铜鼓敲：
"伙伴们，我的感情最强烈，
文章里谁也没有我重要！"

感叹号的话招来一阵嘲笑，
顶不服气的是小问号：
"哼，要是没有我来发问，
怎么能引起读者的思考？"

小逗号说话头头是道，
它和顿号一起反驳小问号：
"要是我们不把句子点开，
文章就会像一根长长的面条！"

学问深的要算省略号，
它的话总是那么深奥：

"要讲我的作用么……
哦，不说大家也知道。"

水平高的要数句号，
它总爱留在后面作总结报告：
"只有我才是文章的主角，
没有我，话就说得没完没了。"

大家争得不可开交，
字典公公把意见发表：
"孩子们，你们都很重要，
少一个，我们的文章就没这样美妙。

滴水汇成了大江，
碎石堆成了海岛，
大家不要把个人作用片面强调，
任何时候都不要骄傲！"

小朋友，
你听了字典公公家里的争吵，
心里想的啥，
能不能让我知道？

剧本

字典公公家里的争吵

（浙江师范大学杭州幼儿师范学院学前教育专业本科 0902 班何陈怡等）

人物：感叹号、小问号、小句号、小逗号、顿号、省略号、字典公公

第一场

（标点符号们趴在一本大书上，他们在念着一首小诗……）

问号：（一边摇头晃脑一边念着）咦？是谁叫醒了小草？

感叹号：（跳起来叫道）原来是春姑娘在挠小草的痒痒呢！

问号：（托着腮帮子问道）是谁在和鱼儿玩耍？

句号：（点一下头）原来是春姑娘在和鱼儿嬉戏打闹。

逗号、省略号：(拉手一起对视着念)每当到了春天,春姑娘就和我们一起玩耍,一起成长……

逗号：(甩开省略号和句号拉手一起念)每当到了春天,是我们最最快乐的时刻。

省略号：(圆舞曲式甩开逗号,逗号牵起问号)春姑娘,请你留下来好吗?

感叹号：(推开众标点符号走出来)和我们一起度过金色童年!

(逗号和省略号被推倒,生气地看着感叹号)

感叹号：(在场上一边走一边得意洋洋地)哈哈!(揉揉他的大鼻子)我的本领可真大,这
　　　　首诗要是没有我,哪来这么强烈的感情? 文章里谁也没有我重要!

(各种标点符号坐在地上交头接耳,指指点点)

小问号：哟! 这是谁呀?(推了一把感叹号,走到中间)小朋友们知道我是谁吗?(开始
　　　　唱)小朋友,告诉你,我是小问号,小问号,本领大,总是能提问,没有我,没有我,
　　　　怎么可以呢? 文章里谁能比我更重要?
　　　　(白)你们看要是文章里没有我来发问,怎么能引起读者的思考呢?

(刚说完,小逗号和句号、省略号走上前一起冲着小问号做鬼脸)

(三个标点符号一起挤上前,你推我搡,争着说话,省略号用屁股挤开逗号、句号)

省略号：(胜利的姿势缓慢滑过,语速缓慢)我是省略号,省略号就是我,我最重要……
　　　　(停顿数秒,省略号抖出省略号的一串球球,摇摇摆摆走下去。音乐响起,众人
　　　　沉默)

(小逗号先清脆地咳了一声,句号粗声咳了一声)

句号：(唱)小逗号呀,本领大呀,哩哩哩哩哩哩哩……

小逗号：(唱)句号哥哥,也不差呀,啦啦啦啦啦啦啦……

句号、逗号：(手拉手)我们两个,好朋友呀,总能完成一句话,你来停顿,我来结束,总比
　　　　他们本领大。(一起指着周围标点符号)

众符号：哼!(众符号开始争吵,都说自己重要)

第二场

(顿号扶着字典公公出场,音乐起)

顿号：字、典、公、公、来了。(字典公公跟着顿号说话节奏震动)

字典公公：咳咳咳,你们都很重要,少了你们其中的一个,我们的文章就没这样美妙。

顿号：对、对、对。

字典公公：你们想,滴水汇成大江,碎石堆成海岛,少了谁都写不出美丽的春天。你们
说呢?

(众符号开始思考,响起安静的音乐)

感叹号：(拉过逗号、句号)其实要是没有你俩,光我感情强烈,要不喘气,估计我得累坏了!

小逗号、句号：哪里哪里,要是没有你们,我们也只能安静地说话呢。

小问号：呵呵,光我问来问去,这文章还真是……(说完害羞地低下头)

省略号:以后我们只要团结在一起,文章就会变得更美妙。

顿号:我要说的就是这个,其实,我们各有各的长处,我们都很重要。

众符号:对! 对! 对! 只有团结在一起,文章才会变得更美妙。

众符号和字典公公:(音乐起,众人唱)笑一个吧,笑一个吧,我们大家都重要,你来停顿,我来感叹,我们谁都不能少,你的笑脸像朵花,她的笑脸像苹果,哈哈哈哈,哈哈哈哈,团结一心力量大!

案例二   《胆小先生》
原作

胆 小 先 生
(王铨美)

有一位先生,住在一座漂亮的房子里。因为他的胆子很小,大家给他起了个名字,叫胆小先生。

一天, 一只大老鼠闯进了他的房子,胆小先生马上去捉,结果在地下室里捉住了它。

"你放了我,"大老鼠挣扎着说,"我要是一跺脚,整个房子就塌了。"

胆小先生害怕了,忙放开了它,还允许它住在地下室里。

地下室里吃的东西真多,大老鼠吃啊,喝啊,真开心。后来,大老鼠生了一窝小老鼠,小老鼠又长成了大老鼠……很快,地下室里住满了老鼠。

"不行! 不行!"大老鼠冲着胆小先生嚷嚷,"这么多老鼠住在这么一个小小的地下室,而你一个人住这么多的房子,太不合理了,得换房子。"

"换房子?"胆小先生大吃一惊。

"对,换房子!"老鼠们齐声说。

胆小先生又害怕了。房子换了,胆小先生住进了地下室,老鼠们住进各个房间。它们在宽大的客厅里唱啊跳啊,在喷香的厨房里喝啊吃啊,每天都像过节一样。

"你应该搬出去,"大老鼠又冲着胆小先生嚷嚷,"你干吗老住在地下室,这么好的地下室配你住吗?"

"什么?"胆小先生着急得跺了一下左脚,"咚——"整个房子轻轻地抖动了一下。

"不!"胆小先生气愤地跺了一下右脚,"咚——"整个房子猛烈地摇晃了一下。

老鼠们害怕了,它们个个抱头乱窜,以为地震了。

"哦,原来我是很有力量的!"胆小先生抓起一把旧扫帚,这儿一扑,那儿一打,这儿一戳,那儿一捣,打得老鼠吱吱乱叫逃走了。

胆小先生后来怎样呢? 小朋友能猜到吗? 胆小先生夺回了自己的房子:"唉,老鼠的胆子是那么小,我有什么好怕呀!"胆小先生赶走了那么多的老鼠,他以后再也不胆小了。

剧本

胆 小 先 生

（浙江师范大学杭州幼儿师范学院学前教育专业本科0901班沈丽等）

人物：胆小先生、老鼠夫妻（胖老婆、瘦老公）、小老鼠一群

引子

解说：在一个漂亮的房子里，住着这么一位先生。他胆子很小，什么都怕，大家给他起了
　　　个名字叫胆小先生。嘘！他正在睡觉呢。

　　　（幕启。胆小先生正在睡觉【音效：呼噜声】）

　　　（【雷声起】胆小先生突然惊醒，从床上弹起，惊恐状。【树叶沙沙声】胆小先生裹紧
　　　被子左右张望。【狗叫声】胆小先生躲到床底下。）

解说：现在你们知道他有多胆小了吧！

第一场

（两只老鼠背着行李出场）

瘦老鼠：哇，老婆，这镇子好大啊！

胖老鼠：你喊什么？我都快累死了！你还不去找个歇脚的地儿！

瘦老鼠：老婆你别急，这儿有个胆小先生，听说他有个漂亮的大房子，咱们上他家看看。

胖老鼠：（眼珠咕噜一转）听说他什么都怕，我们去吓唬吓唬他，说不定这房子就是咱们
　　　　的了！（他们往胆小先生家走去）

瘦老鼠：哇，老婆，房子真的好大好漂亮啊！

胖老鼠：（往窗口张望，回头说）家里没人，我们赶快进去！

（两只老鼠行李一扔，开始大吃大喝起来。吃完他们就躺在床上睡着了）

胆小先生：【唱词】我独自走在回家的小路上，要把这些美味佳肴尝一尝……（提着食物回家）

胆小先生：（打开房门，发现老鼠，惊讶状）你你你你……你们是谁？在我家里做做
做……做什么？

瘦老鼠：（惊醒）老婆快跑！

胖老鼠：怕什么！（转头对着胆小先生）我们是专门来看你的房子的，让我们参观参观吧！

胆小先生：我我……我干净又漂亮的房子里是决……决不允许有老鼠的，快，快离开我
　　　　　漂，漂亮的房子！（哆哆嗦嗦）

胖老鼠：我们才不走呢！你的房子这么漂亮，我们决定住下了！（手叉腰，理直气壮）

瘦老鼠：对对对！

胆小先生：不不不不……不行！

胖老鼠：【唱词】我是胖老鼠，威风人人怕。吼一声，踩一脚，房子抖三抖。要是赶我走，

我就要发怒,那我就来踩踩脚,轰,轰,轰! 房子就要崩塌了!(瘦老鼠附和状)

胆小先生:就让他们住下吧,不然我的房子就要塌了。(转向老鼠)那,那我的地下室就,就让给你们住吧。

胖瘦老鼠:(欢喜地搬进地下室,歌舞)【唱词】高高兴兴住呀住进地下室,胆小先生果然是个胆小鬼。吼出一声,踩上两脚,把他吓到了,哈哈把他吓到了。

胆小先生:【唱词】两只老鼠,真真厉害,让我害怕,让我害怕。用力一吼,房子抖三抖;用力一踩,房子就崩塌。多呀多么可怕,怎么办!

第二场

解说:胖老鼠生了一窝小老鼠,小老鼠又长成了大老鼠……很快,地下室住满了老鼠。

(小老鼠群舞,表现地下室拥挤)

胖老鼠:老公,你看看,这里又挤又脏,咱们得换个大地方。

小老鼠们:对啊对啊! 我们要住楼上的大房子! 我们要住楼上的大房子!

瘦老鼠:看来我们又得跟胆小先生谈谈了。

小老鼠们:胆小先生,快出来,出来!(兴奋状)

胆小先生:(哆嗦走出)【唱词】这群老鼠,真真可怕,生完一窝,又生一窝。食物吃完了,地方住不下。又来叫我了,叫我心发慌。心呀心发慌,心发慌!(白)哎,哎,来了来了。

胆小先生:你,你们叫我有什么事吗?

胖老鼠:胆小先生,好久不见! 你看我们家孩子越来越多,这么小小一个地下室怎么住得下! 你一个人住这么大的房子,太不公平了! 咱们换房子吧!

胆小先生:(大吃一惊)什,什么,换房子?

小老鼠们:对,换房子! 换房子!

胆小先生:(吓得一屁股坐在地上)换房子? 不不不,这可不行,这可是我的房子……(声音越来越小)

胖老鼠:(掏掏耳朵,抬起脚,眼睛瞪着胆小先生)先生? 你说什么,我没听清楚。

胆小先生:(连忙站直身体,摇手)没没,没说什么!(思考状)

胖老鼠:【唱词】我是胖老鼠,威风人人怕。吼一声,踩一脚,房子抖三抖。要是赶我走,我就要发怒,那我就来踩踩脚,轰,轰,轰! 房子就要崩塌了!(瘦老鼠附和状)

胆小先生:太可怕了! 这两只老鼠好可怕! 就和他们换房子吧,不然房子就要塌了。那,那我们就换房子吧。

解说:胆小先生住进了地下室,老鼠们住进了各个房间。

老鼠们:(欢喜地搬进大房子,歌舞)【唱词】高高兴兴住呀住进大房子,胆小先生果然是个胆小鬼。吼出一声,踩上两脚,把他吓到了,哈哈把他吓到了。

胆小先生:【唱词】这群老鼠,真真厉害,让我害怕,让我害怕。用力一吼,房子抖三抖;用力一跺,房子就崩塌。多呀多么可怕,怎么办!

第三场

解说:老鼠们在胆小先生家过得有滋有味。

老鼠们:胆小先生我们没吃的了! 胆小先生快把那边打扫打扫! 胆小先生床破了! 胆小先生……

胆小先生:(在家门口)这群老鼠吃我的,喝我的,住我的,还老把我当佣人使唤,唉……
　　　　　【唱词】这老鼠,真胆大,吃了食物占了房。哎呀呀呀,哎呀呀呀呀,让我心慌慌。
　　　　　哎呀呀呀(音乐戛然而止,从屋中飞出他的枕头)

老鼠们:这些东西太占地方了,扔了!(衣服、帽子……相继被扔出)

胆小先生:(抱起地上的东西,面对他的大房子,茫然)这,这这是怎么了?

瘦老鼠:(从窗口探出)胆小先生真是不好意思,我老婆说我们家实在是没地儿给你住
　　　　了,你就自己想想办法,搬出去吧。

【音效:路人声音,议论纷纷——"哎呀,胆小先生竟然被一群老鼠赶出来了,他果然太胆小了,真是胆小鬼……"】

胆小先生:(越听越气,终于爆发,大吼)都别说啦!【音效:房子抖三抖】

老鼠们:(上蹿下跳,惊慌)地震啦地震啦!

(胆小先生使劲一跺脚,房子开始轰轰作响,屋顶上震下几片瓦。老鼠们惊慌地逃出屋外)

胖老鼠:太可怕太可拍了! 胆小先生,求求你不要再吼不要再跳了!

胆小先生:哦,原来我是有力量的!【唱词】哈哈哈哈,哈哈哈哈,大老鼠们不可怕。哈哈
　　　　　哈哈,哈哈哈哈,我的力量真是大。从此不怕打雷闪电,从此以后不再胆小。
　　　　　哈哈哈哈,哈哈哈哈,胆小先生不见了。(神气自信,老鼠们跪地求饶)

瘦老鼠:老婆老婆,我们再也吓唬不了他了! 胆小先生他不再胆小了!

胖老鼠:是啊,看来我们得把家还给他了。

胖老鼠:(小心翼翼)我们,我们可不是被你吓住了,我们找到了更,更好的房子。所以这
　　　　个家就,就暂时还给你了!

胆小先生:哦,亲爱的老鼠们,这世上可没有第二个胆小先生了! 祝你们好运!(扭头走进屋子)

老鼠们:(拿起行李,边走边唱)【唱词】大大房子跟你说声再见了,因为你的主人现在发
　　　　怒了。其实他也有大大的力量,他不再害怕呀他不再胆小。(边唱边跳离场)

(有一只小老鼠不愿意走,被一只大一点儿的老鼠拉走了)

解说:从此胆小先生的生活恢复了平静。

(胆小先生正在睡觉【音效:呼噜声】。【雷声起】胆小先生翻了个身,又香香地睡过去了。)

(剧终)

案例三　《小青虫的梦》

小 青 虫 的 梦

(浙江师范大学杭州幼儿师范学院学前教育专业本科 0801 班盛昱等)

原作:《小青虫的梦》(冰波)

人物:小青虫、蟋蟀、螳螂、蜜蜂、蜗牛

时间及场景:夏夜的草地

解说:夏夜的草丛里,音乐响起来了,它和月光一样,仿佛会流淌似的。(小提琴音乐,蟋蟀出场)

蟋蟀:我是这里最伟大的音乐家,每个人都爱我,每个人都爱我的音乐。

蜗牛:哇,真好听的音乐。(陶醉中)这音乐是从哪里来的?

蜜蜂:大家快来,小蟋蟀在开音乐会呢!

螳螂:哪里哪里?

(蜗牛、小蜜蜂、螳螂坐在一起听音乐,跳舞)

螳螂:要是我的琴能拉那么好听就好了。

蜗牛:要是我也能那么神气就好了。

众:噢,伟大的音乐家。(羡慕状)

解说:草底下有一条小青虫,它动也不敢动,只是偷偷地听着……

小青虫:哎……太美了……

螳螂:咦,你怎么会在这里? 丑八怪。

小青虫:我……我……我……

(蟋蟀停止拉琴)

蟋蟀:是谁! 打搅我拉琴!

蜜蜂:是它! 是它! 就是它! 那条难看的小青虫! 哼!

蜗牛:耶咦,真的好丑呀!

(螳螂、蜜蜂、蜗牛一起围着小青虫跳舞)

小青虫:我真的很喜欢你的音乐,就让我跟你们一起听吧。

蟋蟀:我的音乐这么美,你这么丑,去去去!(挥动优雅的触须,不耐烦的样子)

众:对,去去去! 我们才不欢迎你呢!(众人一起推小青虫)

(伴着悲伤的音乐,小青虫伤心地爬开去,其他小昆虫继续它们的音乐会)

(响起小提琴音乐)

小青虫:好想好想和你们在一起,一起听着音乐来跳舞。好想好想好想好想……(哭着哭着睡着了)

解说:月亮那么圆,星星那么亮,就像是小青虫那个美丽的梦境。小青虫躲在一片树叶

　　底下,悄悄地做了一个茧……

小青虫:藏在茧里面听,它们就看不见我了。

解说:听着优美的音乐,小青虫睡着了。它做了一个梦。

(小青虫梦见自己变成了蝴蝶。音乐,舞蹈)

小青虫:多美的翅膀啊! 这是真的么,我不是在做梦吧?

(小青虫陶醉。音乐,舞蹈)

蜜蜂:快来看,快来看,好美呀!

螳螂:咦! 这是谁呀? 从没见过呢!

蜗牛:呜哇哦! 真的好美啊!

蟋蟀:(惊呆了)啊! 仙女,仙女啊!

小青虫:(停止舞蹈)你们不认得我了吗? 我就是小青虫呀!

众人:(惊诧)小——青——虫——?

蜗牛:怎么可能,你以前……

螳螂、蜜蜂:很丑的呀!

小青虫:是小蟋蟀的音乐让我做了一个美丽的梦,没有想到这个梦成真了。

(音乐起,小青虫舞蹈)

小青虫:来吧,我们一起跳舞吧。

蟋蟀:我们以前那样对你,你还愿意跟我们一起跳?

小青虫:当然。

众:太好了。

(众人舞蹈)

案例四　《狼大叔的红焖鸡》

狼大叔的红焖鸡

原作:图画故事《狼大叔的红焖鸡》(庆子·凯萨兹/文·图)

改编:浙江师范大学杭州幼儿师范学院学前教育专业本科 0804 班孙盈盈、徐侃鸿、李佳斌、宣宇等

人物:狼大叔、狼大婶、鸡妈妈、小鸡(兼扮演煎饼、甜甜圈、蛋糕的演员)十只、太阳、月亮、树、花、草

　　道具:

　　1. 狼大叔、狼大婶、鸡妈妈服装各一套,单人沙发一张,桌子一张,椅子两把,报纸一张,菜盘子三个(青菜豆腐)、碗筷两份,衣帽架一个,围裙一件、厨师帽一顶,擀面杖一根,鸡笼一只,狼夫妻照墙景一张。

　　2. 太阳头饰一个,月亮头饰一个,鸡窝模型一个,树造型一个,花草造型若干,煎饼、甜甜

圈、蛋糕、饼干平面模型各十个（供演员佩戴），煎饼、甜甜圈、蛋糕立体模型各一个，芝麻、葱、花生、糖、奶油、草莓若干，饼干模型三块。

　　布景：舞台左边狼窝，右边鸡窝，呈八字形；舞台中后方树一棵，花朵、草丛布景；舞台后方太阳或月亮。

第一幕

（客厅：沙发；厨房：餐桌，若干盘菜——两者界限为衣帽架）

（狼大叔：向右侧对观众，坐在沙发上架着腿，读报纸；狼大婶：向左侧对观众，端盘子）

（前台灯光暗，中后方微亮；轻快柔和音乐起，太阳出场，前台灯光渐亮，树枝、花草轻轻摇晃，太阳、树、花、草定位后音乐渐停，狼大叔、狼大婶动起来亮相）

狼大婶：（边端边喊）老头子，吃饭了！（放下菜盘子，掸一掸袖子，围裙解下挂到衣帽架上）

狼大叔：（放下报纸，走向桌子，坐下探头扫一眼餐桌，挑一块豆腐，戳一戳青菜，举到眼前，有气无力念叨）天天豆腐青菜豆腐青菜豆腐青菜的……真想吃肉啊……

狼大婶：（走向餐桌，叉腰，一指头戳上狼大叔的脑门）除了吃，你也没其他爱好了！（后半句边说边坐下，端起碗筷，准备吃饭，用筷子夹起一块豆腐，快送入口时，也觉得没有胃口，叹一口气）说到肉哇，（站起，用手指在空中点，数一个菜名停一下）清蒸的（在桌子前方，手指向右上方，想象那里有一只清蒸鸡）、红烧的（小碎步向左方跑开几步，手指向左下方，想象那里有一盘红烧猪排）、酱爆的（继续用小碎步左移，手指向左上方，提一口气，似乎要发出"耶"的声音，仿佛自己看到了一只酱爆鸭）、油焖的（小碎步向舞台中移动，手指向正下方，瞪大眼睛，就像看到了那儿有只油焖鸡），我们也确实好久没吃了（像泄了气的气球一样）。

狼大叔：唉，真是越说肚子越饿啊，（双手在肚子前，沿着顺时针方向摸，眼神在空中瞟来瞟去，往舞台一侧走去）清蒸的、红烧的、酱爆的、油焖的，（折回往舞台中央踱步并痴想）清蒸的、红烧的、酱爆的、油焖的，（又往一侧走去，更急迫地幻想）清蒸的、红烧的、酱爆的、油焖的，（开心地、兴奋地念叨着）油焖的、油焖的、油焖的……（语速由慢到快，语气由弱到强）

狼大婶：（在狼大叔念前两遍时不耐烦地看着他，第三遍时开始若有所思，第四遍时突然想到了什么，顿时大叫）啊哈！（狼大叔被吓了一大跳，身子往后一倾，张大嘴巴盯着狼大婶）说到油焖的，后山那只鸡……

狼大叔：（作恍然大悟状，疾步往沙发走并从其后拎起一只笼子，朝着狼大婶使眼色）

狼大婶：（伸出手指着笼子与狼大叔相视而笑，随后作出发的手势）走，咱们现在就出发！

（舞台左边灯光稍暗，狼大叔、狼大婶下场）

第二幕

（狼家墙景、桌椅撤离，鸡窝在舞台中央，留一棵树一朵花在舞台右侧，其余花草树木整体向舞台中央靠左移动。舞台灯光亮，小鸡出场音乐起，鸡妈妈领着小鸡从鸡窝内舞步出场）

鸡妈妈：宝贝们，今天天气那么好，咱们一起来做做运动吧！

小鸡们：好呀好呀。

（小鸡们摇摇摆摆地走到鸡妈妈身后排成一排做操）

鸡妈妈、小鸡：（边唱边跳两段）左三圈右三圈，脖子扭扭，屁股扭扭，早睡早起，咱们来做
　　　　　　运动，动动手呀动动脚呀，请做深呼吸，学妈妈唱唱跳跳做健康的鸡宝宝！

鸡妈妈：真是我的好孩子，现在咱们去草地里捉小虫，看看我的哪个宝宝最能干，捉到的
　　　　虫子最多，好不好？

（小鸡们答应妈妈后便兴奋地跑到草地里捉小虫了）

（紧张音乐起，追光打向偷偷上舞台的狼大叔、狼大婶）

狼大叔：（拎着笼子，身子从树后面探出）啊哈（手指鸡妈妈），这只老母鸡油焖正合适！

狼大婶：（蹑手蹑脚往台前走，偷偷打量，狼大叔跟上）啧啧，啧啧啧，还是瘦了点（伸出手
　　　　点一下），塞牙缝儿（手指比画"小"，手提起来）都不够（把手放下）。除非胖一些
　　　　（双手划圈），还能吃几口肉。（边说边转身，抱臂，做思考状，突然想到主意，轻
　　　　晃脑袋，心里默念状）诶，对呀，可以给他们送吃的。（伸出双手，右手在左手点
　　　　数，心里盘算状）这第一次可以送煎饼，这第二次么，送甜甜圈，第三次吧，再送
　　　　个大蛋糕！肯定能把母鸡养得肥肥的，到时候，这鸡肉吃得来，啧啧啧！（露出
　　　　陶醉得意的神情）

狼大叔：（挠头）怎么才能养胖一只鸡呢？怎么养胖怎么养胖……（张开双手踱步，第二
　　　　个怎么养胖面向观众，最后问狼大婶）怎么养胖？

狼大婶：（中断之前自己心里的盘算，一指头戳上狼大叔的脑门）真是笨到家了！（指向
　　　　鸡群）多吃不就长胖了！（双手打开，做"胖"的动作）从今天起，（边说边叉腰，举
　　　　右手打开）我们每天给她送好吃的，而且要千万小心（把右手收回，身体倾向狼
　　　　大叔），不能让她（手指指一下母鸡的方向）发现是我们送的（点完自己点狼大叔
　　　　胸口）。

（鸡妈妈用动作招呼小鸡们回家）

狼大叔：说干就干！走！

（狼大叔、狼大婶下场，舞台灯光全暗）

第三幕

（鸡窝撤离，狼家场景，换场景的同时欢快音乐起，追光打在高处的太阳身上，太阳舞蹈完毕后全场渐亮。狼大婶、狼大叔戴上厨师帽，系上围裙）

狼大婶：（一边系围裙一边从舞台左侧上场，脚步略快，兴奋吆喝）老头子，快点儿，我们

要开工了!

狼大叔:(一边戴袖套一边追着狼大婶上场,应声)来啦!(稍拖长)

狼大叔、狼大婶:(歌唱;互相配合,衬词念白有节奏,清晰有力,狼大叔自信夸耀,狼大婶
　　　　　　开心满足)我是一个好厨师,煎饼做得香。嗯,我要把那老母鸡,养得肥
　　　　　　又胖。哇喔,撒点芝麻加点葱,煎饼做好了。啊,哎呀我的老母鸡,吃得
　　　　　　肥又胖。哦也!

狼大叔、狼大婶:(双手圈成喇叭状,分别冲一侧喊着退场)煎饼集合喽!

(《芭比娃娃》音乐起,煎饼出场舞蹈;退场)

(灯光转暗,鸡窝在舞台右侧,花草树木在台后散布,换场的同时音乐起,追光打在月亮
身上,月亮优雅地出场,定型后台下灯光渐亮)

(狼大叔、狼大婶在舞台左边候场,煎饼放在离他们不远的地上)

狼大婶:(疲惫乏力,语速稍慢,拖音,指着地上的一堆煎饼说)这一百个煎饼做得我腰酸
　　　　背痛。(向左扭头看见月亮,惊讶)你瞧,天都黑了!

狼大叔:(冲观众点头,憨厚一笑)正是送煎饼的好时候。

狼大婶:(挑眉赞许,微笑)这会儿倒机灵,走!(抬起煎饼准备出发)

(送煎饼音乐起,狼大叔、狼大婶抬着煎饼脚步微沉,随节奏摇摆身体)

狼大叔(开心地,语气轻快地)、狼大婶(期盼,语气较柔,带奸诈笑意):快吃吧(快速)/快
吃吧(快速)/我可爱的母鸡/长得肥肥(慢速)/又胖胖(快速)/让我痛痛快快吃一场!

(送到鸡窝门口放下,狼大叔、狼大婶缩脖子、夹手臂、踮脚尖小碎步躲到树后,朝门扔了
一颗石子)

鸡妈妈:谁啊?(开门)(闻煎饼的香味)这味道可真香!(低头看)哇!哪来这么多的煎
饼啊?(朝四周看并喊)有人在吗?有人在吗?(疑惑地绕着煎饼转)到底是谁给我们送来那
么多煎饼呀?(凑近一些)嗯……难道是,圣诞老公公送来的礼物……?啊,肯定是!(一把
端起开心地往屋里走)

狼大叔、狼大婶:(从树后握着对方的手小跑到台前,语气越来越激动高昂,双手高举过
　　　　　　头互相击掌庆贺)端进去了,端进去了!成功了!

狼大婶:(得意而微奸诈)老母鸡,好好享用美味的煎饼吧,明天你肯定会胖一圈(在胸前
　　　　比划大圈),哈哈哈!(扬头边笑边下场)

(狼大叔鼓着腮帮子比划胖,之后又应和地笑着)

(灯光全暗,狼大叔、狼大婶下场)

第四幕

(狼家场景,换景同时活泼音乐起,月亮下场,追光打在高处的太阳身上,太阳定型后,全
场灯光渐亮,狼大叔在场中央塌肩弓背、右手握拳敲左手手心踱步,狼大婶穿围裙)

狼大叔:(停步,拉狼大婶衣袖)老婆子,你说这煎饼能把鸡喂得多胖?是这么胖吗?这

么胖？还是这么胖？(胸前比划,越划越大)

狼大婶:(卷衣袖,胸有成竹)想得美吧你,这一百个煎饼只是个开始呢。(边说边往衣帽
　　　架走去,并从包里掏出广告)

狼大叔:(挠头,扭头看狼大婶)老婆大人,那吃什么才胖得快?(狼大婶S形——左手叉
　　　腰,右手出示广告牌,狼大叔前倾看牌,指认着一字一顿地念)咯咯哒牌甜甜圈。

狼大婶:(向观众展示广告牌,身体扭八字,自信)哼哼,咯咯哒牌甜甜圈,不要太胖哦!

狼大叔、狼大婶:(举起工具喊)甜甜圈集合喽!

(《儿童波尔卡》音乐起,甜甜圈舞蹈;退场)

(灯光转暗。太阳下场,狼家场景撤离,鸡窝场景上,花草树木上,换景的同时音乐起,追
光打在月亮身上,月亮定型后全场灯光渐亮,狼大叔、狼大婶站在舞台左边,甜甜圈放在他们
脚边)

狼大婶:(在活动筋骨,狼大叔不停给狼大婶捶背捏肩)时间过得可真快呀,一转眼这月
　　　亮都升得老高了!(指着月亮)赶紧出发吧!

狼大叔:遵命!走!(狼大叔、狼大婶抬起甜甜圈)

(送甜甜圈音乐起)

狼大叔(垂涎,语速稍快,坏坏地笑着)、狼大婶(渴望,语气急迫,语调低沉):快吃吧(快
速)/快吃吧(快速)/我可爱的母鸡/长得肥肥(慢速)/又胖胖(快速)/让我痛痛快快吃一场!

(送到鸡窝门口,放下,狼大叔、狼大婶缩脖子、夹手臂、踮脚尖小碎步靠近鸡窝,狼大叔
小心地快速地敲了敲鸡窝门,夫妻俩迅速逃跑下场)

鸡妈妈:谁啊?(开门)诶,难道……?(端起,闻一下)甜甜圈真香!(望天)谢谢圣诞老
公公!(转身回房)孩子们,吃甜甜圈喽!

(全场灯光暗)

第五幕

(鸡窝、花草树木撤离,狼家场景上,换场景的同时活泼音乐起,追光打在太阳身上,太阳
出场完毕定型后全场灯光渐亮)

(狼大婶在沙发上摆弄手指,似乎在掐指算着时日以及母鸡吃过食物的数量,同时美滋
滋地比划着鸡的体型,作幻想状)

狼大叔:(坐在地上幻想,哀嚎)好想吃鸡啊!好想吃鸡啊!(由于饿晕了开始产生幻觉,
　　　突然两眼放光,伸手在空中比划,注意每个词后的停顿以及眼神的专注度)鸡翅、
　　　鸡腿、鸡屁股!(突然站起来,一抹满嘴的口水)等不及了,我现在就去抓!(气势
　　　汹汹地大步往台侧走)

狼大婶:(跟出,抓狼大叔领子)大清早的瞎想什么(往舞台中央拽),瞧你这急性子(在太
　　　阳穴处点他),果然成不了什么大气候(眼神一瞟,身体转向另一侧顺势抱臂),
　　　想吃又肥又壮的老母鸡呀(朝着狼大叔用引诱的口气说),还得沉得住气(突然

又责备道），咱们这回（面向观众，狡猾的语气），给她点厉害的（咬牙切齿地发音，手指用力戳出并定在空中）！

狼大叔：厉害的？（谄媚又傻气地应和）好啊好啊好啊！老婆大人，这回你的法宝是什么呀？

（在狼大叔应和的同时，狼大婶得意地往衣帽架走去，并从一个袋子里抽出广告，自信地走回场中央）

狼大婶：没有最胖，只有更胖，咯咯哒牌奶油蛋糕！（双手展开广告）

狼大叔、狼大婶：出来吧，蛋糕们！（招呼着下场）

（《糖果乐》音乐起，蛋糕舞蹈；退场）

（全场灯光转暗，狼家场景撤离，鸡窝布置在舞台靠右位置，花草树木在台后适当布置；安静音乐起，太阳下场，月亮上场，场后定型）

（狼大叔、狼大婶抬着蛋糕在舞台左边候场）

狼大叔：诶，老婆子，你说那只老母鸡吃了一百个煎饼（朝远处的观众说），一百个甜甜圈（朝近处的观众说），到底肥了没有（回头看着狼大婶）？

狼大婶：那只老母鸡现在一定胖得像个气球了！（得意地摇头晃脑）别说了，赶紧把这蛋糕给她送去！

狼大叔：（含着口水，迫不及待想吃鸡了）快吃吧，快吃吧，我可爱的母鸡，长得肥肥又胖胖，让我痛痛快快吃一场！

狼大婶：（带着必胜的决心，狠狠地说）快吃吧，快吃吧，我可爱的母鸡，长得肥肥又胖胖，让我痛痛快快吃一场！

（送到鸡窝门口，狼大婶用手势示意狼大叔"去敲门，然后照旧悄悄溜走"，狼大叔接到指示后缩脖子、夹手臂、踮脚尖以小碎步鬼鬼祟祟地朝鸡窝靠近……突然母鸡喊着"孩子们，散步去喽"边拉开鸡窝的门边往门外走，拉门的同时音效出，狼鸡四眼对两眼，心跳音效出，双方以极度惊讶的表情僵硬在原地）

五只小鸡：（从鸡窝里跑出，好奇又兴奋地围着蛋糕转圈探看，发出惊讶的叫声）哇！大蛋糕！真香啊！

鸡妈妈：（不住地在蛋糕和狼大叔、狼大婶之间来回望并若有所思，表情由惊慌到释然，最终恍然大悟地露出笑容，并热情地张开翅膀作欢迎状）啊呀，原来是你们啊，亲爱的狼大叔、狼大婶！孩子们，孩子们，快来看哪，一直给我们送礼物的不是圣诞老公公，是善良的狼大叔和狼大婶！

两只小鸡：（奔去抱住狼大叔、狼大婶的腿）谢谢你们，狼大叔、狼大婶！你们是世界上最好的厨师！我爱你们！

（另外三只小鸡在蛋糕旁蹦跳、拍手，这时另外五只小鸡欢呼着"我也爱你们，我也爱你们……"从门后涌出，围住狼大叔、狼大婶）

狼大叔：（摸摸小鸡的脸，慈爱地看着小鸡们，接着拽了拽狼大婶往台前走）老婆子，我这心里(右手摸胸口)还有种说不出的感觉……暖暖的,热热的(纳闷儿又享受的神情)……难道,这就是爱? 反正这油焖鸡,我是再也不想吃了!(羞愧且意志坚定地说)

狼大婶:(摸摸小鸡的头)是啊是啊(略带羞愧),这母鸡和小鸡的爱把我的心都融化了(沉醉的神情,音乐起),我哪还有心思吃他们呀(对着观众说)!

(狼大叔、狼大婶在舞蹈中被母鸡、小鸡天真而热情的爱给感化了,舞蹈以小鸡们亲吻狼大叔、狼大婶结束)

鸡妈妈:狼大叔、狼大婶,你们给孩子们做了那么多好吃的,这次不如来我们家尝尝我最拿手的小饼干吧?

小鸡:小饼干? 好呀好呀,我们最喜欢小饼干啦! 狼大叔、狼大婶,快来嘛快来嘛!(推狼大叔、狼大婶进屋)

狼大叔、狼大婶:好,好,孩子们,慢点儿,慢点儿。

(场上灯光渐暗,追光打向鸡窝,门关上的同时烟囱里蹦出爱心,鸡窝里传出欢声笑语——多音轨重叠)

小鸡:狼大叔,我最喜欢星星形状的饼干啦,你会做吗?(我喜欢三角形的、我要爱心形状的、还有还有花形的……)

小鸡:我要,嗯,草莓味的。(西瓜味的、还有还有巧克力味的、我也是我也是)

狼大叔、狼大婶:好,好好好……马上做!(笑声,锅碗瓢盆碰撞声,淡出)

(剧终)

主要参考文献

ZHU YAO CAN KAO WEN XIAN

1. [美]阿兰·邓迪斯:《西方神话学读本》,朝戈金译,广西师范大学出版社 2006 年版。

2. [英]艾登·钱伯斯:《打造儿童阅读环境》,许慧贞、蔡宜容译,南海出版公司 2007 年版。

3. [美]Barbara T. Salisbury:《创作性儿童戏剧入门》,林玫君编译,心理出版社 1994 年版。

4. 毕桪:《民间文学教程》,中央民族大学出版社 2009 年版。

5. [日]仓桥物三:《幼儿园真谛》,李季湄译,华东师范大学出版社 2014 年版。

6. 陈晖:《图画书的讲读艺术》,二十一世纪出版社 2010 年版。

7. 陈驹:《中华民间文学通论》,广东教育出版社 2010 年版。

8. 程蔷:《中国民间传说》,浙江教育出版社 1989 年版。

9. 方卫平:《儿童文学接受之维》,湖北少年儿童出版社 1995 年版。

10. 方卫平:《儿童文学的当代思考》,明天出版社 1995 年版。

11. 方卫平:《逃逸与守望——论九十年代儿童文学及其他》,作家出版社 1999 年版。

12. 方卫平:《儿童文学的审美走向》,中国文史出版社 2007 年版。

13. 方卫平:《享受图画书:图画书的艺术与鉴赏》,明天出版社 2012 年版。

14. 方卫平:《幼儿文学教程》,高等教育出版社 2012 年版。

15. 方卫平:《儿童文学教程》,复旦大学出版社 2015 年版。

16. [日]冈田正章:《幼稚园戏剧活动教学设计》,武陵出版社 1989 年版。

17. [美]H·加登纳:《艺术与人的发展》,兰金仁译,光明日报出版社 1988 年版。

18. 黄云生:《人之初文学解析》,少年儿童出版社 1997 年版。

19. 洪汛涛:《童话学》,安徽少年儿童出版社 1986 年版。

20. [美]吉姆·崔利斯:《朗读手册》,沙永玲等译,天津教育出版社 2006 年版。

21. 蒋风:《外国儿童文学教程》,浙江大学出版社 2012 年版。

22. 蒋风:《新编儿童文学教程》,浙江大学出版社 2013 年版。

23. 蒋风:《中国儿童文学史》,华东师范大学出版社 2018 年版。

24. 蒋风:《中国儿童文学史》,复旦大学出版社 2019 年版。

25. 金燕玉:《中国童话史》,江苏少年儿童出版社 1992 年版。

26. 康长运：《幼儿图画故事书阅读过程研究》，教育科学出版社 2007 年版。

27. ［美］劳拉·E·贝克：《儿童发展（第五版）》，吴颖等译，江苏教育出版社 2002 年版。

28. 李涵：《中国儿童戏剧史》，中国戏剧出版社 2003 年版。

29. 刘晓东：《儿童教育新论》，江苏教育出版社 1998 年版。

30. 刘焱：《幼儿园游戏与指导》，高等教育出版社 2012 年版。

31. 刘颖：《我的故事讲给你听——从阅读到讲述》，北京师范大学出版社 2011 年版。

32. 陆军：《编剧理论与技法》，中国戏剧出版社 2005 年版。

33. ［意］玛丽亚·蒙台梭利：《童年的秘密》，马荣根译，人民教育出版社 2005 年版。

34. ［美］麦克·欧文：《表演艺术入门——表演初学者实务手册》，郭玉珍译，亚太图书出版社 1995 年版。

35. 农学冠：《民间文学导论》，民族出版社 2005 年版。

36. 庞丽娟、李辉：《婴儿心理学》，浙江教育出版社 1993 年版。

37. ［加］佩里·诺德曼、［加］梅维丝·雷默：《儿童文学的乐趣》，陈中美译，少年儿童出版社 2008 年版。

38. 钱冠连：《美学语言学》，海天出版社 1993 年版。

39. ［瑞士］让·皮亚杰：《儿童的语言与思维》，傅统先译，文化教育出版社 1980 年版。

40. 沈亚丹：《寂静之音——汉语诗歌的音乐形式及其历史变迁》，上海人民出版社 2007 年版。

41. 施旭升：《戏剧艺术原理》，中国传媒大学出版社 2006 年版。

42. ［日］松居直：《我的图画书论》，季颖译，湖南少年儿童出版社 1997 年版。

43. ［日］松居直：《幸福的种子》，刘涤昭译，明天出版社 2007 年版。

44. 谭霈生：《论戏剧性》，北京大学出版社 2009 年版。

45. 滕守尧：《审美心理描述》，中国社会科学出版社 1985 年版。

46. 万建中：《新编民间文学概论》，上海文艺出版社 2011 年版。

47. 王春燕、王秀萍、秦元东：《幼儿园课程论》，新时代出版社 2005 年版。

48. 王泉根：《论少年儿童年龄特征的差异性与多层次的儿童文学分类》，《浙江师范大学学报（哲学社会科学版）》，1986 年（儿童文学研究专辑）。

49. 王泉根：《儿童文学的审美指令》，湖北少年儿童出版社 1991 年版。

50. 王泉根：《现代中国儿童文学主潮》，重庆出版社 2000 年版。

51. 王泉根：《儿童文学教程》，首都师范大学出版社 2008 年版。

52. 王瑞祥等：《童谣与儿童发展——以浙江童谣为例》，浙江大学出版社 2011 年版。

53. 王尚文：《语文教学对话论》，浙江教育出版社 2004 年版。

54. 王尚文:《走进语文教学之门》,上海教育出版社 2007 年版。

55. 王先霈、王又平:《文学批评术语词典》,上海文艺出版社 1999 年版。

56. 韦苇:《世界儿童文学史概述》,浙江少年儿童出版社 1986 年版。

57. 吴其南:《童话的诗学》,中国文联出版社 2001 年版。

58. 余耀:《由图画书爱上阅读》,北京师范大学出版社 2007 年版。

59. [美]约翰逊等:《游戏与儿童早期发展(第二版)》,华爱华、郭力平译,华东师范大学出版社 2006 年版。

60. 张华:《课程与教学论》,上海教育出版社 2000 年版。

61. 张明红:《学前儿童语言教育(修订版)》,华东师范大学出版社 2006 年版。

62. 张奇:《儿童审美心理发展与教育》,北京师范大学出版社 2000 年版。

63. 赵霞:《幼年的诗学:幼儿文学的艺术世界》,明天出版社 2016 年版。

64. 郑黛琼:《艺术教育教师手册·儿童戏剧篇》,台湾艺术教育馆 1999 年版。

65. 郑荔:《教育视野中的幼儿文学》,江苏教育出版社 2005 年版。

66. 周兢:《早期阅读发展与教育研究》,教育科学出版社 2007 年版。

67. 周益民:《儿童的阅读与为了儿童的阅读》,长春出版社 2009 年版。

68. 周作人:《儿童文学小论》,岳麓书社 1989 年版。

69. 朱光潜:《诗论》,生活·读书·新知三联书店 1998 年版。

70. 朱自强:《"童话"词源考——中日儿童文学早年关系侧证》,《东北师范大学学报(哲学社会科学版)》,1994(2)。

71. [日]佐藤正夫:《教学原理》,钟启泉译,教育科学出版社 2001 年版。